U0090852

古典文學研究輯刊

三十編

第15冊

中國古代隱語研究

王慧娟 著

國家圖書館出版品預行編目資料

中國古代隱語研究／王慧娟 著 -- 初版 -- 新北市：花木蘭文化事業有限公司，2024〔民 113〕

目 2+202 面；19×26 公分

（古典文學研究輯刊 三十編；第 15 冊）

ISBN 978-626-344-914-5（精裝）

1.CST：修辭學 2.CST：中國文學 3.CST：文學評論

820.8 113009668

古典文學研究輯刊
三十編 第十五冊 ISBN：978-626-344-914-5

中國古代隱語研究

作　者　王慧娟
總 編 輯　杜潔祥
副總編輯　楊嘉樂
編輯主任　許郁翎
編　輯　潘玟靜、蔡正宣　美術編輯　陳逸婷
出　版　花木蘭文化事業有限公司
發 行 人　高小娟
聯絡地址　235 新北市中和區中安街七二號十三樓
電話：02-2923-1455／傳真：02-2923-1452
網　址　http://www.huamulan.tw 信箱 service@huamulans.com
印　刷　普羅文化出版廣告事業
初　版　2024 年 9 月
定　價　三十編 20 冊（精裝）新台幣 50,000 元

中國古代隱語研究

王慧娟 著

作者簡介

王慧娟，女，1985年3月生，河北滄州人。文學博士，戲曲學博士後。求學期間，先後師從中國龍學研究權威戚良德教授和中國古代思想史研究專家周群教授，研習古典文論、《文心雕龍》學、文藝美學等，學術興趣廣泛，治學嚴謹，發表學術論文若干。畢業後主要從事媒體傳播和文藝研究工作，曾任《巴士的報》《香港文聯網》記者、主編，熱衷文學創作和文化交流。現為中國文化和旅遊部所屬梅蘭芳紀念館和北京語言大學聯合培養博士後，紫荊雜誌社記者、編輯，香港作家聯會會員，香港女作家協會副秘書長，香港中外文化藝術交流學會會長。

提　　要

本文嘗試採用修辭學、文體學、詩學、哲學等學科資源及其方式方法，對中國古代隱語開展跨學科多元綜合研究，力求為讀者勾勒出一幅相對全面、系統且多維立體的中國古代隱語發展圖景。

緒論部分為中國古代隱語概說，包括中國古代隱語釋名、中國古代隱語的功能和中國古代隱語研究的歷史、現狀及本文的研究方法三部分，分別對隱語的本體內涵與外延、外部功能和發展研究史及本文的研究方法與特色做一番系統梳理與界定。

第一章為中國古代隱語的修辭學研究。詩有「比興」，史有「春秋筆法」，二者共同孕育了中國古代文學抒情與敘事的雙峰，本章前兩節著重聚焦隱語與詩之「比興」和文之「春秋筆法」這兩種文學修辭的內在關聯。第三節為隱語與古代諧隱之風，著重分析諧、隱兩種文學修辭的時代成因以及彼此之間的獨立與會通。第四節為隱語與古漢語修辭格，基於親疏遠近程度，筆者擇取與隱語關係較為密切的三組辭格，即隱語與譬喻、隱語與雙關、隱語與諷喻詳為分述。

第二章為中國古代隱語的文體學研究。文體學研究，或探其源、析其義，或考其流、明其變，或歸其類、辨其用。由此出發，本章以古代隱語與民間謠諺、古代雜體詩、賦體、謎語等諸文體之間的關係作為研究對象，從文體溯源、文體功能、文體流變等三個角度逐一展開分析，旨在從以上諸文體間相互映照、相互影響的關係中，進一步確證古代隱語的文體學內涵、淵源、流變、特質、功能及其在古代文體演進過程中的重要作用與價值。

第三章為中國古代隱語的詩學研究。主要從古代隱語的生成機制——隱喻化思維與中國詩、「詩言志」觀念的時代更迭與古代隱語發展的相關性以及中國古代隱語對趣、味、境、象等中國古典詩學審美藝術追求的影響三個角度切入，從內在特質和外部功能與關係等方面展開與古代隱語之間的互動研究。

第四章為中國古代隱語的哲學研究。從哲學層面來看，隱語並不僅僅是一種簡單的語言表達手段、一種文體或某種語義關係，它已經上升為一種中華民族的思維認知方式，並最終影響到國人審美習慣和文化接受心理的養成。其中第一節著重研究古代隱語作為一種認知思維方式的實質在於類比式思維。第二節側重探尋《易經》開創的隱語哲學體系對中國古代隱語發展的影響及其意義。第三節從中國思想界的主流——儒、道、釋的態度闡明「隱」在其思維與言說方式中佔據的重要地位。

餘論部分梳理、總結各章節的論述，指出隱語研究不僅存在共時性與歷時性之多維度的特點，而且應注重屬地性、民族性和秉持中國特色。

目次

緒論　中國古代隱語概說 …… 1
一、隱語溯源與釋名 …… 1
二、中國古代隱語的功能 …… 12
三、古代隱語研究的歷史、現狀及本文的研究方法 …… 30
第一章　中國古代隱語的修辭學研究 …… 41
第一節　隱語與詩騷的比興傳統 …… 41
一、何謂「比興」 …… 42
二、比興與隱 …… 46
第二節　隱語與「春秋筆法」之微辭隱義 …… 54
一、春秋筆法與微言大義 …… 55
二、「春秋筆法」之辭隱 …… 58
三、「春秋筆法」之義隱 …… 62
第三節　隱語與古代諧隱之風 …… 65
一、魏晉娛情之風與「盛相驅扇」的諧隱文學 …… 67
二、「諧」「隱」的獨立與會通 …… 68
第四節　隱語與古漢語修辭格 …… 72
一、隱語與譬喻 …… 74
二、隱語與雙關 …… 77
三、隱語與諷喻 …… 81
第二章　中國古代隱語的文體學研究 …… 87
第一節　民間謠諺的隱語性質 …… 89
一、謠諺為隱語之源 …… 89
二、隱語與政治謠諺 …… 94
三、謠諺與隱語之文體功能的相似處 …… 97
第二節　中國古代雜體詩的隱語化表達 …… 99
一、重識古代雜體詩之文體價值 …… 100
二、變幻無窮的藝術圖式：作為「文字遊戲」的雜體詩與隱語 …… 105
第三節　中國古代隱語的文體嬗變 …… 111
一、一變而為賦 …… 112
二、再變而為謎 …… 116

第三章　中國古代隱語的詩學研究 …………………123
第一節　隱喻化思維與中國古典詩歌的創作及批評傳統 ………………………………123
一、隱與作詩：創作過程中的隱喻化思維…… 124
二、隱與古典詩歌批評：隱喻化的解詩傳統· 129
第二節　「詩言志」觀與古代隱語流變的雙關性 ·· 133
一、「詩言志」觀的內涵及流變……………… 133
二、「詩言志」觀的時代更迭與古代隱語流變的互應 ………………………………………… 137
第三節　隱語與趣、味、境、象的詩學追求 …… 145
一、隱語與詩之「意象」 ……………………… 145
二、隱語與詩之「趣」與「味」 ……………… 151
三、隱語與詩之「境」 ………………………… 155
第四章　中國古代隱語的哲學研究 …………………157
第一節　隱語是類比式思維的結果 ……………… 158
一、作為一種認知思維方式的隱語 ………… 159
二、隱語的本質：類比式思維 ……………… 161
第二節　《周易》開創的中國古代哲學隱語體系 ·· 163
一、《周易》本身構成一個巨大的哲學隱語體系 ……………………………………………… 164
二、「易」之本質：「象喻」思維 …………… 167
三、「象喻」思維發用的內在邏輯與三重「隱」……………………………………………… 170
第三節　儒、釋、道的哲學思想與中國古代隱語 ………………………………………… 171
一、中國古代哲思中蘊涵的隱語 …………… 171
二、儒、釋、道三家對待隱語的態度及其影響 ……………………………………………… 174
結　語…………………………………………………… 181
參考文獻……………………………………………… 191
後　記…………………………………………………… 199

緒論　中國古代隱語概說

一、隱語溯源與釋名

隱語在中國可謂歷史淵源悠久，近世學者朱光潛曾言，現存文字記載中最早的隱語是《吳越春秋》中記載的「彈丸」之隱〔註1〕。《吳越春秋・勾踐陰謀外傳第九》所載一首傳說為黃帝時期的《彈歌》:「斷竹，續竹；飛土，逐肉」〔註2〕，後世輯錄謠諺的專書如明代楊慎《風雅逸篇》、清代杜文瀾《古謠諺》亦皆收錄此謠。「斷竹」即先將竹子砍斷，「續竹」則是用弦將截斷的竹竿連接兩頭製成彈弓，「飛土」，即射出彈丸，「逐肉」則是指追逐獵物。了了八字，或述其製作過程，或明其用，從中我們不難猜中其所隱射的亦即「彈丸」的隱語。其實，若不考慮文字記載的因素，早期隱語雛形的出現或許比朱光潛所主張的更要久遠一些。遠古時期的神話、民間謠諺、巫卜卦爻辭中就不乏受原始思維影響而形成的大量早期隱語。尤其在文字產生以前，信息的傳播倚重的是口耳相傳，在那些早期先民口口相傳、代代相承、波譎雲詭的遠古神話故事裏，在原始部落奉為神靈、奇詭多樣的精神圖騰裏，在求神判吉凶的卦爻辭、祭神娛神的原始舞蹈中，抑或原始先民在勞作過程中即興哼唱的那些動人的民間歌謠裏，處處都是隱語的影蹤。如現代考古發現大量原始文化遺址中出現的陶祖，創作者的真實用意自然並非表現男性生殖器本身，而是早期先民藉此表達對男性力量的崇拜，是生殖、求子等樸素願望的隱語化表達。再比如，在大量形成於人類早期的動物岩畫中，所畫之動物諸

〔註1〕朱光潛：《詩論》，北京：生活・讀書・新知三聯書店，1984年版，第30頁。
〔註2〕（漢）趙曄：《吳越春秋》，北京：中華書局，1985年版，第197頁。

如狼、蛇、鷹等亦多是富含象徵或隱寓意味的精神圖騰，這些簡單的動物形象都被原始先民寄予了一種超越形象本身的「象外之意」，成為一種承載著該氏族精神力量的圖像隱語。

自有文字記載以來，中國上古時代的諸多經書、史籍或文集中，更是不乏隱語的蹤影。如中國第一部詩歌總集《詩經》的《陳風・株林》中的「乘我乘駒，朝食于株」〔註3〕，就是以「朝食」隱指靈公與夏姬淫亂的民間隱語。此外，《詩經》中更有大量與「魚」相關的意象，如《陳風・衡門》「豈其食魚，必河之魴？」〔註4〕，《周南・汝墳》「魴魚赬尾，王室如毀。」〔註5〕這兩句中的「魚」字則隱指配偶。〔註6〕《楚辭》中更不乏大量「香草美人」式使用隱語的情況，以各種自然物象來隱喻創作者的不同理想追求和情感好惡。對此，王逸在《楚辭章句序》中總結到：「《離騷》之文，依《詩》取興，引類譬喻，故善鳥香草，以配忠貞；惡禽臭物，以比讒佞；靈修美人，以媲於君；宓妃佚女，以譬賢臣；虯龍鸞鳳，以託君子；飄風雲霓，以為小人。」〔註7〕在詩人眼裏，諸如香草、禽鳥等客觀物象，已經不再是現實生活中眼見的花草鳥獸的簡單複製和表達，而是隱喻著人的某種品格，或者說成為某類人的代言，是人的隱語。諸如此類使用隱語的情形，在《詩經》、《楚辭》等古代典籍中不乏其例。而且，這些隱語的產生可以說都是早期先民具象思維的結果，其隱語形象或是來自日常生活中的常見事物，或是由常見事物經過原始思維簡單聯想化衍而成，因而早期隱語體現出想象豐富、極富現實感、畫面感等鮮明特點。

儘管隱語的使用可以追溯至上古時期，甚至可被視作早期先民進行思維表達的一種存在形式而被特殊標識，但「隱語」作為一個獨立詞彙被提及，最

〔註3〕（清）阮元校刻：《十三經注疏・毛詩正義》，北京：中華書局，1980年版，第379頁。

〔註4〕（清）阮元校刻：《十三經注疏・毛詩正義》，北京：中華書局，1980年版，第377頁。

〔註5〕（清）阮元校刻：《十三經注疏・毛詩正義》，北京：中華書局，1980年版，第283頁。

〔註6〕據聞一多先生在《神話與詩・說魚》考證，魚是性愛、配偶的隱語，打魚、釣魚是求偶的隱語，烹魚、吃魚是合歡的隱語，這是自古至今一些民歌中常見的隱語，其思維的來源在於魚的繁殖能力極強，因而象徵性愛、配偶。參見聞一多：《聞一多全集》（一），北京：生活・讀書・新知三聯書店，1982年版，第29頁。

〔註7〕（宋）洪興祖：《楚辭補注》引漢代《王逸序》，北京：中華書局，1983年版，第22頁。

早或出現在《韓非子・外儲說右上》:「樗里疾，秦之將也，恐犀首之代之將也，鑿穴於王之所常隱語者。」〔註8〕此處「隱語」意指君臣之間常常進行秘密對話。作為君臣間秘密談話的隱語，其實與「悄悄話」的性質頗有些類同，它從一個側面展示了隱語的私密性特質，即隱語只能在同一話語系統的人群之間產生作用。

早期隱語最常見的一種應用形式，或被用於讖緯之學。《四庫全書總目》稱「讖者，詭為隱語，預測吉凶。」〔註9〕讖言多為隱語，因為是神靈的話，而神的啟示、預言切不可一語道破，這個時候，秘而不宣的隱語也就自然有了它的用武之地。而要理解這些讖言的真正奧義，則需要「占」，亦即「卜筮」，像後世的猜謎一樣。《易經・繫辭》云:「易有聖人之道四焉：以言者尚其辭，以動者尚其變，以製器者尚其象，以卜筮者尚其占」〔註10〕。「占」意為觀察，「卜筮」乃以火燒龜殼，以其出現的裂紋走向來預測禍福吉凶。古人占卜講究以小見大、見微知著，這與隱語的某種內在特質也是極為契合的。於是，讖言興，則解析讖言的占卜之學亦隨之應運而生並興極一時。因此，早期隱語即大量存在於古代讖言和占卜卦爻辭之中。《史記・秦始皇本記》中即錄有「亡秦者胡也」、「始皇帝死而地分」、「今年祖龍死」等讖言數條，都是秦亡的讖言。陳勝吳廣起義更是借助讖言的力量來凝聚眾識，為起義正名，他們書寫「陳勝王」於帛上，並藏之魚腹，又於叢祠點燃篝火，仿狐鳴大呼「大楚興，陳勝王」〔註11〕。此類讖言中即包含大量隱語，迫於階級統治的壓力，在起義前只能假託神意，以策安全。再如《易經・歸妹・上六》的卦爻辭「女承筐，無實；士刲羊，無血」〔註12〕，有人把它看作是一種獻祭儀式，也有人把它解釋為一種當時的婚俗行為，郭沫若則認為這是一首優美的夫婦勞作之歌〔註13〕，描繪

〔註8〕（清）王先慎：《韓非子集解》，上海：商務印書館，1933年版，第58頁。
〔註9〕（清）永瑢等：《四庫全書總目提要》，北京：中華書局，1965年版，第506頁。
〔註10〕（唐）李鼎祚：《周易集解》，上海：商務印書館，1937年版，第340～341頁。
〔註11〕（漢）司馬遷：《史記》，北京：中華書局，1959年版，第308頁。
〔註12〕（唐）李鼎祚：《周易集解》，上海：商務印書館，1937年版，第267頁。
〔註13〕郭沫若在《中國古代社會研究》一書中對這段卦爻辭有過這樣一段描述:「這是牧場上一對年青的牧羊人夫婦在剪羊毛的情形，刲字怕是剪剔之類的意思，所以才會無血。（古人訓作刺字，實在講不通）剪下的羊毛，女人用竹筐來承受著，是虛鬆的，所以才說無實。我想我這種解釋是合乎正軌的。那麼我們看，這是多麼一幅優美的圖畫呢？」後人更是在此基礎上衍生出了「情人熱戀說」「社會分工說」「不孕不育說」等不一而足。

的是一對青年夫婦剪羊毛的生動場景。其實，無論該卦作何解釋，都不會改變卦辭的隱語性質，「承筐無實」和「刲羊無血」，其言在此而意在彼之意不言而喻。

早期隱語除了在上古歌謠和讖緯之學中有棲身之地，其在古代還有一個使用較為頻繁的場域，即較為嚴肅的宮廷與外交場合。與民間歌謠和讖緯中的隱語相較，呈現出迥異有別的風格特質。上古歌謠中的隱語，或是男女之間的表情達意或是暗示與「性」有關的生殖崇拜。如：

> 關關雎鳩，在河之洲。窈窕淑女，君子好逑。(《詩經．周南．關雎》)〔註 14〕

這裡的「雎鳩」作為一種隱語，《毛傳》《鄭箋》及朱熹《詩集傳》皆釋作「美后妃之德」〔註 15〕，認為是一種「摯而有別」的鳥；聞一多則認為「關雎是女子的象徵」〔註 16〕。

再如：

> 青青子衿，悠悠我心，縱我不往，子寧不嗣音？(《詩經．鄭風．子衿》)〔註 17〕

「子衿」按字面意思來講，即周代漢族男子的一種傳統服飾的衣領，此處作為一種隱語，其暗含之意在於表達懷人之思，是為一女子傾訴對戀人的相思之情。除此之外，諸如《詩經》中的《伐檀》《碩鼠》等篇什，其隱語之用則意在譏刺，以曲折隱晦的方式表達普通民眾對統治者的種種不滿和規勸。如上所述，隱語在上古歌謠中無論是被用於表達男女之情或性事，抑或用來以下諷上傾訴民間疾苦，都呈現出強烈的民間性、通俗性，充滿「煙火氣」即鄉野氣息和生活情趣濃鬱等特點。

而讖語作為隱語的一種，則表現出強烈的神秘性特質，因為愈是神秘愈是能達到使用者鼓動人心、凝聚眾識、預測吉凶的目的。讖語歷朝歷代都有，中國古典名著《三國演義》的童謠中就有不少讖語，如「蒼天已死，黃天當立。

〔註 14〕(清)阮元校刻：《十三經注疏．毛詩正義》，北京：中華書局，1980 年版，第 269 頁。

〔註 15〕(清)阮元校刻：《十三經注疏．毛詩正義》，北京：中華書局，1980 年版，第 302 頁。

〔註 16〕聞一多：《聞一多全集》，北京：生活．讀書．新知三聯書店，1982 年版，第 653 頁。

〔註 17〕(清)阮元校刻：《十三經注疏．毛詩正義》，北京：中華書局，1980 年版，第 345 頁。

歲在甲子，天下大吉」「千里草，何青青？十日卜，不得生」〔註 18〕等，「千里草」即「董」字，「十日卜」即「卓」字，此為拆字法隱語。

春秋戰國時期，隱語才逐漸由民間進入宮廷並開始流行，尤其在外交場合得以廣泛應用。與民間歌謠中隱語的「煙火氣」和讖語隱語的神秘氣息相較，被用於宮廷之上君臣對話或是外交辭令的隱語，則尤其強調語言修辭的機智性，是一種測智的手段。《左傳》裏已出現「佩玉、庚癸」之說。《史記》則記載了「伍舉諫莊王以大鳥」的事例。此時，隱語除了在嚴肅的政治場合作為外交辭令被加以利用之外，更是成為宮廷裏的一種文娛遊戲，俳優往往以隱語娛樂和勸諫國君。這種風氣即使到了秦漢也有增無減。據《史記・滑稽列傳》和《漢書・東方朔傳》記載，嗜好隱語在當時已經成為一種極其普遍的風氣。一個人會隱語，便可獲祿得寵，東方朔便是極好的例證。《漢書・東方朔傳》載故事一則：

> 上嘗使諸數家射覆，置守宮盂下，射之，皆不能中。朔自贊曰：「臣嘗受《易》，請射之。」乃別蓍布卦而對曰：「臣以為龍又無角，謂之為蛇又有足，跂跂脈脈善緣壁，是非守宮即蜥蜴。」上曰：「善。」賜帛十匹。復使射他物，連中，輒賜帛。〔註 19〕

東方朔會「射覆」，「射覆」就是猜隱語，是漢代宮廷流行的遊戲，與先秦時期的宮廷遊戲「隱」一樣，都以設題競猜為鬥智逞才的遊戲，體現出了隱語的遊戲本色。《漢書・藝文志》載有《隱書十八篇》，劉向《新序》也有「宣王大驚，立發隱書而讀之」〔註 20〕的話，可見隱語自古就有專書。在魏晉時期，隱語的流行則更進一步，並一變而化為謎語。魏文帝曹丕還專門作《笑書》用以收錄。

隱語，從文體流變角度來看，至戰國末期則因其獨特的審美性，開始逐步向賦轉化。朱光潛認為，隱語是一種雛形的描寫詩。在他看來，這種描寫詩主要就是賦，賦就是隱語的化身。荀子有《賦篇》，共有《禮》、《知》、《雲》、《蠶》、《箴》五篇，其實就是賦體隱語。觀其《蠶賦》有云：

> 有物於此，儳儳兮其狀，屢化如神。功被天下，為萬世文。禮

〔註 18〕（明）羅貫中：《三國演義》，北京：人民文學出版社，1953 年版，第 58 頁。

〔註 19〕（漢）班固：《漢書》，點校本《二十四史》，北京：中華書局，1962 年版，第 874 頁。

〔註 20〕（漢）劉向撰，趙仲邑注：《新序詳注》，北京：中華書局，1997 年版，第 69 頁。

> 樂以成，貴賤以分。養老長幼，待之而後存。名號不美，與暴為鄰。功立而身廢，事成而家敗。棄其耆老，收其後世。人屬所利，飛鳥所害。臣愚而不識，請占之五泰。五泰占之曰：此夫身女好而頭馬首者與？屢化而不壽者與？善壯而拙老者與？有父母而無牝牡者與？冬伏而夏遊，食桑而吐絲，前亂而後治，夏生而惡暑，喜濕而惡雨。蛹以為母，蛾以為父，三俯三起，事乃大已。夫是之謂蠶理。蠶。〔註21〕

此賦流傳甚廣，顯然《蠶賦》是一個物謎，文中極盡描摹之能事，從它的功用、特性、飲食、動態等不同角度進行渲染，而且從文化禮教傳承、個人建功立業方式等方面體現儒家思想，可謂是既有謎語的屬性，又有賦的鋪陳和教化意義。

唐宋以後，隱語在民間的發展如火如荼，變種也愈發複雜。宋代陶穀《清異錄．器具．惺惺二十一》：「博徒隱語，以骰子為惺惺二十一。」〔註22〕元代《錄鬼簿》《錄鬼簿續編》記載了不少元曲家好為隱語的著例。明代產生了燈謎，亦曰「燈虎」「文義謎」。清代采蘅子《蟲鳴漫錄》卷二：「士令其將賊中隱語備述而筆記之，彼此習以為戲。」〔註23〕清代黃鈞宰《金壺浪墨．教匪遺孽》：「宿州張義法者，從永城魏中沅學彈花織布兩歌，皆邪教中之隱語。」〔註24〕這裡輯錄的隱語均是指行業用語，是行業內部人所共知的某一特定語境下所產生的大家都可以理解的「行話」或「江湖黑話」。將隱語與黑話簡單等而視之。

由上可知，古代隱語基於使用的場域不同、主體不同、意圖不同則會被賦予迥然有別的外在功能，同時亦衍生出不同的本體變種，表現在內在特質方面則各有側重，如軍事密言的隱蔽性，宮廷君臣譎諫之婉言曲語的委婉達意性，讖言的神秘莫測性，射覆或謎語的遊戲性、益智性，賦體的文學性等等，儘管這對於我們瞭解古代隱語的不同側面多有助益，但受限於皆是從語用角度對

〔註21〕（戰國）荀卿著，（清）王先謙集解：《荀子集解》，北京：中華書局，1981年版，第316～317頁。

〔註22〕（宋）陶穀：《清異錄》，（明）陶宗儀：《說郛》卷六十一（據涵芬樓1927年11月版影印），北京：中國書店，1986年版，第406頁。

〔註23〕（清）采蘅子：《蟲鳴漫錄》，《筆記小說大觀》（第22冊），揚州：江蘇廣陵古籍刻印社影印進步書局本，1983年版，第301頁。

〔註24〕（清）黃鈞宰：《金壺浪墨》，《筆記小說大觀》（第27冊），揚州：江蘇廣陵古籍刻印社影印進步書局本，1983年版，第98頁。

隱語實例作出的注解，並未將研究的重心聚焦於系統挖掘古代隱語的語義學內涵上。真正對古代隱語做出專門理論性研究的則肇始於南朝的劉勰。劉勰在文論巨典《文心雕龍》中專闢《諧隱》一篇，將古代隱語作為一種專門的有韻文體進行系統研究，通過「原始以表末，釋名以章義，選文以定篇，敷理以舉統」的方式，即通過為隱語溯其源、釋其名、彰其用、舉其類、辨其成因、述其流變，首次系統闡明了古代隱語的內涵與外延。

劉勰在《諧隱》篇首，首先辨析古代隱語的成因在於當政者因己私利為所欲為的「自有肺腸」，導致「俾民卒狂」「怨怒之情不一」，故不得不發洩和怨刺，明確隱語具有刺上的箴戒之用。繼而為古代隱語溯源，並一一例舉「睅目之謳」「侏儒之歌」「蠶蟹鄙諺」「狸首淫哇」等古代使用隱語的不同情況，由此可推見古代隱語與民間謠諺、歌、謳等必具某種文體上的淵源關係。「原始以表末」之後，劉勰接著「釋名以章義」，解「隱」為「遁辭以隱意，譎譬以指事」〔註 25〕，認為隱就是用曲折的文辭隱喻意思，用委婉的譬喻指示事物，要之在表達方式上講求間接隱晦，表達目的上實現隱義之效。

考辨劉勰在《文心雕龍・諧隱》篇中以例舉說明的方式盡數古代用隱的 8 種情況，包括還無社求拯於楚師的「麥鞠之隱」，申叔儀乞糧於魯人的「庚癸之隱」，伍舉刺荊王的「大鳥之隱」，齊客譏薛公的「海大魚之隱」，莊姬諫楚頃襄王託辭於「龍尾之隱」，臧文仲給魯君密傳信息的「羊裘之隱」，荀卿的「蠶賦之隱」，魏文帝、陳思王及高貴鄉公的謎語等，針對上述情況進行細分可知，諸如「麥鞠之隱」「庚癸之隱」「羊裘之隱」是被用於軍事上的密傳信息；「大鳥之隱」「海大魚之隱」「龍尾之隱」則意在譎諫刺上，與軍事上的密言相較，更似君臣間的曲語；「蠶賦之隱」或謎語則被用於遊戲或測智，其文學性與審美的無功利性顯而易見。劉勰《諧隱》篇又將「隱」與「謎」並列，只是謎語更加注重「纖巧以弄思，淺察以衒辭」「雖有小巧」，與古之為隱「周理要務」「頗益諷戒」〔註 26〕稍顯差異，但他亦承認「謎」為魏晉以後「隱」的化身。宋代周密在《齊東野語・隱語》中解釋說：「古之所謂廋詞，即今之隱語，而俗所謂謎。」〔註 27〕清代費源《玉荷隱語》亦云：「今之所謂謎語，即古之隱

〔註 25〕（南朝梁）劉勰著，范文瀾注：《文心雕龍注》，北京：人民文學出版社，1962 年版，第 271 頁。

〔註 26〕（南朝梁）劉勰著，范文瀾注：《文心雕龍注》，北京：人民文學出版社，1962 年版，第 271～272 頁。

〔註 27〕（宋）周密：《齊東野語》，北京：中華書局，1983 年版，第 398 頁。

語也，自魏代以來化而為謎。」〔註28〕援引諸例可以確證，古之廋詞或謎語實乃隱語之別稱。

明代李開先《詩禪》稱俗之所謂「謎」即士大夫所謂之「詩禪」，將隱語與詩禪等同視之，認為隱語之用如禪教深遠，要者「必由猜悟，不可直指徑陳，徑直則非禪矣。」〔註29〕，強調隱語婉言曲語、不直言出之的語言特性。明代郭子章彙編《六語》輯錄隱語二卷，從《左傳》等古代典籍中摘錄30幾則隱語資料，以資談柄。其《隱語序》釋「隱」曰：「讔者，隱也。其詞遁而僻，其旨深以晦。」〔註30〕郭氏釋「隱」較前代尤為難能可貴之處在於，其從辭與義、外部形式與內在蘊涵表裏相合的角度，綜合闡釋隱語之隱不僅在於外在之辭隱，亦體現在內在的隱義上，內外結合、表裏相依，充滿邏輯辯證法思想。不僅如此，郭子章在對「隱」釋名章義以後，更將隱語從總體上進行分類，並在價值上區分其高下。一類是「不得不隱者」，其中又包含兩種情形，一種是以下諫上，「以冀必從」〔註31〕，用隱語的方式以示勸諫，一種乃事關軍國，「君不密則失臣，臣不密則失身，機事不密則害成，不得不隱其語，以冀必濟」〔註32〕，用隱語的方式追求事成，郭氏認為這一類「不得不隱者」才是劉勰所云興治濟身、弼違曉惑的不可捐棄者；一類是「可以無隱者」，具體意指那些「不過作俳優之雄，以媚於人主，造艱深之詞，以述於後世」〔註33〕，「內無關於情性，外無與於理亂」〔註34〕之類的隱語，此類隱語在郭氏看來著實無足採者，可以捐棄，從儒家詩以言志、文以載道的觀念出發，郭氏之於隱語的態度與前人劉勰頗有遙相呼應、隔代唱和之妙。

〔註28〕（清）費源：《玉荷隱語》，高伯瑜等編纂：《中華謎書集成》，人民日報出版社，1991年版，第277頁。

〔註29〕（明）李開先：《詩禪》，高伯瑜等編纂：《中華謎書集成》，人民日報出版社，1991年版，第7頁。

〔註30〕（明）郭子章：《六語》，高伯瑜等編纂：《中華謎書集成》，人民日報出版社，1991年版，第43頁。

〔註31〕（明）郭子章：《六語》，高伯瑜等編纂：《中華謎書集成》，人民日報出版社，1991年版，第43頁。

〔註32〕（明）郭子章：《六語》，高伯瑜等編纂：《中華謎書集成》，人民日報出版社，1991年版，第43頁。

〔註33〕（明）郭子章：《六語》，高伯瑜等編纂：《中華謎書集成》，人民日報出版社，1991年版，第43頁。

〔註34〕（明）郭子章：《六語》，高伯瑜等編纂：《中華謎書集成》，人民日報出版社，1991年版，第43頁。

綜合梁代劉勰、明代李開先、郭子章等人對隱語的研究成果可以推知，理解古代隱語之內涵至少應包含這樣幾個維度：一，古代隱語也稱「廋辭」或「謎語」，意指不把本意直接說出而借別的詞語來暗示的話。二，具有隱蔽性，不直言出之的語言特質。三，隱語之隱不僅在於外在的辭隱，亦體現在內在的隱義上。四，隱語還可細分為密言、曲語、謎語等不同類型，每種類型又各有側重，且在功能、價值上呈現高下有別。

近代研究隱語的學者，朱光潛、聞一多二人較有代表性。聞一多在《神話與詩．說魚》一文中首先對「隱」與「喻」作了系統比較，其不僅注意到了兩者之間的聯繫是「手段和效果皆同」，更認識到了兩者之間的細微差異在於「目的完全相反」。所謂「喻訓曉，是借另一事物來把本來說不明白的說得明白點；隱訓藏，是借另一事物來把本來可以說得明白的說得不明白點。」〔註35〕在隱、喻的兩相對比中對隱語的特點和內涵予以更為清晰的揭示——手段上「拐著彎兒」「借另一事物來說明一事物」，目的在於藏，實際上也道出了隱語一個十分重要的質的規定性——隱蔽性、秘密性。聞一多繼而又以古代《六經》為例釋「隱」，將「隱」與「《易》的『象』和《詩》的『興』」相類，因為預言需要有神秘性，所以《周易》不離「象」；而《詩經》中尤其是「風詩」多刺上之辭，語涉禁忌，自然離不開偽裝，故詩人之語多「興」。所以「象」與「興」都是隱語，是有話不能明說的隱。聞一多還尤為注重隱語的社會價值，他進一步引入謎語作為參照系，以隱語與謎語在作用、功能與地位等的上下有別，闡釋了隱語並不單是一種純粹的文字遊戲，對其用自然也就不僅僅在於「積極地增加興趣」，而是帶有強烈的社會功能，是一種「充沛著現實性的藝術」〔註36〕。

朱光潛《詩論》則專闢「詩與諧隱」一章來談詩與諧及隱之間的關係，其貢獻主要有三：一是通過比較諧與隱的異同指出，「隱常與諧合，卻不必盡與諧合。」「諧偏重人事的嘲笑，隱則偏重文字的遊戲。」「諧的對象必為人生世相中的缺陷，隱的對象則沒有限制。」〔註37〕並繼而引出隱語的定義：「用捉迷藏的遊戲態度，把一件事物先隱藏起，只露出一些線索來，讓人可

〔註35〕聞一多：《聞一多全集》，北京：生活．讀書．新知三聯書店，1982年版，第104頁。

〔註36〕聞一多：《聞一多全集》，北京：生活．讀書．新知三聯書店，1982年版，第106頁。

〔註37〕朱光潛：《詩論》，北京：生活．讀書．新知三聯書店，1984年版，第33頁。

以猜中所隱藏的是什麼」〔註38〕。在這裡，他強調了隱語具有娛樂性和隱秘性的兩面。二是認識到了隱語是隨著歷史發展具有動態變化的，指出隱語經歷了「由神秘的預言變成一般人的娛樂」的演變軌跡，並闡明了古人製造隱語的心理動機在於「一方面有所迴避，不敢直說，一方面又要利用一般人對於神跡的驚贊，來激動好奇心。」〔註39〕其最顯而易見的貢獻在於不吝筆墨地從文體學和詩學視角研究了古代隱語之於賦與詩的關係和影響，認為「隱語是一種雛形的描寫詩，……賦就是隱語的化身。……中國詩人好作隱語的習慣向來很深，……讀許多中國詩都好像猜謎語。……賦即源於隱。」〔註40〕從文體淵源上來看，賦源於隱；從文學創作和審美效果著眼，古代隱語不僅參與中國詩的創構，對中國詩的風格和讀者的審美接受習氣亦產生重要影響。比較聞、朱二人之於隱語的研究成果可見，兩者對隱語的看法基本相仿，都意在強調隱語的隱秘性特徵，通過人為設阻的方式造成理解障礙，而又具有理解的可能性。

除此之外，相關語言學工具書對隱語內涵研究中較富代表性的還有以下幾種觀點：

《辭源》對「隱語」的解釋是：（1）猶密談。（2）指不直述本意而借它辭暗示的話。亦稱「廋詞」〔註41〕。

《辭海》對「隱語」的解釋是：「（1）也叫『隱』或『廋辭』。不把本意直接說出而借別的詞語來暗示的話。謎語的古稱。（2）即『黑話』。社會習慣語的一種。舊時有的社會集團為避免局外人的瞭解而製造使用的秘密詞語。（3）私語。（4）修辭學術語。以隱伏奇譎的手法來表達所要說的話，重在鬥趣或暗示。」〔註42〕

《語言學百科詞典》中關於「隱語」詞條的釋義將隱語簡單等同於黑話，即：「又稱，『黑話』『切口』，指社會游離分子（乞丐、流氓、盜賊）或幫派集團使用的特殊詞語，以秘密性為其特點。使用隱語的目的在於使圈子之外的人

〔註38〕朱光潛：《詩論》，北京：生活．讀書．新知三聯書店，1984年版，第33頁。
〔註39〕朱光潛：《詩論》，北京：生活．讀書．新知三聯書店，1984年版，第35頁。
〔註40〕朱光潛：《詩論》，北京：生活．讀書．新知三聯書店，1984年版，第36～40頁。
〔註41〕北京商務印書館辭源編輯部：《辭源》，北京：商務印書館，1983年版，第3299頁。
〔註42〕北京中華書局辭海編輯部：《辭海》，北京：中華書局，1980年版，第441頁。

聽不懂，以便於保護自己或作為考察對方是否圈子中人的手段。」〔註43〕

從以上三者對「隱」和「隱語」的解釋可見，古代隱語，通俗來說就是指把真正的意思「隱」起來，借別的詞說出來的話，秘密性是其最本質的特徵。廋詞、謎語、隱語三者異名同指。《辭源》僅注重從詞彙語義分析角度對隱語進行釋名，而《辭海》和《語言學百科詞典》則進一步從語義和語用、釋義與功能兩個角度展開對隱語的釋名。

考索前代研究者對於隱語的認知與闡釋可知，其或是基於歷史與現實相結合的維度為隱語溯源並考其流變，或是從文體分類學、功能學的維度，區分古代隱語的分類並強調其文體功能，或是通過對比分析的方法，明確隱語的語義學內涵，都從不同側面揭示了隱語的冰山一角，這對於我們理解隱語的內涵與外延，把握隱語的生成機制與創制心理，判別古代隱語的使用場域、發展演變軌跡及其功能價值，頗具啟發意義。但受制於學術資源或研究視野的種種局限，我們也清楚地意識到，前人對於隱語內涵、外延的闡釋與界定缺憾有二：一是大多研究尚囿於語言學、詞彙學的範疇，還習慣於從狹義的角度來理解和闡釋隱語，通常將隱語釋作一種語言變異現象，意指一種不直白說出來的話。二是雖有研究者已經注意到古代隱語具有不同變種，但只是將廋詞、謎語等作為隱語在不同時代語境下的不同稱謂，是異名同指，並未將古代隱語視作一種包含若干子類的豐富上位概念。

若以當代眼光視之，已經有不少研究者如曹聰孫、劉中富、祝克懿、曹煒、武小軍、劉宏麗等，摒棄狹義視角看隱語，開始逐步注意到隱語與黑話、暗語、謎語、秘密語、行話、歇後語、雙關語等相關概念的上下位關係。也有一些研究者如曲彥斌、郝志倫、季廣茂等已開始引入文化學、民俗學、社會學、認知語言學、詩學、文體學、哲學等新的學科資源來從事隱語研究，凡此皆大大拓展了隱語的內涵與外延。

相較而言，本文著力圍繞修辭學、文體學、詩學與哲學等學科角度開展對古代隱語的跨學科多元化綜合研究，針對隱語的釋名也在前人研究的基礎上再進一步，建基於從更加廣義的角度出發來闡發隱語。概括而言，隱語之「隱」，既是手段亦是目的；而隱語之「語」則是「隱」的結果與載體。「語」不僅包括有聲的話語，如日常生活中的語言、外交用語等，都是符合一定場

〔註43〕戚雨村等：《語言學百科詞典》，上海：上海辭書出版社，1993年版，第566頁。

合交際需要的話語表達；也可以是無聲的文字，其中既包含單個的詞彙如古代經史子集中記載的寓言、讖語、雙關語、謎語、行話、黑話等，也包含概念更大的句子甚至整個語篇，如古代俗諺、藏頭詩、離合詩、詠物大賦等；甚至還可以是某種動作、圖像、結構、色彩等具有一定潛在意義的表現方式，如古代戲曲中的人物臉譜，舞蹈、雕塑中的各種造型，繪畫、建築中的色彩、構圖與空間隱語等，則又大大拓展了古代隱語的內涵與外延，亦將行為隱語囊括其中。

二、中國古代隱語的功能

由中國古代隱語的溯源和流變軌跡可見，從遠古歌謠到上古卜辭，從民間男女言情到宮廷倡優勸諫、君臣應對，從文人士子間的酬唱娛樂到各諸侯邦國外交領域的唇槍舌戰，上至君王貴族、中達人臣士子、下及各行各業如農、工、商賈者乃至江湖中人等普通從業者，隱語的使用可謂無處不在。個人靠它抒情達意，行市靠它秘密傳遞信息，國家靠它甄拔賢才，敵國間還可以以它刺探情報。不同時期、不同場域和語境，以及使用主體的變化，使得隱語被賦予各種不同的功能，或用以避諱，或藉此談情說愛，諷諫君主、針砭時弊，又或者作為一種標識身份、分辨敵我、密傳信息的手段，抑或是作為一種用以娛樂的純粹文字遊戲等等，不一而足。一言以蔽之，這些功能可以概括為三個主要方面：

（一）社會功能

1. 個人情感的委婉表達

隱語最初在民間一個非常重要的功能即被用來隱晦地表達一些不便明言的情感或願望，這點在《詩經》採錄的各地民風中尤為常見。如《周南·芣苢》：

> 采采芣苢，薄言采之。采采芣苢，薄言有之。采采芣苢，薄言掇之。采采芣苢，薄言捋之。采采芣苢，薄言袺之。采采芣苢，薄言襭之。〔註 44〕

《爾雅》有云：「芣苢，馬舄。馬舄，車前。」〔註 45〕故芣苢即車前草之意。《毛詩》釋此詩曰：「《芣苢》，后妃之美也，和平則婦人樂有子矣。天

〔註 44〕（清）阮元校刻：《十三經注疏·毛詩正義》，北京：中華書局，1980 年版，第 281 頁。

〔註 45〕（宋）鄭樵：《爾雅鄭注》，北京：中華書局，1991 年版，第 219 頁。

下和，政教平也」〔註 46〕，將芣苢比附政治，釋其為「后妃之德」之意；朱熹《詩集傳》釋此詩云：「化行俗美，家室和平，婦人無事，相與採此芣苢，而賦其事以相樂也。」〔註 47〕方玉潤《詩經原始》認為：「車前，通利藥，謂治產難或有之，謂其『樂有子』，則大謬。」〔註 48〕並認為這首詩是田家婦女在平原繡野群歌互答之作。《芣苢》詩中並沒有任何關於政教、后妃的內容，因此《毛詩》之解失之迂腐。朱熹、方玉潤等人的說法或有一定道理，卻無法解釋，為什麼採的是「芣苢」而不是別的草？近人聞一多從古代音韻學角度給出了較為合理的解釋。他認為「芣苢」之古音近「胚胎」，古人根據類似律的觀念，以為芣苢能生子。在他看來，《芣苢》是一首充滿隱語的民歌，唱這首歌時並不一定非局限在祀神的嚴肅場合，也可能是心中有了求子的願望時，有意無意地呼唱了這首歌。總之，隱晦地表達生殖願望，正是該詩的主題〔註 49〕。

再如漢樂府《江南》：

> 江南可採蓮，蓮葉何田田！魚戲蓮葉間：魚戲蓮葉東，魚戲蓮葉西，魚戲蓮葉南，魚戲蓮葉北。〔註 50〕

詩中「蓮」諧「憐」聲，這也是隱語之一種，詩中以魚喻男、蓮喻女，說魚與蓮戲，實等於說男與女戲。鄭眾解《左傳》語：「魚勞則尾赤，方羊遊戲，喻衛侯淫縱。」〔註 51〕可供參證，以魚的遊戲喻衛侯的淫縱，則魚戲蓮是隱射男性求偶的隱語。南朝樂府《作蠶絲》：「春蠶不應老，晝夜常懷絲。何惜微軀盡，纏綿自有時。」〔註 52〕以春蠶之「懷絲」喻戀人之「懷思」，以蠶絲之「纏綿」喻男女戀情的「纏綿」，在魏晉南北朝樂府詩中，諸如此類以物喻人，以物之酸、甜、苦、辣、啼、悲、纏綿隱射人之離合、悲歡情感狀態的隱語化表

〔註 46〕（清）阮元校刻：《十三經注疏．毛詩正義》，北京：中華書局，1980 年版，第 281 頁。

〔註 47〕（宋）朱熹：《詩集傳》，北京：中華書局，1958 年版，第 115 頁。

〔註 48〕（清）方玉潤撰，李先耕點校：《詩經原始》，北京：中華書局，1986 年版，第 85 頁。

〔註 49〕聞一多：《聞一多全集》，北京：生活．讀書．新知三聯出版社，1982 年版，第 99 頁。

〔註 50〕（宋）郭茂倩：《樂府詩集》，北京：中華書局，1979 年版，第 201 頁。

〔註 51〕（晉）杜預：《春秋左傳集解》，北京：中華書局，1923 年版，第 113 頁。

〔註 52〕（宋）郭茂倩：《樂府詩集》（全四冊），北京：中華書局，1979 年版，第 522 頁。

達不勝枚舉，都是憑藉隱語這一手段來隱晦地傳達一些私人尤其是男女之間不便或不願明說的隱秘情感。

其中，最難以啟齒的，當屬中國古人表達男歡女愛的性隱語，比較具代表性的有「雲雨」「風月」等。以「雲雨」為例，宋玉《高唐賦》有云：「妾在巫山之陽，高丘之阻，旦為朝雲，暮為行雨。朝朝暮暮，陽臺之下。」寥寥數語，寫就了數千年的情愛纏綿，巫山從此與浪漫定下了千年之約。縱然朝代更迭，世事變幻，「雲雨」早已成為中國文學性愛主題的經典隱語，且詩意盎然，搖盪情性。其實，「雲雨」被視為男女交歡，來源於中國古代哲學中的「天人合一」思想。《周易·繫辭下》有語「天地絪縕，萬物化醇；男女構精，萬物化生。」〔註53〕《老子·三十二章》又云：「天地相合，以降甘露，民莫之令而自均。」〔註54〕說的都是天地交合導致甘露降、萬物生，後來被具象化為君王與神女的交歡。宋玉《高唐賦》的主旨，其實在於「鼓勵楚王與神女交歡，以期給國家人民帶來福祉」。因為《高唐賦》以優美的文辭，著重渲染了求歡的過程和情感，更具文學色彩，於是後人在解讀它的時候，便淡化了「交媾致雨」的宗教意味，而偏重於其文學的浪漫色彩。故此，「巫山雲雨」自《高唐賦》開始，就成為中國文學中具有原型意味的性隱語，既委婉地表達了男女之事，又讓人感到順應自然，充滿浪漫色彩。

2. 中國傳統的吉祥文化

中國古代祭祀之風很盛，上至一國之君的封禪大典，下至黎民百姓的祭天地鬼神或祭祖先聖賢，不僅祭拜對象不一而足，而且祭拜的時機亦遍布一年四季，春種夏長、秋收冬藏要祭祀，婚配生子、遠行喪葬亦要祭祀，其目的無非是一種祈福求平安、趨吉避邪的心理，由此孕育而出的就是中國傳統的吉祥文化。吉祥之於中國人，就如同水之於魚，天空之於鳥，空氣之於人。而吉祥符號、吉祥物、吉祥圖案就是人類創造出來用以暗示傳遞心聲的道具，這些對象、符號或圖案亦即寓意吉祥的隱語。

在中國傳統的吉祥文化中，隱語的應用十分廣泛。尤其在中國傳統的吉祥圖案中，利用諧音雙關類隱語作為某種吉祥寓意進行表達的情況十分普遍。如

〔註53〕（清）阮元校刻：《十三經注疏·周易正義》，北京：中華書局，1980年版，第76頁。

〔註54〕（春秋）老子著，（魏）王弼注，樓宇烈校：《老子道德經注》，北京：中華書局，1980年版，第81頁。

中國傳統吉祥圖案中的「六合（鹿鶴）同春」「連（蓮）年有餘（魚）」「福（蝠）祿（鹿）壽」等等。見圖 1：

圖 1：鹿鶴同春、蓮年有餘、福祿壽的年畫

鹿是中國人心中的吉祥物，因為「鹿」與「祿」諧音，而對福祿的追求是中國民俗文化的一個重要方面。《詩經・小雅・鴛鴦》云：「君子萬年，福祿宜之。」〔註 55〕據說古人眼中的「福祿」分別指代蝙蝠和梅花鹿。故在中國古幣中，也有鑄鹿的形象。

在西方，蝙蝠的形象代表的是邪惡。他們認為蝙蝠是黑夜裏的吸血鬼，猙獰可怕。但在中國的傳統文化中，蝙蝠卻是福氣、吉祥的象徵。文化的差異直接影響人們的認知，進而影響物象背後的隱寓義。因為「蝠」「福」諧音，古往今來蝙蝠都受到人們的喜愛。又因為蝙蝠習慣倒懸而睡，人們又用它來象徵「福到」；蝙蝠入宅則象徵「福臨門」。

蓮、荷因其多「籽」（諧音子），暗含生育及婚戀意義。而後其內涵逐漸從蓮生子的生殖繁衍演化成了物產的豐收。如年畫中的「蓮年有魚」就是以魚、小孩、蓮組合而成的圖案來表示。在此處，蓮既保留了多「籽」屬性，又體現了諧音隱喻的特性，同「連」。

隱語在中國傳統的吉祥文化中的應用還體現在眾多頗具「中國味道」的獨特意象或自然物象的某種特質裏。子曰：「與善人居，如入芝蘭之室，久而不聞其香，即與之化矣。」〔註 56〕以芝蘭意象隱寓君子的高尚品格，已經成為中國傳統文化的一種普遍共識。因此，在中國古代的吉祥畫裏，往往芝蘭同用，以喻君子之交。我們常把「梅、蘭、竹、菊」譬為「花中四君子」，也是將自然物象人格化，把人之品格對象化到自然界，以隱語形式尋找人之品質在自然

〔註 55〕（清）阮元校刻：《十三經注疏・毛詩正義》，北京：中華書局，1980 年版，第 480 頁。

〔註 56〕薛恨生標點，鮑賡生校閱：《孔子家語》，上海：新文化書社，民國 23 年版，第 77 頁。

界的代言物。古代還有「鶴髮童顏」「鶴壽龜年」「壽比南山不老松」等說法，也常見「松鶴延年」的畫作，凌霜耐寒的松樹與仙風道骨的鶴隱含長壽之意，這都是把自然物象在某方面的特質，如松、鶴的長壽特徵，與長壽的吉祥文化加以類比，尋得兩者之間內在的相似處，並作以隱語化表達的典型示例。如此隱喻吉祥的畫作在中國人的世界裏可謂比比皆是，比較耳熟能詳的還有比如隱喻功成名就的「馬上封侯」圖，隱喻夫妻生活和諧美滿的「鴛鴦戲水」圖，隱喻吉祥好運的「三陽開泰」圖，隱喻天下太平的「太平有象」圖，隱喻夫妻白頭偕老、富貴到老的「白頭富貴」圖等等，不一而足。見下圖：

圖 2：馬上封侯圖

上圖所示為猴子騎於馬上。猴諧音「侯」，馬上有「立刻」之意，以此隱喻立刻封侯，馬上就飛黃騰達。這是對富貴的象徵，古代還常用猴子構成「封侯掛印」等吉祥圖案。

圖 3：鴛鴦戲水圖

「鴛鴦」隱喻夫妻恩愛，民間婚事的時候常用繡鴛鴦的吉祥圖案。

圖 4：三陽開泰圖

上圖所示母子三頭羊，在山上吃草。其中，「羊」與「陽」同音，「三陽開泰」又被稱為「三陽交泰」，古人將每個月都和卦聯繫起來，如正月就是泰卦，卦象由三個陽爻和三個陰爻組成，古人以為這時候冬去春來，陰消陽長，有吉亨之象，寓意祛盡邪佞，吉祥好運接踵而來。所以往往用「三陽開泰」作為新年時的稱頌之語，祈求新年平安如意。在《周易》中，「泰」卦代表著吉祥好運，《易・泰》曰：「泰，小往大來，吉亨。」〔註 57〕還有個成語叫否極泰來，就是說逆境達到極點，就會向順境轉化。

圖 5：太平有象圖

圖畫由象和寶瓶組成，一般是一隻碩大、憨態可掬的大象，背搭錦袱，上馱一寶瓶，瓶中還插有花卉作裝飾。「瓶」與「平」諧音，太平有象即隱喻天下太平、五穀豐登之意。民間有一種說法「國有象，則天下太平；家有象，則吉祥平安」。童子持如意騎大象叫作「吉祥如意」，「騎象」諧音「吉祥」。

〔註 57〕（清）阮元校刻：《十三經注疏・周易正義》，北京：中華書局，1980 年版，第 16 頁。

圖 6：白頭富貴圖

該圖由一種叫白頭翁的鳥和牡丹花共同構成。牡丹自古就有富貴的寓意，周敦頤《愛蓮說》曰：「牡丹，花之富貴者也」，以白頭鳥和牡丹花組成的圖案，隱喻夫妻可以白頭偕老，富貴到老。

3. 人際之間的身份標識與密傳信息

言語是言說者說出來的話，它自然與言說者的身份密不可分。研究語言與社會身份認同方面的西方學者 George Yule 曾提出這樣一個觀點：「說話者選擇哪一種語碼取決於說話者的兩種心理，即權勢與等同。」〔註 58〕換言之，即說話者在說話的時候，除了要向對方講明言說的內容以達到溝通的目的之外，

〔註 58〕George Yule：《Le Page & Tabouret》，Keller，1985 年版，第 245 頁。

還具有一層潛在的不言自明的身份標識功能。隱語的使用同樣也不例外。它一方面有助於在其使用者中間建立起一種群體感、歸屬感，可以用來標識身份，獲得認同，使得群體內部成員交際更加高效、豐富多彩，而且頗有深度，同時將不歸屬於同一個社群的對象排斥在外，具有對內親密、對外排他的雙重特徵。中國古代的「市井行話」「江湖黑話」等隱語子類的大量出現與勃興，就是古代隱語發揮身份標識功能的明證。如《水滸傳》第三十七回記：

> 那長漢（穆宏）道：「我兄弟倆正要捉這乘船的三個。」
>
> 那梢公（張橫）道：「乘船的這三個是我家親眷，衣食父母，請他歸去吃碗板刀面子來。」
>
> 那長漢（穆宏）道：「你且搖攏來和你商量。」
>
> 那梢公（張橫）道：「我的衣飯，倒搖攏來把與你，倒樂意。」
>
> 宋江不曉得梢公話裏藏鬮，在船裏悄悄和兩個公人說：「也難得這個梢公救了我們三個性命。由與他分說，不要忘了他恩德。卻不是幸得這只船來渡了我們。」〔註59〕

江湖人見江湖人，說的是江湖上的黑話，穆宏是見多識廣的老江湖，自然能聽得出張橫的黑話。然而，宋江與兩位公人乃官府中人，尤其是宋江，又是讀書人出身，更是難以聽出賊人行走江湖、互通信息的暗語，被蒙在鼓裏卻還不忘對賊人感恩戴德。此類語境之下，隱語不僅具有標識使用者個人身份的社會功能，而且還發揮了密傳信息之用，可謂一舉兩得。

（二）政治功能

1. 以下刺上的諷諫功能

古代隱語的政治功能首先表現在諷諫上，這是君臣之間共同的需要。《說苑・正諫》云：「是故諫有五：一曰正諫，二曰降諫，三曰忠諫，四曰憨諫，五曰諷諫。孔子曰：『吾其從諷諫矣乎！』夫不諫則危君，固諫則危身；與其危君，寧危身。危身而終不用，則諫亦無功矣。智者度君權時，調其緩急而處其宜，上不敢危君，下不以危身。故在國而國不危，在身而身不殆。」〔註60〕所謂諷諫，也就是臣子委婉地指出君王治國理政的某些缺點或不足，此時隱語正好派上用場，尤其面對昏庸君主拒納諫言時，說之以隱語，隱而不宣、言此

〔註59〕（明）施耐庵：《水滸傳》，北京：人民文學出版社，1975年版，第116頁。

〔註60〕（漢）劉向：《說苑》，上海：商務印書館，1923年版，第85頁。

而意彼的效果不僅可以調動君主揣度「謎底」的興趣，而且還因為能夠「調其緩急而處其宜」，往往可以收到「上可諫君，下亦不危身」的進諫效果。《戰國策》中《鄒忌諷齊王納諫》一文就採用了說之以隱的諷諫方式：文中鄒忌以家庭生活小事類比國之大事，以夫妻親友間的微妙關係引申出治國理政的一番大道理，以此來勸諫齊威王，終因國家廣開言路、改良政治最終達至眾國來朝、「戰勝於朝廷」的國治民安之效。在以隱進諫的例子中，最著名的莫過於伍舉諫楚莊王的「大鳥之隱」。《史記・楚世家》載：

> 莊王即位三年，不出號令，日夜為樂，令國中曰：「有敢諫者死無赦」，伍舉入諫，……曰：「願有進隱」，曰：「有鳥在於阜，三年不蜚不鳴，是何鳥也？」莊王曰：「三年不蜚，蜚將衝天；三年不鳴，鳴將驚人。舉退矣，吾知之矣！」……於是乃罷淫樂，聽政。〔註 61〕

伍舉以「大鳥」隱射楚莊王，以「大鳥」的「不蜚不鳴」影射楚莊王的不問政事，以「大鳥之隱」諷諫楚莊王不要沉迷聲色，荒廢國事，聽隱後楚莊王頓悟，乃罷淫樂勤政事，選賢任能，國方得以久治，楚莊王也成為春秋霸主之一。《韓非子・喻老》、《史記・滑稽列傳》、《呂覽・重言》、《新序・雜事二》亦有此類記載，即便故事的主人公業已更名改姓，但本事庶幾未變，足見此事的可信度極高。劉勰說隱語可以「大者興治濟身」「周理要務」〔註 62〕，指的就是其譎諫之功。

2. 賦詩言志與外交辭令

古代隱語另一個使用較為廣泛的場合莫過於國與國之間主張權利、維護自身國家利益的外交領域上。朱光潛《詩論・詩與隱》說：「一個國家有會隱語的臣子，在壇坫樽俎間便可取得外交勝利，范文子猜中了秦客的三個謎語，史官便把它大書特書。《三國志・薛綜傳》裏有一段很有趣的故事。蜀使張奉以隱語嘲吳尚書闞澤，澤不能答，吳人引以為羞。薛綜看這事有失體面，就用一個隱語報復張奉說：『有犬為獨，無犬為蜀，橫目苟身，蟲入其腹。』此語一出，蜀使無話可說，吳國的面子便爭了回來。」〔註 63〕從范文子、薛綜的故事中不難見出，隱語之用在古代尤其是外交場合是一件極為嚴肅的事情，兩國外交使臣

〔註 61〕（漢）司馬遷：《史記》（卷五），北京：中華書局，1982 年版，第 1700 頁。
〔註 62〕（梁）劉勰著，范文瀾注：《文心雕龍注》，北京：人民文學出版社，1962 年版，第 271、273 頁。
〔註 63〕朱光潛：《詩論》，北京：生活・讀書・新知三聯書店，1984 年版，第 31 頁。

在以隱語進行的唇槍舌戰中，於個人而言可以鬥智鬥趣、比個高低；於國家而言，則不僅會影響一個國家的尊嚴，甚至會左右整個國家的走向和命運。

此類外交辭令在《左傳》中記載頗多。《左傳》中的某些辭令除了字面意思之外，還隱含著豐富的言外之意。此類情形，隱語之用誠如劉知幾所云：「發語已殫，而含義未盡，使夫讀者望表而知裏，捫毛而辨骨，睹一事於句中，反三隅於字外。」〔註 64〕劉知幾從讀者接受的角度闡釋「隱語」之發用而產生的修辭功效，即隱語之用，有表裏、內外兩重涵義，表面是一個意思，言外又暗含不盡之意。如《左傳・宣公十二年》載：

> 還無社與司馬卯言，號申叔展。叔展曰：「有麥麴乎？」曰：「無」。「有山鞠窮乎？」曰：「無」。「河魚腹疾奈何？」曰：「目於眢井而拯之。若為茅絰，哭井則已。」明日蕭潰，申叔視其井，則茅絰存焉，號而出之。〔註 65〕

此例《文心雕龍・諧隱》篇論及隱語時亦有引徵，「昔還社求拯於楚師，喻眢井而稱麥鞠」〔註 66〕，兩軍交戰，勢如水火，軍國大事，不便明言，故申叔展不得不假託「有麥麴乎」、「有山鞠窮乎」、「河魚腹疾奈何」等 3 個隱語，巧妙暗示還無社若兵敗其應藏身之處。其中「麥麴」即酒母，有御濕之效；「山鞠窮」乃川芎，亦可作為御濕之藥；「河魚腹疾」即是指因身處低濕之處所得的病，三件事物共同暗示出還無社藏匿地點即低濕之處。還無社最終接收到了申叔展的暗示，藏於眢井，才得以躲過此劫，保全性命。隱語於此，亦起到了密傳信息和保護對話雙方的功能。

在外交領域使用的隱語，有時像是一種急中生智，隱語在這裡被作為一種測智的手段，考量著外交雙方政治智慧的高下；有時又像是一種秘而不宣的暗語，在保護對話雙方的基礎上，讓對方根據特定的語境去揣度言說者的真實意思。聞一多在《神話與詩・說魚》中認為隱語是「智力測驗的尺度」和「伺探對方實力」的手段〔註 67〕，其根據恐怕就是出自此類古代使用隱語的情形。

〔註 64〕（唐）劉知幾撰，（清）浦起龍釋：《史通通釋》，上海：上海古籍出版社，1978 年版，第 174 頁。

〔註 65〕（晉）杜預：《春秋左傳集解》，北京：中華書局，1923 年版，第 332 頁。

〔註 66〕（梁）劉勰著，范文瀾注：《文心雕龍注》，北京：人民文學出版社，1962 年版，第 271 頁。

〔註 67〕聞一多：《聞一多全集》（第一冊），北京：生活・讀書・新知三聯書店，1982 年版，第 118 頁。

3. 文字獄下的隱秘表達

所謂文字獄，簡單理解，即因言獲罪的案件。《漢語大詞典》謂其曰「舊時謂統治者為迫害知識分子，故意從其著作中摘取字句，羅織成罪」〔註 68〕。《中國大百科全書》則稱其為「清朝時因文字犯禁或藉文字羅織罪名清除異己而設置的刑獄。」〔註 69〕其實，中國古代的文字獄，實乃統治者對被統治者進行思想控制的一種手段，但凡妄議國政者、持異見者、傳播對當朝統治者實施統治不利信息的等等，一律緝拿下獄甚至被處死。文字獄在歷朝歷代時有發生，尤以明清時代為甚。文字獄之禍是對文化的野蠻戕害，讓文化之林變成不能自由生長的荒漠。從秦始皇的「焚書坑儒」到西漢史官司馬遷被施以宮刑依然秉筆直書，從兩宋的「詩獄」到明代的「表箋禍」再到清代的「史獄」「書案」等，儘管文字獄在古代不斷花樣翻新，但強壓之下必有勇夫，許多滿腔熱血的文人士子們依然秉持「兼濟天下」「先天下之憂而憂，後天下之樂而樂」的家國情懷，用更加曲折隱秘的方式來婉陳政見、諷諫君王、針砭時弊。於是乎，隱語隱秘化、諧謔化的表達特徵恰好可以在此大派用場，既可以表達意見又能夠盡最大限度的安命保身。如面對夏末暴君桀的暴政，人們加以詛咒：「時日曷喪，吾與汝偕亡！」人們決心和太陽同歸於盡，以「日」隱喻夏桀，用隱語化的方式詛咒施以暴政的昏庸皇帝。即便是在清朝文字獄最為嚴酷的時候，也不乏「鐵肩擔道義」的文人士子們，用他們的如椽巨筆創作了諸如《紅樓夢》《儒林外史》《聊齋誌異》等一系列名留青史的文藝作品，或是假託描繪鬼靈精怪，或是通過模糊故事發生的朝代與地點等，以隱語化的表達，最終實現了嘲諷當朝統治者，痛陳時弊的政治目的。

4. 讖緯的政治目的

朱光潛《詩論・詩與諧隱》說：「隱語在近代是一種文字遊戲，在古代卻是一件極嚴重的事。它的最早應用大概在預言讖語。」〔註 70〕此論甚當，中國古代的巫卜，就是典型著例。此時，隱語的神秘感同時滿足了古代巫師與敬神求告者雙方各自的心理訴求。一方面，為了增加讖語的神秘性以示其不同於凡人言，古代主祭者或巫師多偏愛藉重隱語來與求告者溝通，因為「神說的話要

〔註 68〕漢語大詞典編輯委員會漢語大詞典編輯處：《漢語大詞典》，上海：上海辭書出版社，1986 年版，第 1008 頁。

〔註 69〕中國大百科全書總編輯委員會：《中國大百科全書》，北京：中國大百科全書出版社，1993 年版，第 1908 頁。

〔註 70〕朱光潛：《詩論》，北京：生活・讀書・新知三聯書店，1984 年版，第 31 頁。

不明白，方能顯出神的玄奧」〔註 71〕，而求告者面對需要拆解難以自通、玄之又玄的神啟時，亦因自身能力的難以企及，往往對讖言隱語更為深信不疑。

事實上，這些讖言式隱語在形式上已經非常接近民間的謎語，但與熱衷於「弄思、銜辭」〔註 72〕的謎語不同的是，其在內容和功能上均呈現出極大的政治性，是非常時期行為個體表達對黑暗政治和社會現實不滿而又不會危身殆命的有效途徑。如：

（1）檿弧箕服，實亡周國。（《史記．周本紀》）〔註 73〕

（2）今年祖龍死。（《史記．秦始皇本紀》）〔註 74〕

（3）井水溢，滅灶煙，灌玉堂，流金門。（《漢書．五行志中之上》）〔註 75〕

（4）伏戎於莽，升起高陵，三歲不興。（《漢書．王莽傳》）〔註 76〕

（5）卯金刀名為劉，中國東南出荊州，赤帝後，次代周。（《後漢書．班固傳》）〔註 77〕

（6）千里草，何青青？十日卜，不得生。（《三國志．董卓傳》）〔註 78〕

（7）寶文出，劉季握。卯金刀，在珍北。字禾子，天下服。（《宋書．符瑞志上》）〔註 79〕

中國古代讖言多假託童謠。上文所列「千里草，何青青？十日卜，不得生。」即為漢獻帝時的京都童謠，意為千里草為董，十日卜為卓，不得生者亦旋破亡

〔註 71〕朱光潛：《詩論》，北京：生活．讀書．新知三聯書店，1984 年版，第 31 頁。

〔註 72〕（梁）劉勰著，范文瀾注：《文心雕龍注》，北京：人民文學出版社，1962 年版，第 271 頁。

〔註 73〕（漢）司馬遷：《史記》，北京：中華書局，1959 年版，第 134 頁。

〔註 74〕（漢）司馬遷：《史記》，北京：中華書局，1959 年版，第 254 頁。

〔註 75〕（漢）班固：《漢書》，點校本《二十四史》，北京：中華書局，1962 年版，第 3368 頁。

〔註 76〕（漢）班固：《漢書》，點校本《二十四史》，北京：中華書局，1962 年版，第 3100 頁。

〔註 77〕（漢）范曄：《後漢書》，點校本《二十四史》，北京：中華書局，1962 年版，第 4020 頁。

〔註 78〕（西晉）陳壽：《三國志》，點校本《二十四史》，北京：中華書局，1962 年版，第 4823 頁。

〔註 79〕（梁）沈約：《宋書》，點校本《二十四史》，北京：中華書局，1962 年版，第 988 頁。

也，時人大概厭惡董卓專橫，怕因言獲罪故有所迴避，作隱語來咒罵他，又擔心傳之不遠，須得故弄玄虛以增添神秘感來引發注意，此種心理誠如朱光潛論隱語時所言：「它一方面有所迴避，不敢直說；一方面又要利用一般人對於神秘事蹟的驚贊，來激動好奇心。」〔註 80〕

（三）審美功能

1. 隱語的複義性特質增加了作品的審美蘊涵

隱語之要，在遁詞以隱意，譎譬以指事。換言之，隱語重在不明說、不直言，是話裏有話，言在此而意在彼。作為一種語言修辭手段，其對中國古代文藝的影響不可謂不深，而影響至深者則莫過於增強了語言的複義性、模糊性和藝術性特質，讓文藝創作變得更加含蓄蘊藉、餘味曲包，更加追求言外之意、韻外之致，如此帶來的結果便是讓文藝作品變得更加耐品，一方面極大地增加了文藝作品的審美蘊涵，同時文藝作品的接受者也因為增加了審美延宕，而產生更多的審美快感。中國古代的詩詞曲賦，多半有所寄託，賦詩之人或恐於直言，或囿於羞赧乃至難以啟齒、不能明說，或著意追求意在言外，無論哪種情況，隱語於此都自然大有用武之地。此類情形不乏其例，在中國古代隱語詩中體現得尤為明顯。如據傳為三國曹植所作的《七步詩》便是典型好例，詩云：「煮豆燃豆萁，豆在釜中泣，本是同根生，相煎何太急。」曹植七步成詩，才思敏捷，才華冠絕一代，這首詩實乃一則隱語，表面上說得是煮豆時豆萁與豆相煎的故事，而其背後真正所指卻是以豆與豆萁隱射骨肉兄弟，以煮豆燃豆萁隱喻兄弟相殘，委婉隱晦地諷刺了統治集團內部政治鬥爭的殘酷，也隱隱透露出詩人憤懣沉鬱的心情。詩人不直言自己的苦衷，而是巧借隱語，婉言道出其所思所想，既解其難言之苦衷，又增加了詩文的審美蘊涵，讀罷讓人倍感詩意婆娑，語義豐贍，可謂「一石二鳥」。

再比如古代戲曲中多才子佳人男女言情之作，在注重父母之命、媒妁之言的古代社會，自由戀愛、私定終身多犯忌觸諱，作為大家閨秀的未婚女子，自然更是不便直接表露自己的情愫，隱語這時便是堪當大用的「紅娘」了。如元代王實甫所作《西廂記》第三本第四折〔小桃紅〕：「『桂花』搖影夜深沉，酸醋『當歸』浸」：

末云：桂花性溫，當歸活血，怎生制度？

〔註 80〕朱光潛：《詩論》，北京：生活・讀書・新知三聯書店，1984 年版，第 32 頁。

紅唱：面靠著湖山背陰裏窨，這方兒最難尋。一服兩服令人恁。

末云：忌甚麼物？

紅唱：忌的是「知母」未寢，怕的是「紅娘」撒沁。吃了呵，穩情取「使君子」一星兒「參」。〔註 81〕

崔鶯鶯是大家閨秀，出於羞赧，不便直接表白對張生的愛戀，更不便於將安排再次幽會的訊息直白地寫信叫丫鬟送去。因此，這段唱辭便巧妙地運用隱語以求委婉含蓄，用祛病藥方中的「桂花」、「當歸」、「知母」、「紅娘」「使君子」、「參」等六味中藥名，隱喻兩人再次幽會的時間、地點及注意事項等內容，其複義性的表達不僅增添了崔鶯鶯這一作品主人公的可愛性，亦同時增加了作品的審美蘊涵，更為耐讀。

中國古代還有不少詩讖，也是隱語的一種，尤其是在明清時期的話本小說中被廣泛運用，不僅增加了文學作品的神秘感，而且也因為其巧妙暗示了人物命運和故事情節的發展，讀罷，不僅讓人因發現奇妙的湊合而頓生驚贊，亦感興味悠然。如古典名著《三國演義》中的引子乃出自明代楊慎的《臨江仙》：「滾滾長江東逝水，浪花淘盡英雄。是非成敗轉頭空，青山依舊在，幾度夕陽紅。白髮漁樵江渚上，慣看秋月春風。一壺濁酒喜相逢，古今多少事，都付笑談中。」〔註 82〕一首讖詩，縱橫捭闔，三國的命運，英雄的唏噓，時代的變遷，皆隱寓其中，語豐義贍，耐人尋味。《紅樓夢》更是匠心獨運，隱語之用可謂順手拈來，對於反映人物命運、彰顯作品思想主題不無裨益。如以元春、迎春、探春、惜春之名，隱喻「原應歎息」之意；以丫頭命名暗含主人身份與命運；作品中多次出現眾人物製謎、猜謎、行酒令的人物判詞，亦是暗示人物命運的詩化隱喻。由於隱語運用之妙，《紅樓夢》在清代即被視為隱書，其後以蔡元培為代表的索隱派亦因此而興。由此，隱語對文學創作的影響可見一斑，其在闡發主旨、突出主題，塑造人物、烘托環境，增強婉約、諷刺世情等方面皆大有可為。

其實，不僅在文學創作方面，隱語之於中國古代文學批評與賞鑒同樣影響頗深，中國古代文論中非常重要的一支——詩話、詞話、曲話等，也是非常具有中國民族特色的一種重要的文學批評形式，其話語形態就往往是處處設隱作喻，不直言出之，以至於中國古代文論才呈現出與西方美學注重科學謹嚴的

〔註 81〕王季思：《西廂記集評校注》，上海：開明書店，1949 年版，第 129 頁。

〔註 82〕（明）羅貫中：《三國演義》，北京：人民文學出版社，1953 年版，第 5 頁。

邏輯推演理論大異其趣的另一番中國式風景：宛如讀一首詩，看一幅中國水墨山水畫，更多的是直覺體悟式形象思維的曼妙和婉約隱括文風的集中呈現。

如梁鍾嶸《詩品》在論及四季自然風光之變與人之情感的關係時有云：「若乃春風春鳥，秋月秋蟬，夏雲暑雨，冬月祁寒，斯四候之感諸詩者也。嘉會寄詩以親，離群託詩以怨。」〔註83〕一年之計在於春，春日萬物競發，蓬勃向上；夏日熾熱爆裂，生機勃勃；悲秋傷冬，友人嘉會喜氣洋洋，別離則幽怨戚戚，描畫客觀世界之各色景物與人之悲歡離合的主觀世界、命運的起起落落、社會的分分合合等產生強烈的內在隱喻關係；品魏陳思王曹植之詩風或屬文之能時又云：「陳思之於文章也，譬人倫之有周孔，麟羽之有龍鳳，音樂之有琴笙，女工之有黼黻」〔註84〕再如唐釋皎然《詩式》中論及詩之「淡俗」一格時有云：「此道如夏姬當壚，似蕩而貞；採吳楚之風，然俗而正。古歌曰『華陰山頭百尺井，下有流泉徹骨冷。可憐女子來照影，不照其餘照斜領。』」〔註85〕以「夏姬當壚」「吳楚之風」甚至一首古歌的意境來映照暗示究竟何為「淡俗」一格，讀罷此語必會解出無限遐想和韻味來，這正是中國古人解詩慣常使用的言說方式。唐司空圖《二十四詩品》、宋嚴羽《滄浪詩話》、元楊載《詩法家數》、明徐禎卿《談藝錄》、清劉熙載《藝概》等不勝枚舉，其中在論文敘筆、品鑒人物時，無不以隱語為之，處處充滿了假象會意、述此代彼、言有盡而意無窮的隱喻之道。

2. 隱語的娛樂性特質提升了接受者的審美快感

劉勰《文心雕龍・諧隱》篇談及古代隱語文體的流變時有云：「自魏代以來，頗非俳優，而君子嘲隱，化為謎語。」〔註86〕伴隨著魏晉時期人的覺醒和文的自覺，古代隱語也逐漸蛻去其本來的嚴肅氣息，變成了一般人的娛樂之後，其諧的意味更為濃厚，由此謎語、燈謎、文人嘲戲等純粹的文字遊戲大興，隱語的娛樂性特質得以彰顯，文人墨客、市井百姓也在使用隱語吟詩作對、插

〔註83〕（清）何文煥輯：《歷代詩話》（全二冊），北京：中華書局，1981年版，第3頁。

〔註84〕（清）何文煥輯：《歷代詩話》（全二冊），北京：中華書局，1981年版，第7頁。

〔註85〕（清）何文煥輯：《歷代詩話》（全二冊），北京：中華書局，1981年版，第33頁。

〔註86〕（南朝梁）劉勰著，范文瀾注：《文心雕龍注》，北京：人民文學出版社，1962年版，第271頁。

科打諢中得到了更多的審美快感。

字謎詩作為隱語的一種，魏晉六朝時期鮑照所作的《字謎》詩較富代表性：「二形一體，四支八頭，四八一八，飛泉仰流。」「乾之一九，只立無偶，坤之二六，宛然雙宿。」「頭如刀，尾如鉤，中央橫，四角六抽，右面負兩刃，左邊雙屬牛。」〔註 87〕謎底分別是「井」「土」「龜」字，欲隱而顯，回互其辭，像一種文人測智遊戲，對謎底之字極盡描摹之能事，卻又不點明謎底，待猜謎者經過一番長時的懸揣之後，而且懸揣得愈久，好奇心便愈發強烈，待最終揭開謎底後，也便愈發快慰。再如《太平廣記・東方朔傳》記載東方朔與郭舍人猜射鬥才的「蚊」謎：

> （郭舍人）客從東方，且歌且行。不從門入，逾我園牆，遊戲中庭，上入殿堂。擊之拍拍，死之攘攘。格鬥而死，主人不傷。
>
> （東方朔）利詠細身，晝匿昏出。嗜肉惡煙，指掌所扣。〔註 88〕

前者以擬人手法將「蚊」比作「客」，由「且歌且行」開始，則詳細描摹了蚊之飛動的種種狀態，從中庭到殿堂嗡嗡叫著飛來飛去，結果是最終被主人拍子打死；後者則描摹了蚊子的外在形態、習性、好惡等。兩則隱語皆注重體目文字、圖像品物，回互其辭，繪聲繪色，極盡語言描摹之能事，雖給予各種暗示卻道而不破，讓讀者從「猶抱琵琶半遮面」的文字遊戲中去揣摩、猜度、探求謎底，不斷撩撥和激發好奇心，待揭開披於其身的神秘面紗後，猜謎者也因衝破難關、通過智力考驗後最終尋得謎底而恍然大悟、豁然開朗，自然倍增快慰。

還有一些猜謎則純為逗樂鬥趣，其娛樂性、遊戲性體現得更是淋漓盡致。如《世說新語・排調》載：「張吳興年八歲，虧齒。先達知其不常，故戲之曰：『君口中何為開狗竇』，張應聲答曰：『正使君輩從此中出入』」〔註 89〕，人物間相互嘲弄逗笑，樂於此中機敏。漢魏六朝時期，用隱語嘲戲的風氣尤盛，君臣、朋友、夫妻之間，皆樂此不疲。如《啟顏錄》載：

> 晉張天錫從事中郎韓博，奉表並送盟文。博有口才，桓溫甚稱之。嘗大會，溫使司馬刁彝謂博曰：「卿是韓盧後」。溫笑曰：「刁以

〔註 87〕（南朝宋）鮑照著，（清）錢振倫注，錢仲聯補注集說校：《鮑參軍集注》，北京：中華書局，1958 年版，第 56 頁。

〔註 88〕（宋）李昉等：《太平廣記》，北京：中華書局，1961 年版，第 1003 頁。

〔註 89〕（南朝宋）劉義慶著，（清）徐震堮校箋：《世說新語》，北京：中華書局，1984 年版，第 417 頁。

君姓韓，故相問耳他人自姓刁，那得是韓盧後」。博曰：「明公未知思爾，短尾者則為刁。」闔坐雅歎焉。〔註90〕

這裡「韓盧」是戰國時韓國的名犬。「刁」音同「貂」，即說短尾巴狗也是貂。笑，正是人類的天性，因此對於嘲戲，人們也常常是一笑了之，不會互相指責。漢魏六朝，思想解放，個性覺醒，廣大文藝家崇尚清談，逞才鬥奇，酬唱對答，縱情詩酒，不拘一格，正因此，我們今天才能夠得以領略到一篇篇讓人靈機一動、會心一笑的隱語文學作品。魯迅《中國小說史略》就明確談到此一時期的風氣是「要為遠實用而近娛樂矣」〔註91〕，從先秦的重實用、重教化，發展到六朝的「賞心而作」，隱語參與到文學創作，無疑促成了這一時期文學形態的豐富與審美意識的進步，也給讀者帶來了精神上的高度審美愉悅。如南朝陳沈炯的《離合詩贈江藻》：

開門枕方野，井上發紅桃。林中藤鳥秀，木末風雲高。屋室何寥廓，志士隱蓬蒿。故知人外賞，文酒易陶陶。朋友足諧晤，又此盛詩騷。朗月同攜手，良景共含毫。親巴有妙術，言是神仙曹。百年肆偃仰，一理詎相勞。〔註92〕

此詩離合「閒居有樂」四字，字裏行間流露出詩人對閒居生活之神往，其中描寫的隱逸田園、與三五好友賞月鬥才、詩酒風流的閒適與愜意溢於筆端。宋周密《齊東野語》中也記載了多則謎語「以資酒邊雅談」〔註93〕，例如其墨斗謎云：「我有一張琴，絲絃長在腹。時時馬上彈，彈盡天下曲。」〔註94〕就是一則典型的物謎。莊綽《雞肋編》中載王安石「儉」字謎曰：「兄弟四人兩人大，一人立地三人坐。家中更有一兩口，任是凶年也好過。」〔註95〕此謎分析字形兼及字義，可謂字謎中的佳作。觀此字謎，不僅極具筆墨遊戲之特點，且文人化氣息甚為濃厚。

古代隱語中還有一種歇後隱語類型，在民間廣為流傳。如明代世情小說《金瓶梅》第六十回中載潘金蓮因嫉妒李瓶兒為西門慶生了兒子官哥，便設毒

〔註90〕（隋）侯白著，董志翹注：《啟顏錄箋注》，北京：中華書局，2014年版，第988頁。
〔註91〕魯迅：《中國小說史略》，北京：人民文學出版社，1973年版，第85頁。
〔註92〕（南朝梁）沈炯，（清）善化章經濟堂刻本：《沈侍中集》一卷，第78頁。
〔註93〕（宋）周密：《齊東野語》，北京：中華書局，1983年版，第5頁。
〔註94〕（宋）周密：《齊東野語》，北京：中華書局，1983年版，第256頁。
〔註95〕上海古籍出版社編：《宋元筆記小說大觀》，上海：上海古籍出版社，2007年版，第3975～3976頁。

計用惡貓將官哥嚇死，又整日含沙射影，指桑罵槐地咒罵刺激李瓶兒，最終使李瓶兒憂憤交集，得病而亡：

> 那潘金蓮見孩子沒了，李瓶兒死了生兒，每日抖擻精神，百般稱快，指著丫頭罵道：「賊淫婦！我只說你日頭響午，卻怎的今日也有錯了的時節。你斑鳩跌了彈——嘴也答谷了，春凳折了靠背——沒的倚了，王婆子賣了磨——推不的了，老鴇子死了粉頭——沒指望了，卻怎的也和我一般！」〔註96〕

這段話中，作者運用一連串反映民間習俗的歇後隱語，將潘金蓮這個被封建社會扭曲了人性，美麗皮囊包裹著蛇蠍心腸，兇悍潑辣、惡毒自私的典型人物形象刻畫得活靈活現、入木三分。

由此可見，人們對文字遊戲的嗜好是天然的、普遍的。作為一種文字遊戲的隱語，考其審美功能，除關注隱語對其他文體產生的重要影響外，還應反觀自身的審美蘊涵。其審美功能則集中體現在古代隱語背後所蘊藏的深厚寬廣的文化蘊涵上，誠如郝志倫所言：「作為一種客觀存在的語言文化現象，漢語隱語和歷代通俗文學不僅歷史悠久，積澱豐贍，且一直被歷代廣大民眾所喜聞樂道，口耳相傳，數千年來，以其帶有清新泥土氣息的蓬勃生命力和原始粗獷的草根文化擴張性，在華夏廣袤的民間文化沃土中孕育繁衍，世代傳承，不斷發展，早已成為華夏文化百花園中一朵充滿魅力的文化奇葩。」〔註97〕

三、古代隱語研究的歷史、現狀及本文的研究方法

（一）中國古代隱語研究史

在中國的傳統文化中，隱語的使用可謂源遠流長。無論是民間孩童還是文人士子，鄉野生活還是宮廷娛樂，民間俗語抑或正統史書，都對此有著非比尋常的熱愛。在綿長的歷史長河中，隱語產生、發展和使用的歷史，成為記錄和映像中國文化傳統和民族民間文化的一道色彩斑斕的風景線。然而，與蔚為壯觀的隱語發展史相較，古代隱語的研究史則多少有些相形見絀。中國文人素來講究「避俗趨雅」，而古代隱語作為民俗語言的一大品類，從其產生之初就備受研究者冷落和詬病的命運亦不足為奇，以至於古代關於隱語研究的專著或

〔註96〕（明）蘭陵笑笑生：《金瓶梅詞話》，北京：人民文學出版社，1985年版，第367頁。

〔註97〕郝志倫：《漢語隱語在文學創作中的審美文化功能》，《當代文壇》，2012年11月期，第65頁。

彙編輯錄隱語的專書可謂寥寥無幾。《漢書・藝文志》首列雜賦十二家，第十二家即《隱書》十八篇，由此可見漢代已出現輯錄隱語的專書，但該書不幸亡佚，其真實研究與輯錄情況已不得見。惟唐代顏師古引漢代劉向《別錄》云：「隱書者，疑其言以相問，對者以慮思之，可以無不喻。」〔註 98〕由此或可推見，當時的人已經注意到古代隱語的特點，一是問對體，一問一答；二是不直言，以喻出之。

魏晉六朝時期才出現研究隱語的專篇。梁代劉勰《文心雕龍》中特闢《諧隱》專篇言之，這是對隱語文體所做的較早也是整體性的理論研究。《文心雕龍・諧隱》篇採用「原始表末、釋名彰義、選文定篇、敷理舉統」的方法，以區區數百字寫就諧與隱兩種文體的文體特質、功能、源流與發展，並給與文章範例和寫作方法的指導。劉勰所處的時代，能對隱語進行全面系統的闡釋，並深切認識到隱語的作用，實屬難得，亦對古代隱語的文體研究具有開創性意義。

隨著魏晉以後隱語變而為謎，殆至後世不僅謎社興起，亦出現專注於謎語研究與輯錄的工作。《世說新語・捷語》載「曹娥碑陰隱語」〔註 99〕，已由離合字體而發展為「文義謎」。明朝李開先《詩禪》記載宋朝猜射活動：「……盛張鼓樂，羅列華筵。燈火輝不夜之城，壺觴浮如澠之酒。……」〔註 100〕因宋始有懸燈之舉，故謎也始稱「燈謎」。宋代謎事極盛，始有輯錄謎語的專著出現，但皆已亡佚，要窺見此一時期謎事之盛多見諸於周密《齊東野語》、洪邁《夷堅志》、孟元老《東京夢華錄》、吳處厚《青箱雜記》等。

明代，謎事較宋代尤甚，明郎瑛《七修類稿》考察隱語的溯源與流變，有云：「隱語之興，起自東方朔『口無毛』『聲聲警』『尻益高』之俏捨人事……今人所知，惟以起於『黃絹幼婦，外孫齏臼』之事耳，轉而為謎。謎即隱語也，但句多而文不雅，乃見於鮑照集中井字謎是其祖也。至宋蘇、黃極盛。」〔註 101〕謎語逐步形成拆字、離合、會意、諧音、別解等形式多樣的手法。明代文義謎（燈謎）大盛，並總結出燈謎謎格，馬蒼山首創《廣陵十八格》。明

〔註 98〕（漢）班固：《漢書》（卷三十），北京：中華書局，1999 年版，第 1382 頁。

〔註 99〕（南朝宋）劉義慶著，徐震堮校箋：《世說新語》，北京：中華書局，1984 年版，第 318 頁。

〔註 100〕（明）李開先著，路工輯校：《李開先集》（下），北京：中華書局，1959 年版，第 1012 頁。

〔註 101〕（明）郎瑛：《七修類稿》，北京：中華書局，1959 年版，第 787 頁。

代郭子章彙編《六語》，其中《隱語》二卷摘錄《左傳》《管子》等二十幾種古書中的隱語資料三十幾則，並於卷首寫有《隱語序》的短章，文中不僅從「其詞遁而僻，其旨深以晦」〔註 102〕的辭義層面和「內無關於情性，外無與於理亂」〔註 103〕的語義功能層面等兩方面釋「隱」為何物，同時詳盡闡明了其輯錄隱語的範圍，包括兩種隱語類型，一乃「有不得不隱者」，臣子譎諫於君主以及「麥鞠」「庚癸」「浩浩育育」等事關軍國之類者是也；一乃「有可以無隱者」，「寄生窶數」「黃絹幼婦」之類等熱衷於作俳優之雄以媚人主、造艱深之詞以述於後世者是也。李開先《詩禪》全書收謎 320 則，其中四篇序言也是從事古代隱語研究十分珍貴的資料，對謎源、謎因、謎體、謎格、謎書、謎家、謎之訣要與忌病，以及當時的謎事活動都多有記述。張岱《快園道古・燈謎》仿《世說新語》分 20 門類，其中第 12 卷「小慧部」之《燈謎》一章，收錄物謎及各種文字謎 60 餘則，從中可窺見明末燈謎面貌之一斑。明末清初謎家黃周星《廋詞》所創之「酒令體」燈謎，尤為當時文人士大夫所重。其《廋詞小引》認為隱語「足以益神智而長聰明」〔註 104〕，故文人之志業不獨「為持世鴻篇，經天偉論」，「著一二小品狡獪神通以相娛樂」〔註 105〕亦無妨，更加強調隱語有娛神之功效，將隱語視為文人斗酒調笑之資助，以致「有如此下酒物，一斗豈足多乎！」〔註 106〕。

至清代謎社林立，謎壇人才輩出，不僅燈謎種類繁多，形式更為新奇精巧，且由上層社會遍及民間，與此同時輯錄謎語的專書、專刊也變得愈益豐富多樣，亦打破了謎書、謎刊單純收錄謎語的藩籬，對謎藝、謎史等開展理論研究並形成一項專門的學問——謎學。較有代表性的有成書於清乾隆四十五年庚子（1780 年）的《玉荷隱語》，是清代一部重要的謎書，收謎 105 條，係作者費源自製，另有附文《群珠集》，收謎 202 條，則為費氏輯錄時人所作，該書

〔註 102〕（明）郭子章：《六語》，高伯瑜等編纂：《中華謎書集成》，北京：人民日報出版社，1991 年版，第 43 頁。
〔註 103〕（明）郭子章：《六語》，高伯瑜等編纂：《中華謎書集成》，北京：人民日報出版社，1991 年版，第 43 頁。
〔註 104〕（清）黃周星：《廋詞》，高伯瑜等編纂：《中華謎書集成》，北京：人民日報出版社，1991 年版，第 162 頁。
〔註 105〕（清）黃周星：《廋詞》，高伯瑜等編纂：《中華謎書集成》，北京：人民日報出版社，1991 年版，第 162 頁。
〔註 106〕（清）黃周星：《廋詞》，高伯瑜等編纂：《中華謎書集成》，北京：人民日報出版社，1991 年版，第 162 頁。

《凡例》中標明其制謎主張，如反對「出語不典」「文不成義」等，對有清一代謎風影響頗深。其他諸如咄咄夫《一夕話・雅謎》《又一夕話・續雅謎》各收謎205則、270則。毛際可《燈謎》有七絕十二首，每句各隱一個《孟子》中的古人名。湯誥《燈謎》收七言絕句詩謎24首，每句隱一謎底，共96個謎底，謎目較為大眾化。東溪漁隱《隱語鯖腴》收謎270餘則，全未用謎格，序言中有「厲禁」之說，反映了部分時人對謎格的看法。清顧祿在《清嘉錄》中有云：「考燈謎有二十四格，曹娥格為最，次莫如增損格。增損格，即離合格也，孔北海始作離合體詩，其四言一篇，合『魯國孔融文舉』六字。余外復有蘇黃、諧聲、別字、拆字、皓首、雪帽、圍棋、玉帶、粉底、正冠、正履、分心、捲簾、登樓、素心、重門、閒珠、垂柳、錦屏風、滑頭禪、無底囊諸格，要不及會心格為最古。」〔註107〕較明代馬蒼山「廣陵十八格」又多6格，及至清咸豐年間，謎格又猛增至400餘種。又有西山主人纂輯的《十五家謎稿》，是清代一部著名的多家謎選，全書收謎1000多則，對全面瞭解清代燈謎的風貌較有參考價值。

在謎語發展的同時，自唐朝開始，隱語的另一分支——市語、行話也隨著社會經濟的持續發展，城市人口的高度集中和各種市集的繁榮而逐漸孕育並蔚為大觀。此時在隱語研究方面不得不提的是出現了大量對隱語進行輯錄的專著。唐代《秦京雜記》中已有市語這一稱謂的文字記錄存在。《類說》卷四引《秦京雜記》：「長安市人語各不同，有葫蘆語、鏁子語、紐語、練語、三摺語，通名市語。」〔註108〕宋代的《圓社錦語》、《綺談市語》等均為此類作品。元代隱語廣泛運用於雜劇中，遍查元代戲曲史料著作《錄鬼簿》及《錄鬼簿續編》，不難發現其中多處論及元曲家熱衷且擅長隱語創作的事實。明代由於青樓業大肆發展，此一時期出現了大量輯錄行業隱語的專著，如《金陵六院市語》輯錄大量青樓業的常用隱語，且對隱語的特點及構成進行一定程度的闡釋，同時大量隱語進入通俗文學作品，尤以《金瓶梅》的隱語運用最為典型，其數量繁多、造詞形式多樣。清代《新刻江湖切要》收詞1600多條，豐富詳盡且類別廣泛，幾乎涉及日常生活的方方面面，隱語在文學作品中廣泛運用也延續了明代小說的特點。發展至近代則有《全國各界切口大詞典》，全書主要從運用領域分為商鋪類、行號類、雜業類

〔註107〕（清）顧祿著，來新夏點校：《清嘉錄》，上海：上海古籍出版社，1986年版，第28頁。

〔註108〕（宋）曾慥：《類說》，北京：文學古籍刊行社，1956年版，第869頁。

等 18 大類，又進一步分成 376 小類，成為國內第一部集隱語之大成的詞典。現當代收錄隱語詞條最多的為鍾敬文《語海．秘密語分冊》，22000 多條，其次為曲彥斌《中國隱語行話大詞典》，收詞 11262 條。其他隱語方面的代表性專著則有薛鳳昌的《邃漢齋謎話》（1913 年），張起南的《橐園春燈話》（1917 年），錢南揚的《謎史》（1928 年），趙麗明《隱語簡論》（1986 年），曲彥斌的《中國民間秘密語》（1990 年），趙麗明《俚語隱語行話詞典》（1996 年），郝志倫《漢語隱語論綱》（2001 年）。近代學人朱光潛的《詩論》、聞一多的《神話與詩》，錢鍾書的《管錐編》，以及顧頡剛、魯迅、姚雪垠等都在其研究著述或文史作品中偶有論及隱語，雖為兼論，但許多觀點亦極富啟發性，當為不刊之論。當代較有代表性的學術論文則有容肇祖《反切的秘密語》（1924 年），趙元任《反切語八種》（1931 年），陳志良《上海的反切語》（1939 年），曹聰孫《漢語隱語說略——種語言變異現象分析》（1992 年），郝志倫、劉興均《論生殖隱語與原始禁忌》（1994 年），王長華、郗文倩《說「隱」》（2003 年），郗文倩《從遊戲到頌讚——「漢賦源於隱語」說之文體考察》（2005 年 4 月）《問對結構的形成和演變——「漢賦源於隱語」說之文體再考察》（2005 年 10 月），孫豔平《辨「隱」》（2008 年）《漢魏六朝隱語文學的特徵》（2010 年），邵燕梅《論隱語與相關術語的關係與區分》（2013 年），喬孝冬《論中古諧謔小說中的隱語藝術》（2014 年），段新穎《〈通俗編〉隱語研究》（2016 年）等。

筆者通過中國知網「中國期刊全文數據庫」以「隱語」為主題詞進行檢索，檢索到上世紀 50 年代至今的論文共有 770 多篇。其中涉及文學研究的有 308 篇，占文章總數的 40%；文化學研究的 214 篇，占文章總數的 28%；語言學研究的 202 篇，占文章總數的 26%，兩者基本持平；文體學研究的文章最少，只有 46 篇，占文章總數的 6%。就目前筆者所掌握的材料來看，近些年學術界儘管也不乏對隱語的持續關注與研究，但大多皆是從語言學、文化學、文學、文體學等方面擇取某一角度進行的微觀或個案研究。突破學科研究壁壘，整合各類學術資源和研究方法對中國古代隱語進行整體關照和展開跨學科綜合研究的學術研究成果幾乎闕如。正因此，目前這一領域還存在著較大的研究空間。

（二）藉重單一學科資源開展隱語研究的概況

1. 語言學研究

國內外對隱語的語言學研究主要是從語音學、語義學、詞彙學、詞形學、社會語言學等角度進行的。對隱語的語言學研究具體主要包括對隱語的定義、分類、功能、詞源、構成方式等方面的研究。近現代，隨著社會的發展變化，隱語日趨成熟，表現形式日趨繁雜，語言學界開始對這一特殊的語言現象進行有意識的分析研究，並取得一些成績。如彭幼航《解讀隱語》（《學術論壇》，2000 年第 4 期），葉駿《簡論隱語》（《上海師範學院學報》，1982 年第 2 期），王志家、王淑安《隱語的非言語形式》（《湖南公安高等專科學校學報》，2002 年第 6 期），週日安、廉潔《隱語與諧音》（《佛山科學技術學院學報（社會科學版）》，1999 年第 2 期）等。這些篇文章都是從語言學的角度闡釋隱語的構成方式和表現形式。

關於古代隱語的語言學研究論文中，有不少文章涉及隱語的「釋名」研究，目前學界對其內涵的闡釋與研究亦較為有限，且莫衷一是。其中不少觀點多隱藏於諸家研究其他內容的著述之中順便提及，只作簡單描述，並未展開深入挖掘與剖析，難免不夠系統和深入。朱光潛在《詩論》中論述詩歌起源時，從學理和史實兩方面考察我國詩歌語言特有的「藝術的意識和技巧」〔註 109〕，深刻揭示中國詩歌與諧或隱的關係，將諧與隱視為中國詩歌尤其是民間詩常用的藝術技巧。彭幼航《解讀隱語》從現代民間俗語的角度對隱語的功能、隱語與通語的關係，以及構成隱語的方式等進行了研究，對古代隱語的研究具有借鑒作用。孫豔平《釋「隱」》（《太原大學教育學院學報》，2008 年第 1 期），則從隱語性質和功能角度展開研究。合而觀之，關於隱語「釋名」有如下較為代表性的觀點：

一是從隱語的功能角度而言，如繆俊傑《文心雕龍美學》（文化藝術出版社，1987 年版）一書中認為「隱」當屬諷刺文學，並從文體功能角度解釋諷刺文學的顯著特徵要有益於諷誡。

二是從隱語的作用角度而言，如游國恩《槁庵隨筆》十一《隱》（《國文月刊》第 40 期）認為「其無『隱』之名，而有『隱』之實者———殆難偏舉。乃至莊周之寓言，屈原之《離騷》，荀卿之《賦》篇，下逮圖讖歌括，童謠謎語，皆其流也。而我國文學中所謂比興，所謂寄託，所謂婉而多諷，其樹義陳辭莫不以『隱』為之體。『隱』之時義大矣哉！昔劉彥和已嘗言之，而未有盡；故復考論之如此。」類似觀點持有者還有吳林伯，其認為「《諧隱》也講到隱，但著重說明隱語的史例及其作用，與《隱秀》篇注意言隱語

〔註 109〕朱光潛：《詩論》，北京：生活・讀書・新知三聯書店，1984 年版，第 21 頁。

的特徵者，截然不同。」〔註 110〕

三是就隱語的文體角度而言，如朱光潛、詹瑛、錢南揚、王運熙等皆認為「隱」即「謎」，二者原是一件東西，不過古今名稱不同。（朱光潛《詩論》、錢南揚《謎史》均持此觀點。）亦有研究者否定了隱語與謎語的同一性，如陳望道則認為「現今許多人都把廋詞、隱語與所謂謎語混同。但是『謎也者，回互其辭，使昏迷也。』重在鬥智，而廋詞隱語卻重在鬥趣或暗示，中間略有分別；我們或許可以說謎語是從廋詞化出來的，但不能把廋詞、謎語混看為一件東西。」〔註 111〕這些觀點都是著作中稍有涉及，而非專門論述，因而不成體系，尚有開拓空間。

近年來，從語言學角度從事古代隱語研究的學術成果依然陸續有來。2012 年江蘇師範大學陳潔的碩士畢業論文《北宋優語研究》在優語的語言藝術一章闢出專節，研究優語中隱語的使用情況；2012 年河南大學王豔的碩士畢業論文《漢語隱語的理解機制研究》，從認知語用學的角度對漢語隱語的理解機制進行研究，區分了漢語隱語的顯性意義與隱性意義及其理解機制。2013 年山東大學趙連振的碩士畢業論文《漢字寓密系統研究》一文，從漢字的字義、字形、辭句、圖釋等角度梳理了漢字寓密系統在這些方面的體現，旨在發現祖國的文化遺產中確有一些含有密碼「因素」的事物或文字、符號，對中國這些具有密碼化的文化進行系統的整理與歸類。其中對漢字字義寓密現象的研究中即考察了作為漢字文化中特有的一種表現形式的隱語。邵豔梅 2013 年撰文《論隱語與相關術語的關係與區分》研究隱語與黑話、暗語、秘密語（秘語）、行話、禁忌語、委婉語等若干詞彙變異現象之間具有何種關係，該如何區分，目前仍是學界研究的一個死角。上海師範大學馮雪冬 2015 年的博士畢業論文《宋代筆記詞彙研究》專闢「宋代筆記所見隱語材料研究」一節，從作者對隱語的探討、文人隱語和民間隱語等三個方面梳理宋代筆記中存在的隱語詞彙情況。

2. 文化學研究

對隱語的文化學研究主要是將隱語作為特殊的民俗現象來研究。文化學認為民間秘密語是一種非主流的亞文化現象，隱語是亞文化群體擁有的一種反主流的文化現象。這為我們提供了洞察亞文化及亞文化群體的視角，「懂得

〔註 110〕吳林伯：《〈文心雕龍〉義疏》，武漢：武漢大學出版社，2002 年版，第 105 頁。

〔註 111〕陳望道：《修辭學發凡》，上海：上海教育出版社，2001 年版，第 98 頁。

隱語是瞭解亞文化或亞文化群體的關鍵所在。」〔註 112〕

目前很多針對隱語的研究是將隱語置於文化學、民俗學的視角之下，主要成果包括《隱語行話與民間文化》、《隱語與群體文化心理》、《隱語行話的傳承與行幫群體》和《當今地下行業及其隱語》等。陸躍升的《〈詩經・國風〉中「魚」「薪」「水」隱語意象》（《語文建設》，2013 年 8 月期）一文從民俗文化學視角深挖了《詩經・國風》中某些常見隱語意象的深層文化蘊涵。鄭州大學高林如 2013 年的碩士畢業論文《〈詩經〉婚姻詩與周代婚禮婚俗文化》一文也從民俗文化的角度舉例分析了周代的婚戀隱語情況及其成因。遼寧大學周敏 2013 年的碩士畢業論文《〈太平廣記〉讖言文化新探》一文從民俗學角度入手，分析了隱語的下位概念讖言的表現形式、傳播方式、反映的民眾的思想觀念、文化心理以及對現實生活的影響等。民間隱語行話是一種特殊的語言文化遺產，長年致力於隱語研究的學者曲彥斌在《特殊的語言文化遺產——民間隱語行話》（《中國文化報》，2013 年 3 月 29 日）中認為，「多學科視點的研究，顯示了學術界和社會有關方面對這一微觀科學領域的關注與需要。發掘、記錄、保存和保護民間隱語行話這種特殊的語言文化遺產，科學地普及相關知識同時引導正確認識和規範使用，也有利於維護祖國的語言文化的健康發展。對民間隱語行話的保存與保護將開啟世人瞭解千百年來中國古今諸行百業的民間文化的獨特視野，打開一扇別有洞天、富有情趣的知識窗口」〔註 113〕。

3. 文學研究

對隱語的文學研究包括不同層次，首先是對文學作品中出現的隱語的研究。除白維國的《〈金瓶梅〉和市語》（1986 年）外，還有傅憎享的《〈金瓶梅〉隱語揭秘》（1990 年）等。

其次是從文學角度對其他非文學文本中的隱語進行研究。趙益的《隱語、韻文經治及人神感會之章——略論六朝南方神仙道教與詩歌之互動》（《南京大學學報》，2004 年第 4 期）認為，詩歌的語言形式是包含並傳達道教隱秘術語的最佳載體，上清神仙道教借助於隱語，更多是隱秘其內容，用玄幻的詩歌語言表達某種神靈的「天啟」，特別是關於宗教修煉方法的教示。

〔註 112〕薩姆瓦：《跨文化傳通》，北京：生活・讀書・新知三聯書店，1988 年版，第 192 頁。

〔註 113〕曲彥斌：《特殊的語言文化遺產——民間隱語行話》，《中國文化報》，2013 年 3 月 29 日期。

第三是作家對隱語現象的關注、研究和利用。張愛林的《隱語的源流及其影響》(《語文學刊》(教育版),2007 年第 5 期)認為,隱語言在此而意在彼,它最初是人類原始思維中一個重要現象——互滲律作用的結果。後來隨著人類思維發展為藝術思維和理論思維,隱語成為一種自覺的修辭方式。該文從人類思維發展的角度來考查隱語的源與流,並粗略地探討了隱語對民俗、政治、文學等的影響,認為隱語對文學創作手法和文學體裁產生了巨大的影響。喬孝冬《論中古諧謔小說中的隱語藝術》(《江漢論壇》,2014 年 11 月期)一文認為,在「魏晉滑稽,盛相驅扇」的風氣下,諧隱文學呈繁榮之勢,隱語在漢代由神秘的讖言轉化為謎語成為一種娛樂以後,逐漸進入了小說的創作。「姓名嘲」、「實物戲」、「字戲」等嘲戲的盛行豐富了諧謔小說的創作內容,「以隱為諧」提高了諧謔小說創作的藝術手段,機智精巧的隱語藝術對中國整個古代小說產生了深遠的影響。中古諧謔小說中包含著許多隱語現象,「隱」的思維方式、敘事技巧、創作手法在小說文體演進中被有意應用,從遊戲到諧謔、「以隱為諧」是中古諧謔小說的創作特色。

4. 文體學研究

隱語的文體價值是不容忽視的,它對賦和謎語等的孕育和發展具有開源發流之功。這方面的研究文章也相對較多,尤其賦體的隱語源流說頗為引人注目。郗文倩《從遊戲到頌讚——「漢賦源於隱語」說之文體考察》(《中國文學研究》,2005 年第 3 期),陳林《六朝民歌之隱語及其遺韻》(《民族音樂研究》,1998 年第 1 期),郗文倩《散體賦的文體特徵及其隱語源流說——關於西漢散體賦形成的文體考察之一》(《河北師範大學學報》(哲學社會科學版),2004 年第 5 期),王金良《隱語在賦體形成中的作用再探——談荀卿五賦的歷史地位》(《瀋陽農業大學學報》(社會科學版),2007 年第 6 期)等文章為證。余江在 2014 年 9 月期的《雲夢學刊》上刊文《賦源諸說新析》,對漢賦文體之源,圍繞「古詩之流」說、源於楚辭說、出於縱橫家言、出於俳詞說、源於隱語說、不歌而誦說等諸說展開了綜合分析,指出了各種學說的合理價值和偏頗之處。

(三)針對古代隱語的整體和個案研究

對隱語的發展歷史做出階段性整體研究的有王洪濤《略論先秦隱語的產生及發展》(《天中學刊》,2003 年第 6 期),戰化軍《先秦隱語研究》(《淄博學院學報》(社會科學版),2001 年第 1 期),龔斌《建安諧隱文學初探》(《許昌師專學報》（社會科學版），1989 年第 3 期），魏宏燦《遠實用而近娛樂——建安諧隱文論》（《聊城大學學報》（社會科學版），2005 年第 2 期），孫豔平《漢魏六朝隱語文學溯源論》（《太原大學教育學院學報》，2012 年第 1 期），2016 年由張金梅教授指導韓周航的碩士畢業論文《宋代「隱」關鍵詞研究》注重考察「隱」的文學意義，包括在文學創作與藝術審美上的影響，也都只能算作對古代隱語的斷代史研究。

對隱語發展的個案研究則主要集中在對經典文學文本中的隱語展開分析研究。比如，楊波《劉向著述中的隱語》（《文化廣場》，2011 年 1 月（上半月）），柯倫《〈九歌〉「二湘」愛情隱語考辨》（《湖北師範學院學報》，1988 年第 1 期），廖曉明《〈左傳〉一則隱語分析》等，對經典文學作品中的隱語分析，是為了服務於作品本身，因而對隱語的研究缺乏一定深度和系統性。黃斌《元雜劇中的隱語研究》（2007 年），研究元曲家與隱語的關係，梳理隱語在元雜劇中的表現方式、作用及原因。鄧紅梅的碩士畢業論文《唐宋筆記中的隱語研究》（2013 年）則重點論述了唐宋筆記中隱語的研究現狀、隱語的製作方法、區分了文人隱語和民間隱語並歸納總結出了唐宋筆記中隱語的特點，最後論述了文人隱語與詞典編纂的關係。2016 年，由郝志倫教授指導的兩篇碩士畢業論文《〈歧路燈〉隱語研究》《〈醒世姻緣傳〉隱語研究》，以及張文嫻的碩士畢業論文《清代俠義小說隱語研究》，都是以一本或幾本古代小說中的隱語語料作為研究對象，主要借用語言學、文化學、民俗學等學科資源對明清世情小說中的隱語語料展開個案應用研究。

（四）研究方法與特色

本書主要注重採用以下四種研究方法：

一是文獻材料的論證方法。中國古代隱語的使用情況多變不一，不僅遍布於不同時代、不同場域、不同地域、不同階層和不同使用主體之中，而且隨著時間的推移，隱語亦多有流變，變種眾多，在古代經、史、子、集等重要文獻資料中皆有收錄。無論是考索古代隱語的修辭學之用、歷史流變之軌跡抑或對其他文體之影響，凡此種種都離不開文獻材料。惟有佔有並充分運用大量的文獻材料，才能更好地發現、論證並解決上述問題。

二是邏輯和歷史相結合的方法。一方面，關於中國古代隱語的文獻材料浩如煙海，且繁蕪龐雜，所以必須運用一定的邏輯方法，將材料與問題更好地結合起來。同時運用邏輯的方法，辨析古代隱語的內涵與外延，上下位等概念關係等。另一方面，中國古代隱語使用具有悠久的歷史，且隨著時代風氣而變，如漢代一變而為賦，至魏晉又一變而為謎，至唐宋時期則表現為市語與行話，殆至明清兩代又凸顯出文義謎的繁榮，中國古代隱語發展演變的歷史脈絡清晰可見，因此又必須運用歷史發展的眼光，將其置於中國古代社會變遷、時代觀念與文藝思潮更迭的動態變化過程中作歷時性分析。當然，歷史與邏輯關係密切，不可分割，我們應當將兩者綜合起來運用。

三是比較分析法。本文尤為側重關係研究，如在修辭學研究部分即通過比較分析的方法圍繞古代隱語與詩之「比興」、史之「春秋筆法」以及譬喻、雙關、諷喻等古代辭格之間開展關係研究；在文體學研究部分又著重從文體溯源與流變、文體分類與功能等層面比較分析隱語與古代謠諺、雜體詩、賦體及謎語之間的文體關係與異同。比較分析的方法在論文其餘部分章節的論述中亦多有體現。

四是跨學科研究的方法。本文在研究方法上的一大特色即綜合運用修辭學、文體學、詩學、哲學等多學科的理論、方法和成果「參互成文」，從整體上對中國古代隱語這一課題進行綜合研究，以求「合而見義」，此法又被稱之為「交叉研究法」。

縱觀上文所述古代隱語研究的歷史和現狀可見，前人的研究視角多集中於或是針對某一特定歷史階段、或是針對某一特定文體或篇章、或是針對某位作家作品的特點等等而言，真正貫通歷史且對中國古代隱語進行全方位、多角度、系統性研究的文章或著作至今闕如。近年來專門針對隱語開展研究的博士論文僅有浙江大學馮利華博士的《中古道書隱語研究》，該文則側重從語言學的角度闡釋中古道書中的隱語詞條，亦非針對隱語的跨學科綜合研究。縱觀以往，筆者嘗試在歷代學人研究成果的基礎上，力求在中國古代隱語研究的全面、貫通、多元視角上再進一步，從修辭學、文體學、詩學、哲學等視角開展對中國古代隱語的跨學科綜合研究，這亦是本文的選題價值、用心與特色所在。但因古代隱語研究確是一個龐大的學術課題，其學術研究的觸角可以延伸至包括文學、語言學、文化學、民俗學、社會學等的方方面面，且受制於筆者本人在才、學、識、力方面的種種局限，故在行文布篇的過程中或存在某種程度上重廣度輕深度，側重援例類比分析，在綜合邏輯推演、概念辨識及挖掘歷史縱深等方面用力尚淺等缺陷，諸如此類不足之處還望方家批評指正。

第一章　中國古代隱語的修辭學研究

第一節　隱語與詩騷的比興傳統

由詩騷開啟的比興傳統，本源於原始先民連類共通的詩性思維，它不僅是古人實現委婉抒情、美刺諷喻的一種重要的藝術表現手段，更內化於追求含蓄蘊藉、複義多姿文化風格的中華民族基因之中，並最終成為中國古典詩歌創作、審美與批評的重要範疇和鮮明旗幟。古往今來，對於比興的研究，代不乏人，總起大要，不外有二：一乃經學傳統，注者往往以比興比附政治，重視探討比興的社會功能與價值；其二乃文學傳統，視比興為一種文學表現手法，重視其在修辭達意方面的審美表現效果。兩種傳統皆導源於漢代，鄭玄有「比，見今之失，不敢斥言，取比類以言之；興，見今之美，嫌於媚諛，取善事以喻勸之。」〔註1〕之說，以比興來美刺，可謂開比興闡釋經學傳統之先聲。鄭眾注比興則言「比者，比方於物也；興者，託事於物」〔註2〕，最早將比興視為修辭方法，從語言表達層面來理解比興。魏晉六朝以後，伴隨著人與文學的雙重解放，從文學修辭角度闡釋比興者尤甚，多散見於歷代詩詞曲話和文章學著述當中。兩種傳統歷代沿流，各有其代言人，此消彼長，共同構成了比興研究的歷史座標系。

〔註1〕（清）阮元校刻：《十三經注疏·周禮注疏》，北京：中華書局，1980年版，第796頁。

〔註2〕（清）阮元校刻：《十三經注疏·毛詩正義》，北京：中華書局，1980年版，第269頁。

儘管古人對於比興的闡釋別有二致，但異中亦有同。僅就其語言表達機制而言，無論經學釋義的「取比類以言之」「取善事以喻勸之」抑或文學闡發的「比方於物」「託事於物」，比興之生發，似皆不出比類譬喻，假外物來言情或表理，外在物象與主體情思之間確立關係。對此，陸機《文賦》有云：「遵四時以歎逝，瞻萬物而思紛。悲落葉于勁秋，喜柔條於芳春，心懍懍以懷霜，志眇眇而臨雲。」〔註3〕劉勰《文心雕龍》之《物色》《明詩》諸什亦有「春秋代序，陰陽慘舒，物色之動，心亦搖焉。」「人稟七情，應物斯感。感物吟志，莫非自然。」〔註4〕之說，鍾嶸《詩品序》亦云：「氣之動物，物之感人，故搖盪性情，形諸舞詠。」〔註5〕，幾位古代研究者皆注意到外物在搖盪主體性靈中的激發作用，主體受到外物觸發，睹物思紛，此時外在物象浸潤著主體情思，則多有比附或遙寄，成為蘊涵大量作者主觀之意緒、宗教或文化信息的隱語意象。比興亦假隱語意象達到了「文已盡而意有餘」的語用效果和目的。比興，不僅深具中國古代隱語之性質，而且兩者在內在生成機制與審美追求方面亦存在某種對應關係。本節將圍繞中國古代隱語與比興這一中國古代尤為倚重且獨具特色的修辭傳統，展開其相互關係的類同性分析。

一、何謂「比興」

「比興」最早見於《周禮・春官》：「太師教六詩：曰風、曰賦、曰比、曰興、曰雅、曰頌。」〔註6〕《毛詩序》則將「六詩」稱為「六義」：「故詩有六義焉：一曰風，二曰賦，三曰比，四曰興，五曰雅，六曰頌。」〔註7〕「六詩」與「六義」之說，後世學者們將其區分為體、用兩類。唐代孔穎達有「三體三用」之說，將「風雅頌」看作「詩之成形」，而「賦比興」則作為「詩之用」，即詩歌的三種表現手法。宋代朱熹亦受孔氏之影響，倡導「三經三緯」說。這一劃分得到研究者的普遍認可。但關於「賦比興」的具體所指，尤其是「比興」

〔註3〕（西晉）陸機：《陸士衡集》（卷一），北京：中華書局，1985年版，第1頁。

〔註4〕（南朝梁）劉勰著，范文瀾校注：《文心雕龍注》，北京：人民文學出版社，1962年版，第693、65頁。

〔註5〕（南朝）鍾嶸著，郭紹虞集解：《詩品集解　續詩品注》，北京：人民文學出版社，1981年版，第6頁。

〔註6〕（清）阮元校刻：《十三經注疏・周禮注疏》，北京：中華書局，1980年版，第796頁。

〔註7〕（清）阮元校刻：《十三經注疏・毛詩正義》，北京：中華書局，1980年版，第262頁。

的含義，幾千年來論者卻各執一端眾說紛紜，特別是在文學發展與道德禮教的共同作用下，「比興」概念歷經遷沿演變，難以明確。

比興二法，現常並提，而在古代實多有差異。鄭眾《周禮・大師》注：「比者，比方於物也。」〔註8〕《文心雕龍・比興》釋「比」云：「蓋寫物以附意，揚言以切事者也。故金錫以喻明德，珪璋以譬秀民，螟蛉以類教誨，蜩螗以寫號呼，浣衣以擬心憂，席卷以方志固。凡斯切象，皆比義也。至如『麻衣如雪』，『兩驂如舞』，若斯之類，皆比類者也。」〔註9〕朱熹《詩集傳》曰：「比者，以彼物比此物也。」〔註10〕可見，鄭注只說明「比」就是以物打比方，亦即比即比喻。劉勰則根據被比主體的類別差異，將其細分為「比義」和「比類」兩種。比義即以物擬心，比類即以物比物。前者比後者承載更多的主觀情感因素，因而更具有蘊藉含蓄的味道。但因其與「興」相通，後來被歸入「興」的範疇。而到朱熹的時代，「比」的意義也就更為明確，「比」側重於修辭角度，是一種由彼及此的比喻，是兩類事物之間一一映像的形象遷移。

更確切來講，從修辭角度而言，在中國的文化傳統中，「比」只是一種具有解說功用的「談說之術」〔註11〕，僅僅是為了「分別以喻之，譬稱以明之」〔註12〕而已。漢代王符在《潛夫論・釋難》中有云：「夫譬喻也者，生於直告之不明，故假物之然否以彰之」〔註13〕，也是將「比」作為一種論辯談說的技巧來看待，亦即通過貼切形象的比喻寫物言事、擬容取心，使本來難以言明的事物形貌、理論見解依靠貼切直觀的言辭和形象表達出來，以增進論辯的說服力。而「興」的含義和價值則不僅於此。「興」，既是政治修辭學的範疇，也是審美修辭學的範疇，同時，它還包含了層次複雜的心理感知機制。因而，關於「興」的界定包含多個維度。

〔註8〕阮元校刻：《十三經注疏・毛詩正義》，北京：中華書局，1980年版，第269頁。

〔註9〕（南朝梁）劉勰著，范文瀾校注：《文心雕龍》，北京：人民文學出版社，1962年版，第601頁。

〔註10〕（宋）朱熹集注：《詩集傳》，北京：中華書局，1958年版，第5頁。

〔註11〕（戰國）荀卿著，（清）王先謙集解：《荀子集解》，北京：中華書局，1981年版，第61頁。

〔註12〕（戰國）荀卿著，（清）王先謙集解：《荀子集解》，北京：中華書局，1981年版，第61頁。

〔註13〕（漢）王符著、（清）汪繼培箋：《潛夫論箋》，北京：中華書局，1979年版，第326頁。

從「興」這一修辭的性質本身而言，何晏《論語集解・陽貨》引孔安國說：「興，引譬連類」〔註14〕。王逸《楚辭章句・離騷》云：「《離騷》之文，依詩取興，引類譬喻。故善鳥香草，以配忠貞；惡禽臭物，以比讒佞；靈修美人，以媲於君；宓妃佚女，以譬賢臣；虯龍鸞鳳，以託君子；飄風雲霓，以為小人」〔註15〕。唐皎然《詩式》云：「取象曰比，取義曰興，義即象下之意。凡禽魚草木人物名數，萬象之中，義類同者，盡入比興」〔註16〕。

由此觀之，基於修辭角度，「興」的實質是「比」，在不同事物之間有著「連類」現象，即有某些可資「引譬」的相同屬性。但它與「比」又不盡相同，興之「引譬」多在發端，而重在「取義」，也就是劉勰所謂的「比義」，即是整體上的「以物喻志」。因而，「興」這一修辭可以神奇地存在於政治修辭和審美修辭之間，並成就中國詩歌託物寓意、傷春悲秋的獨特風格。

從政治修辭學的角度，鄭玄《周禮・大師》注云：「比見今之失，不敢斥言，取比類以言之。興見今之羙，嫌於媚諛，取善事以喻勸之。」〔註17〕劉勰《文心雕龍・比興》則言：「比者，附也；興者，起也。附理者切類以指事，起情者依微以擬議。起情，故興體以立；附理，故比例以生。比則畜憤以斥言，興則環譬以託諷。」〔註18〕清代陳奐《詩毛氏傳疏》引吳毓汾說云：「蓋好惡動於中而適觸於物，假以明志，謂之興。而以言於物則比矣，而以言乎事則賦矣；要跡其志之所自發，情之不能已者皆出於興。」〔註19〕以上諸家皆從正面表達了「興」所具有的政治修辭功能，即是以隱晦的筆觸書寫藏於內心深處的真實，或表達對時事的不滿，或批評政治的得失，抑或褒揚美好德行、貶斥社會黑暗現狀。而在日益重視個性、獨特審美體驗的時代，詩文的文學色彩愈加濃厚，「興」的儒家教義則開始遭遇抵抗，也就更為傾向於審美修辭的角度。對於這一歷史規律的因循，劉勰曾哀歎：「炎漢雖盛，而辭人誇毗，詩刺道喪，

〔註14〕（春秋）孔子著，（魏）何晏集解，（南朝梁）皇侃義疏：《論語集解義疏》，北京：中華書局，1985年版，第67頁。

〔註15〕（戰國）屈原著，（宋）洪興祖補注：《楚辭補注》，北京：中華書局，1983年版，第2～3頁。

〔註16〕（唐）皎然：《詩式》，上海：中華書局，1935年版，第31頁。

〔註17〕（清）阮元校刻：《十三經注疏・周禮注疏》，北京：中華書局，1980年版，第796頁。

〔註18〕（南朝梁）劉勰著，范文瀾校注：《文心雕龍》，北京：人民文學出版社，1962年版，第601頁。

〔註19〕（清）陳奐：《詩毛氏傳疏》，上海：商務印書館，1935年版，第3頁。

故興義銷亡。」〔註20〕黃侃在《文心雕龍注》中也對此做出解釋：「自漢以來，詞人鮮用興義，固緣詩道下衰，亦由文詞之作，趣以喻人，苟覽者恍惚難明，則感動之功不顯，用比忘興。勢使之然。」〔註21〕可見，伴隨著文與人雙重自覺時代的到來，對「興」的認識和運用，都更趨於文學形式本身的意味。

「興」的審美修辭學意義，可以從兩個方面加以界定，一是主體對客體的感知，這是中國詩歌物我觀的表達；一是「興」的效果，這是從詩歌的意蘊角度而言，而這兩方面又是相輔相成、密不可分的。「一切景語皆情語」，只有主客體「你中有我，我中有你」，才可能使詩文含蓄深遠、韻味悠長。

摯虞《文章流別論》：「興者，有感之辭也。」〔註22〕宋梅堯臣《宛陵集》：「聖人於詩言，曾不專其中，因事有所激，因物興以通。」〔註23〕宋胡寅在《與李叔易書》中引李仲蒙說云：「敘物以言情謂之賦，情盡物者也；索物以託情謂之比，情附物者也；觸物以起情謂之興，物動情者也。」〔註24〕朱熹《楚辭集注》：「賦則直陳其事，比則取物為比，興則託物興詞。」〔註25〕「興」首先是由主體發現並感知客體引起的，而客體的某些側面使得主體在情感上產生共鳴，繼而通過該客體表達主體的共鳴內容，達到「物我合一」的境界和雋永悠長的詩味。對於「興」的這一效果，鍾嶸所謂的「文已盡而意有餘，興也」〔註26〕，表達的正是此意。這裡值得說明的是，「興」雖然有「起」的意思，但那只是它的作用而不是規定它出現的位置。「古詩比興或在起處，或在轉處，或在合處。」〔註27〕《文鏡秘府論．地卷．十七勢》舉例說：「含思落句勢者，每至落句，常須含思；不得令語盡思窮，或深意堪愁，不可具說。即上句為意語，下句以一景物堪愁，與深意相愜便道。仍

〔註20〕（南朝梁）劉勰著，范文瀾校注：《文心雕龍》，北京：人民文學出版社，1962年版，第602頁。

〔註21〕黃侃：《文心雕龍札記》，上海：上海古籍出版社，2000年版，第220頁。

〔註22〕郭紹虞：《中國歷代文論選》（上冊），北京：中華書局，1962年版，第157頁。

〔註23〕（宋）梅堯臣著，朱東潤選注：《梅堯臣詩選》，北京：人民文學出版社，1980年版，第85頁。

〔註24〕（宋）胡寅著，（清）容肇祖點校：《崇正辨　斐然集》，北京：中華書局，1993年版，第386頁。

〔註25〕（宋）朱熹：《楚辭集注》，上海：上海古籍出版社，1979年版，第21頁。

〔註26〕（南朝）鍾嶸著，郭紹虞集解：《詩品集解　續詩品注》，北京：人民文學出版社，1981年版，第8頁。

〔註27〕（元）傅與礪：《詩法正論》，林東海：《詩法舉隅》，上海：上海文藝出版社，1981年版，第191頁。

須意出成感人始好。」〔註28〕王昌齡《送別詩》云：「醉後不能語，鄉山雨紛紛。」又落句云：「日夕辨靈藥，空山松桂香。」又：「墟落有懷縣，長煙溪樹邊。」〔註29〕沈義父《樂府指迷》說：「結句須要放開，含有餘不盡之意，以景結情最好。如清真之『斷腸院落，一簾風絮』，又『掩重關，遍城鍾鼓』之類是也。」〔註30〕此處，景語皆情語，情景交融，物我合一，言有盡而意無窮。

比興作為中國古典詩歌創作和審美的重要範疇，常常並提，但其意義和地位其實並不一致。從修辭的角度來講，比是簡單的比喻，用來說明事物的容貌性質，不太涵蓋意義的成分，適用於闡釋和論辯舉例。而興不僅具有比的特質，更兼具政治教化和審美怡情的雙重內涵。另外，中國詩學還追求有所「興寄」，傷春悲秋實質都是用以言志抒情，這又涉及到複雜的心理感應層面。從認識論而言，比是從認識的角度來把握事物，而興則是從感悟的角度來體悟世界。正是由於比興的存在，才使得中國詩學呈現出追求「文外重旨」「隱秀」「蘊藉」之致，而這也正是中國傳統文化的魅力所在。

二、比興與隱

由上文按照共時與歷時雙重座標對比興進行梳理，可見其內涵具有主體性和時代性。在儒家視野中，比興的作用主要是有所興寄，託物寓意，體現的是儒家正統的詩教觀念。對上層統治者而言，歷代經典文學作品中的「比興」並非簡單的文學現象，而是通過「六經注我」式閱讀，對比興意義進行比附以達到宣傳統治思想的目的。對文人士大夫而言，比興則是他們陳疏己見的隱晦之途，是表達忠君思想、報國之志以至諷刺勸諫意圖還可以明哲保身的不二法寶。此外，還有一部分所謂的民間詩歌，尤其是《詩經》中的「國風」一類，貌似身著俗文學的外衣，實質上在稗官采風時已有所取捨和改變，再經過宮廷文人的粉飾和統治者衛道士的闡述，離最初的創作宗旨或許早已相去甚遠。在儒家思想的鉗制下，雖然比興的含義和側重有所不同，但是，文學自身的發展規律以及世人表達自我、宣洩情緒的內心訴求卻不是政治觀與道德觀可以遏

〔註28〕（日）遍照金剛：《文鏡秘府論》，北京：人民文學出版社，1975年版，第129頁。

〔註29〕（唐）王昌齡著，黃明校編：《王昌齡詩集》，南昌：江西人民出版社，1981年版，第159～160頁。

〔註30〕（宋）沈義父：《樂府指迷》，北京：中華書局，1991年版，第50頁。

制的。在文學發展的歷程中，「比興」素來是抒情表意的一種委婉含蓄的方式，民間用它來表達隱晦的「求偶」「生子」等不便明言的樸素願望，文人用它來傷春悲秋抒發憂鬱感懷。明代茶陵派領袖李東陽闡釋比興時將其與「正言直述」相對，認為賦詩若正言直述，「則易於窮盡而難於感發」〔註 31〕，惟假比興，反覆諷詠，才可「言有盡而意無窮」〔註 32〕。正，直也，《呂氏春秋・君守》「有繩不以正」〔註 33〕，《管子・法法》「人主不周密，則正言直行之士危」〔註 34〕，正言與直述同義並用，皆意指語言表達直來直去，而比興則與此正對，追求曲語表達、言外之意。明代「前七子」之一的李夢陽也明確把比興與「直率」相對，批評了當時文人學子「比興寡而直率多」〔註 35〕的創作弊病，認為比與興，源於情，足以觀義，對比興推崇備至。清代吳喬主張為文有「實做」與「虛做」之分，「雅、頌多賦，是實做，風、騷多比興，是虛做。」〔註 36〕其將實與虛，與賦和比興相對應，認為「實做則有盡，虛做則無窮。」〔註 37〕比興之虛做，要在語言上不直白，語義上不直露，含蓄蘊藉，韻味無窮。對此，清代朱庭珍在《筱園詩話》中從藝術表現的角度，更是對比興之特質做了一番十分精到的總結：「詩有六義，賦僅一體，比興二義，蓋為一種難題之法。因有不可直言，不可顯言，不便明言，不忍斥言之情之境。或借譬喻，以比擬出之，或取義於物，以連類引起之，反覆迴環，以致唱歎，曲折搖曳，愈耐尋求。此詩品所以貴溫柔敦厚、深婉和平也，詩情所以重纏綿悱惻，醞釀含蓄也，詩義所以重文外曲致，思表纖旨也，一味直陳其事，何能感人？後代詩家，多賦而少比興，宜其造詣不深，去古日遠也。」〔註 38〕比興之不可直言、

〔註 31〕（明）李東陽：《懷麓堂詩話》，上海：商務印書館，1936 年版，第 23 頁。
〔註 32〕（明）李東陽：《懷麓堂詩話》，上海：商務印書館，1936 年版，第 23 頁。
〔註 33〕（戰國）呂不韋著，（漢）高誘注，（清）畢沅校：《呂氏春秋》，上海：上海古籍出版社，2014 年版，第 63 頁。
〔註 34〕（戰國）管子著，（唐）敬杲選注：《管子》，上海：商務印書館，1931 年版，第 85 頁。
〔註 35〕（明）李夢陽：《空同先生集》，臺北：偉文圖書出版社，1976 年版，第 988 頁。
〔註 36〕（清）吳喬：《圍爐詩話》，郭紹虞編選：《清詩話續編》，上海：上海古籍出版社，1983 年版，第 481 頁。
〔註 37〕（清）吳喬：《圍爐詩話》，郭紹虞編選：《清詩話續編》，上海：上海古籍出版社，1983 年版，第 481 頁。
〔註 38〕（清）朱庭珍：《筱園詩話》，郭紹虞編選：《清詩話續編》，上海：上海古籍出版社，1983 年版，第 633 頁。

不可顯言、不便明言、不忍斥言的生成情境與追求「不直言」「不便告」「不敢語」的隱語生成機制實在無異。如此，我們發現，比興這一藝術創作手法，注重譬喻比擬，取義於物，委婉含蓄，講求文外之致，而且借助其他物象來表明內心情感或者諷諫意圖，這些都具有隱語的性質。游國恩曾指出：「《楚辭》與『隱』有關，而且發見戰國時一般的賦乃至其他許多即物寓意、因物託諷的文章幾乎無不帶有『隱』的意味。」〔註39〕以《離騷》為代表的《楚辭》，其「即物寓意、因物託諷」的主要創作方法即是比興，而《詩經》又是《楚辭》藝術創作手法的本源。所以，可以證鑒，詩騷都是具有「隱」的性質的，甚至可以說，詩騷雖沒有達到「遁詞以隱義，譎譬以指事」的效果，但其確實是「即物寓意、因物託諷」的文章，因而實質上也是一種隱語文體。而比興手法的使用則是使詩騷具有隱語性質的關鍵所在。

比興這一手法，雖本於《詩》卻大盛於《騷》，漢代王逸《離騷經序》明確指出二者之間的前後承繼關係：「《離騷》之文，依《詩》取興，引類譬喻，故善鳥香花以配忠貞，惡禽臭物以比讒佞，靈修美人以媲於君，宓妃佚女以譬賢臣，虯龍鸞鳳以託君子，飄風雲霓以為小人。」〔註40〕劉勰《文心雕龍·比興》也認為屈原是「依《詩》制《騷》，諷兼比興。」〔註41〕從比興的歷史發展來看，《詩經》的比興還較為單純與直觀，諸如朱熹《詩集傳》所標明的「比而興」、「興而比」之類的兼類現象較少，比、興二者尚容易辨識區分。而到了《離騷》，比興藝術在文人化創作的著意提升之下，則獲得了劃時代的飛躍性發展，變得不再那麼單純和直觀，不僅兼類現象已較為普遍，而且在此基礎上更為發展，誠如劉生良所言：「不僅比由以彼喻此發展為喻體本體水乳交融、渾然一體，進而發展為象徵和象徵體系，而且興的發端開頭之作用亦跌落，感物起情、託物寄興、隱喻象征諸功能飆升，進而與比合二為一、渾然一體了。」〔註42〕縱覽《詩》《騷》諸什，以比興直接作為隱語的事例，不僅屢見不鮮，且類型多樣。考其類型，則呈現出依次遞進的三個層次，其在比興技巧的運用、

〔註39〕游國恩：《游國恩學術論文集》，北京：中華書局，1999年版，第128頁。

〔註40〕（戰國）屈原著，（宋）洪興祖補注：《楚辭補注》，北京：中華書局，1983年版，第2～3頁。

〔註41〕（南朝梁）劉勰著，范文瀾校注：《文心雕龍》，北京：人民文學出版社，1962年版，第601頁。

〔註42〕劉生良：《〈離騷〉的比興藝術和比興體系》，《山西大學學報（哲學社會科學版）》，2010年第5期，第16頁。

本體與喻體關係的識別難度即「隱」的程度上都表現出逐層加深的特點。與此相應，《詩》《騷》中的隱語情形也客觀呈現為由單個意象構成的隱語、多個意象或意象群構成的隱語以及整體意境構成的隱語三種類型。見表 1：

表 1：《詩》《騷》中比興與隱語類型的對應關係圖

層　次	比興類型	隱語類型
第一層次（單個意象）	草木鳥獸、巫神人物等單個意象各具比興意義，構成比興最基本的形象系列。以單個物象表達某種隱喻意義。	單個意象構成的隱語。在詩騷中最為普遍而常見。如桑、薪、梅、蘭、蕙、魚、鳥等大量動植物類意象構成的隱語。
第二層次（意象群）	以上下文的互應關係構成某種典型情節，抑或由兩個或兩個以上意象的組合與變化營造出某種特別的意境，在多個意象的相互聯繫中形成某種隱喻意義。	多個意象或意象群構成的隱語，或可稱之為行為隱語。多見於《騷》，是文學創作手法、語言表達能力逐漸提升並成熟的標誌。
第三層次（整體意境）	除了單個意象、意象群，諸如《離騷》全篇就可看作一個完整的比興體，開創了以男女喻君臣、以愛情寫政治的中國古典文學創作傳統，成為後世詩文創作取法的典範。	由整體意境構成的隱語，或可稱之為篇章隱語。如《詩經・碩鼠》《九章・橘頌》《離騷》等。

由上表可見，《騷》大大發展了《詩》的比興手法使之成為一種比興體系，使之更加系統化、規範化、文人化。而作為古代隱語創制的一種重要手法，伴隨著比興的歷史發展，其在藝術表現效果上最直觀的呈現或結果，即產生了大量隱語。具體而言，一是由單個意象構成的隱語。這在《詩》《騷》中是最為普遍且顯而易見的。《詩》《騷》中存在大量動植物類意象構成的隱語，這類隱語的大量出現可能與原始先民的日常生活經驗有關，反應了原始先民最樸素也最直觀的對於自身內在與外部自然界關係的認知模式與語言表達習慣。如《詩經》中經常出現桑、樹、薪等植物意象，《衛風・氓》有「于嗟鳩兮，無食桑葚。于嗟女兮，無與士耽」〔註 43〕；《鄭風・將仲子》有「將仲子兮，無逾我牆，無折我樹桑」〔註 44〕；《鄘風・桑中》有「期我乎桑中，要

〔註 43〕（清）阮元校刻：《十三經注疏・毛詩正義》，北京：中華書局，1980 年版，第 606 頁。

〔註 44〕（清）阮元校刻：《十三經注疏・毛詩正義》，北京：中華書局，1980 年版，第 783 頁。

我乎上宮，送我乎淇之上矣。」〔註 45〕等，大凡說到桑或是與桑有關的事物和場所，詩歌都顯示出桑樹本身的神聖性和生命力，主題就大多與男女情愛有關，桑的隱語性是相當明顯的。由「桑」延伸開去，《詩經》中大凡言樹，或言其整體或言其枝丫，往往有暗示女性的意味。《周南・樛木》、《豳風・伐柯》、《鄭風・蘀兮》中就通過反覆歌詠樹木來頌讚愛情，樹木在歌唱者的眼中其實就是女性形象的某種化身。《詩經》中的薪類隱語也是不可忽視的一類。多以「採薪」、「析薪」、「伐薪」、「束薪」等形式出現，繼而喻指妻室與婚姻，因薪從樹來，一般也多指女性。此外，在《周南・桃夭》《召南・摽有梅》《衛風・木瓜》等詩中，也多以桃、梅、木瓜、椒等多子多實之物隱指男女之情。動物類隱語中，聞一多在《說魚》一文中已十分令人信服地揭示了「魚」作為「性愛隱語」在民歌中普遍得以應用的現象。〔註 46〕自然界中，魚是一種生殖能力極強的物種，魚的形象以及由此產生的釣魚、食魚、烹魚等行為，在《詩經》中明顯具有象徵男女情事的意味。《詩經》中還有一些鳥類隱語，如《齊風・雞鳴》、《豳風・七月》《邶風・燕燕》等，以鳥類的遷徙與遠行多隱含思歸的主題或情緒。

屈騷較《詩經》在動植物隱語方面有了更進一步的發展。檢索《離騷》全篇，草木、禽獸、自然物象、人神等各類隱語意象數不勝數，且自成體系。見表 2：

表 2：《離騷》中由單個物象構成的隱語

隱語類型	具體物象	種　數
植物類	蘭、蕙、桂、椒、荃、茝、菊、荷、江離、辟芷、宿莽、杜衡、揭車、留夷、薜荔、幽蘭、蕭艾、菉葹	18
動物類	騏驥、鷙鳥、玉虬、鸞皇、鳳鳥、鴆鳥、雄鳩、鵜鴂、飛龍	9
自然物象類	皇輿、規矩、繩墨、冠佩、飄風、雲霓、瓊枝、瓊靡、瑤象	9
人神類	靈修、眾女、女嬃、閽者、下女、蹇修、雷師、豐隆、靈氛、巫咸	10

〔註 45〕（清）阮元校刻：《十三經注疏・毛詩正義》，北京：中華書局，1980 年版，第 825 頁。

〔註 46〕聞一多：《聞一多全集》第一卷，北京：北京三聯書店，1982 年版，第 119 頁、126 頁。

由上表可見，《離騷》中共出現植物類物象 18 種，動物類與自然物象類各 9 種，人神類 10 種，這些單一事物，都是作為比興象徵的靜態意象或形象，作為主體某一特徵的對應物或與主體相關事物的對應物而出現的，構成了詩歌的比興象徵意象群體和最基本的形象系列。把簡單的、個別的比興發展成為比興象徵意象群體和形象系列，這是偉大的浪漫主義詩人屈原的獨特創造，其創作文人化表現的一個重要標誌即在文學創作中有意識地引入兩相對照的概念，通過香草與臭物、正與邪、黑與白、忠與奸、美與醜等對立範疇，在對美的頌讚與熱烈嚮往和對醜的無情鞭笞與撻伐中隱喻自己的人格修為和政治理想。同時在這種相互對比中，不同的物象也被賦予了不同的「象外之意」，也就變成了一個個在中國古典修辭學中具有某種特定指向性的類型化隱語。

二是由多個意象或意象群構成的隱語。由眾多意象組成意象群或營造出某種整體意境，抑或以某種典型情節或故事，傳達言外之意，是《詩》《騷》中隱語存在的第二種情形，且其多見於屈騷。這與創作者更加豐富大膽的想象，以及更加激烈複雜的心理矛盾衝突等皆息息相關，是文學創作手法、語言表達能力逐漸提升並成熟的標誌。因此，《離騷》的隱語使用情況較《詩經》亦更為複雜。除了單個的隱語意象之外，還出現了不少行為隱語。如《離騷》中有「吾令豐隆乘雲兮，求宓妃之所在。……保厥美以驕傲兮，日康娛以淫遊。雖信美而無禮兮，來違棄而改求」〔註 47〕語，文中作者本欲求宓妃之所在，但終因宓妃信美卻無禮且日康娛以淫遊，故放棄追求宓妃而另作他求。屈原在此用「求女」之行為，暗喻其對政治理想的追求，這裡的求宓妃或違棄而改作他求，就是一種行為隱語。再如後文中從「望瑤臺之偃蹇兮，見有娀之佚女」〔註 48〕到「閨中既以邃遠兮，哲王又不寤」〔註 49〕一段，亦與此情況類似。文中主人公為向「娀之佚女」求婚，盼以鴆鳥為其做媒，但又惡其佻巧。繼而向「虞之二姚」求婚，又唯恐媒人沒有伶牙俐齒，說和無望，最後引出「閨中既以邃遠兮，哲王又不寤」〔註 50〕一句，此處求婚的行為實際上

〔註 47〕（戰國）屈原著，（宋）洪興祖補注：《楚辭補注》，北京：中華書局，1983 年版，第 14 頁。

〔註 48〕（戰國）屈原著，（宋）洪興祖補注：《楚辭補注》，北京：中華書局，1983 年版，第 24 頁。

〔註 49〕（戰國）屈原著，（宋）洪興祖補注：《楚辭補注》，北京：中華書局，1983 年版，第 26 頁。

〔註 50〕（戰國）屈原著，（宋）洪興祖補注：《楚辭補注》，北京：中華書局，1983 年版，第 27 頁。

是欲求得君王賞識而被見用，實現其政治理想，以求婚隱喻求君王見用，仍是一種行為隱語。

《離騷》中，從女嬃申詈、陳辭重華到叩閽求女及全部失敗，從靈氛占卜、巫咸降諭到遠逝神遊及「忽臨睨夫舊鄉」之結局和「將從彭咸所居」之抉擇，屈原創造的這些充滿想象力的虛幻情節和多屬「高峰體驗」的境界，依次展示了抒情主體的矛盾處境、獨自傾訴、抗爭求索、希望幻滅和更深一層的心理衝突、苦悶彷徨、幻想假設及其悲劇歸宿，無不具有強烈、深刻的現實內容和既各自獨立又有機聯繫的比興象徵意義。在這裡，主人公或是設法求女求婚，或是駕馭靈禽駿獸、橫奔天界，或是驅役天神地祇、遠逝大荒，境界十分恢宏壯觀，氣象萬千，這在比興家族中更是前所未有的奇觀，為之增添了瑰麗斑斕的異彩，同時也為中國古代浩瀚的隱語王國增添了一種十分重要的類型——行為隱語。

三是整篇皆隱，或稱之為篇章隱語，是由整體意境構成的隱語。以《離騷》為例，其在總體構思上通過主人公「靈均」戀愛不遇的憂愁悲憤和悲劇性追求來隱射作者政治失意的巨大憂憤和悲劇命運，也就是說《離騷》通篇整體就是一個巨大的比興體系——作者並非為了寫女人、寫戀愛、寫求索，而是為了託詞以比興，假借男女言情來寄予政治理想。不但如游國恩所言：「這女人是象徵他自己，象徵他自己的遭遇好比一個見棄於男子的女人」〔註 51〕，而且整個詩篇是以男女喻君臣，以男女離合之情發政治失意之感，以靈均的愛情悲劇隱喻作者自己的政治悲劇。前人把《離騷》看作賦體，殊不知它和《碩鼠》、《橘頌》一樣，其實更是個偉大的比興體。《離騷》整篇設隱，從單個意象到整體意境，從象外之意到韻外之致，成為中國古代詩文創作、語言修辭的重要傳統與範式，後世像曹植《白馬篇》、《美女篇》、《吁嗟篇》、《七哀詩》、《洛神賦》，陶潛的《桃花源記》、《詠貧士》，李白的《蜀道難》、《行路難》，李商隱的朦朧詩，以及《西遊記》《紅樓夢》等，在整體構思上實與《離騷》通篇比喻象徵之法暗中相通，一脈相承。

如此，比興與隱語合一，比興成為隱語的創作方式，而隱語則是比興的載體，共同指向二者的形象性、複義性特點，而且兩者表達方式注定是間接隱晦的，而深具意蘊的意象產生其實是由二者創造機制的相似性決定的。隱語與比興一樣，都是在已有經驗的基礎上，借助物事（起興之物）與本事（所喻之事）

〔註 51〕游國恩：《楚辭論文集》，上海：古典文學出版社，1957 年版，第 211 頁。

之間的聯繫，通過思維的遷移轉換而生成本義和比喻義的一一映像。例如《詩經·衛風·氓》〔註52〕中有這樣的句子：

桑之未落，其葉沃若。于嗟鳩兮，無食桑葚！于嗟女兮，無與士耽！士之耽兮，猶可說也。女之耽兮，不可說也。

桑之落矣，其黃而隕。自我徂爾，三歲食貧。淇水湯湯，漸車帷裳。女也不爽，士貳其行。士也罔極，二三其德。

朱熹《詩集傳》謂本詩第三章（引文首段）「比而興也」，第四章（引文末段）「興也」，然。第三章「桑之未落，其葉沃若」，以桑葉之潤澤喻女子的靚麗，同時作為起興，引出「于嗟鳩兮，無食桑葚；于嗟女兮，無與士耽」，本句「戒鳩無食桑葚以興下句戒女無與士耽也」〔註53〕，桑葚甘甜而鳩多食易醉；愛情美好而人太貪戀則易受騙，男人沉溺其中猶可解脫，女子墮入情網則難以脫離，表達女子不要沉溺於愛情才是作者要表達的真實感受。第四章「桑之落矣，其黃而隕」，以桑葉枯黃飄落喻女子衰老被棄。「自我徂爾，三歲食貧。……士也罔極，二三其德。」作者描述了婚後痛苦的生活現狀，僅有首句起興。兩章首句從桑葉青亮寫到桑葉黃落，更是一種比興兼隱語的典範，它不僅顯示了女子年華由盛到衰，而且暗示了時光推移之下情感的變質。女子嫁過去的幾年間，夫妻關係漸漸不和終至破裂。她不得不坐著車子，渡過淇水，回到娘家。經過仔細考慮她認為自己並無一點差錯，而是那個男子「二三其德」。詩人是普通的村婦，農村的自然風物，是她每天所接觸的熟悉的自然經驗，詩人觸物聯想，以桑樹起興，從年輕貌美寫到人老色衰，同時描繪了男子對她從珍愛到厭棄的過程，以比興的方式設譬，並在上下文的語境中自然形成委婉含蓄的隱語詩。

在這樣的生成機制下，必然會產生相應的審美追求，亦即「複義」和「委婉」。如《周南·芣苢》：「采采芣苢，薄言采之。采采芣苢，薄言有之。采采芣苢，薄言掇之。采采芣苢，薄言捋之。采采芣苢，薄言袺之。采采芣苢，薄言擷之。」〔註54〕這是一首採用比興手法創作的隱語詩，委婉隱晦地表達了求子的意願。芣苢本意為車前草，又作牛舌草。車前草的種子即車前子，是一味中藥，可治婦女難產。詩中雖未名言所採之物為車前草的種子，但從「捋」這一動作來看，

〔註52〕（清）阮元校刻：《十三經注疏·毛詩正義》，北京：中華書局，1980年版，第606頁。

〔註53〕（宋）朱熹集注：《詩集傳》，北京：中華書局，1958年版，第44頁。

〔註54〕（清）阮元校刻：《十三經注疏·毛詩正義》，北京：中華書局，1980年版，第365頁。

採芣苢恐非挖芣苢這種野菜，而是採擷它的種子，並以此起興，表達隱含的「求子」之意。「惟草木之零落兮，恐美人之遲暮。既替余以蕙纕兮，又申之以攬茝。亦余心之所善兮，雖九死其尤未悔。」〔註55〕在《離騷》中，屈原以草木凋零起興，表達害怕美人遲暮的慨歎，而實質上又以美人遲暮作隱，表達自己對於及時建功立業的報國之志。文辭不僅委婉含蓄，還有多重表義效果。借他事而言本事，或諷諫或教誨，這是儒家詩教觀的呈現。「觀夫興之託喻，婉而成章，稱名也小，取類也大。關雎有別，故后妃方德；尸鳩貞一，故夫人象義。義取其貞，無疑於夷禽；德貴其別，不嫌於鷙鳥。」〔註56〕著眼於「夫人之德」取其專一的特點，著眼於「后妃之德」取其雌雄有別的表徵，這正是劉勰所說的「比興」託喻稱名、婉而成章的儒家立場。而在勸諫一方，臣子懾於君王權威，必然要採用含蓄的方式表達自己的真實意圖，使君主易於接受批評意見，所以才有「武舉刺君王以大鳥」之流，通過委婉的寓言故事來實現忠君勸諫的目的。

可以說，隱語和詩騷中的比興都是以「隱」的方式表現某種內容，而這種內容正是表達者的真實意圖所在；同時，隱語又與詩騷中的比興手法在生成機制、形象性特點和複義委婉的審美追求方面有著某種對應關係。隱語和比興意象參與、促進並強化了主題的表達，隱語假比興以寄難言之隱，比興借隱語意象豐富了中國古代詩歌的語言表達手段，並形成了美刺諷喻的傳統，二者之間相互依存、相互補充、相互促進。

第二節　隱語與「春秋筆法」之微辭隱義

中國文學素有抒情的傳統，尤其中國古典詩歌一脈，歷來有「詩緣情而綺靡」「搖盪性靈」「詩本性情」「詩貴性情」等諸說，中國文學之抒情特質可見一斑。其源頭或肇始於《詩經》與《楚辭》，其後歷代賡續，開枝散葉，蔚為大觀。中國古詩講究外物感發，心物感應。劉勰《文心雕龍》云：「感物吟志，莫非自然。」〔註57〕主體受到外在物象的感發，感物而情動，情動而綺靡。由

〔註55〕（戰國）屈原著，（宋）洪興祖補注：《楚辭補注》，北京：中華書局，1983年版，第30頁。

〔註56〕（戰國）屈原著，（宋）洪興祖補注：《楚辭補注》，北京：中華書局，1983年版，第35頁。

〔註57〕（南朝梁）劉勰著，范文瀾注：《文心雕龍注》，北京：人民文學出版社，1962年版，第65頁。

是觀之，古人之表情達意、賦詩吟志頗具由外而內或以外表內的特點。由外而內，受外物之自然觸發，實與「觸物以起情」同謂，乃詩之「興」也；以外表內，是以物傳心，主體主動作為，則與「索物以託情」無異，謂詩之「比」也。詩之作，或比或興，要皆抒情達意不直言出之，正所謂「詩之至處，妙在含蓄無垠」〔註58〕。含蓄即不說破，無垠即言有盡而意無窮，詩之至妙處即在隱義婆娑，餘味無窮。故比興手法在中國古代抒情文學傳統中的地位得以確立，其隱語性質亦彰露無疑。

相對而言，中國文學的另一面，敘事之傳統同樣源遠流長，不僅各類敘事文體諸如史傳、碑記、論說、傳奇、變文、話本、戲曲、小說等不一而足，而且各種敘事理論亦體大思精。清人章學誠認為，中國傳統敘事學之源頭，當推《春秋》一書。其於《文史通義》多處斷言為證：「古人著述，必以史學為歸。蓋文辭以敘事為難，……然古文必推敘事，敘事實出史學，其源本於《春秋》『比事屬辭』。」「敘事之文，出於《春秋》比事屬辭之教也。」〔註59〕由章氏之說可見，《春秋》一書對後世敘事學影響之大毋庸置疑。章氏又認為，敘事學本源於《春秋》「比事屬辭」，所謂比事屬辭，實即孔子作《春秋》之書法，後世稱之為「春秋筆法」。因孔子主張「載之空言，不如見之於行事之深切著明」〔註60〕，故《春秋》作，特以比事屬辭、因辭見義為法度，《春秋》一書對後世影響之大者亦莫過於此。學者李洲良將「詩之興」與「易之象」、「史之筆」三者相提並舉，同視之為中國傳統文化含蓄蘊藉、意味無窮的話語模式〔註61〕。詩之「比興」與史之「春秋筆法」，一為抒情之依憑，一為敘事之法度，可謂異跡而同趣，同在含蓄蘊藉、意味無窮，即追求言外之意，二者共同孕育了中國文學抒情與敘事並峙的雙峰。

一、春秋筆法與微言大義

「春秋筆法」，亦稱「春秋書法」、「春秋凡例」、「書例」、「義法」、「義例」，本為孔子作《春秋》之修辭法，基於後世學者對《春秋》的闡釋而形成。最早釋《春秋》者有《春秋》三傳。其中《春秋公羊傳》《春秋穀梁傳》多以義解

〔註58〕（清）王夫之等：《清詩話》，上海：上海古籍出版社，1978年版，第38頁。
〔註59〕（清）章學誠：《文史通義》，北京：中華書局，1985年版，第235、269頁。
〔註60〕（漢）司馬遷：《史記》（全十冊），北京：中華書局，1959年版，第3297頁。
〔註61〕李洲良：《詩之興：從政教之興到詩學之興的美學嬗變》，《文學評論》，2010年第6期，第40頁。

經，對春秋筆法之書寫方式則鮮少述及。而《春秋左氏傳》側重以史傳經，比事屬辭以顯義，故其尤為注重對春秋筆法特質的闡釋。《春秋左氏傳．成公十四年》載：「《春秋》之稱，微而顯，志而晦，婉而成章，盡而不污，懲惡而勸善，非聖人誰能修之？」〔註62〕《春秋左氏傳．昭公三十一年》又載：「《春秋》之稱微而顯，婉而辨。上之人能使昭明，善人勸焉，淫人懼焉，是以君子貴之。」〔註63〕兩處表述雖約略有些差異，但都是針對《春秋》述史之書寫方式與功用而言。具體而言，《春秋》之書寫方式有微而顯、志而晦、婉而成章、盡而不污、婉而辨之分，其中又可細分為微、晦、婉、污等曲筆、隱筆與顯、志、成章、盡、辨等直筆與顯筆之法。《春秋》之修辭法亦即春秋筆法，即不出這幾對或曲或直、或隱或顯等相反相成、相對相和的書寫方式之外。而「懲惡勸善」或「上之人能使昭明，善人勸焉，淫人懼焉」等效果，則側重闡釋春秋筆法有正王道、序人倫、別善惡、示臧否以致社會和合之用，故此「君子貴之」。由是觀之，春秋筆法不僅意謂《春秋》之修辭法，亦指涉《春秋》之修辭功用，是方法論與功能論的合二為一。

後世言說春秋筆法者，孟子「事、文、義」之見亦頗具代表性。《孟子．離婁》云《春秋》之作：「其事則齊桓、晉文，其文則史，孔子曰『其義則丘竊取之矣。』」〔註64〕《廣雅．釋詁》云：「竊者，私也。」「取，為也。」〔註65〕「竊取之」猶言「私為之」也。孔子作《春秋》，其事、其文雖本乎魯國舊史或有所增刪，其義則是孔子私為之。憑藉史事，依據史文，或筆或削，春秋大義蘊於其內。因此，春秋筆法不僅是《春秋》之話語修辭術，亦指涉《春秋》之書寫旨趣和內涵寓意，又是筆法與大義、形式與內容的辯正統一，故「春秋筆法」又有「微言大義」之說。「微言大義」見於《漢書．藝文志》：「昔仲尼沒而微言絕，七十子喪而大義乖。」〔註66〕微言即精當的話，

〔註62〕（清）阮元校刻：《十三經注疏．春秋左傳正義》，北京：中華書局，1980年版，第1913頁。

〔註63〕（清）阮元校刻：《十三經注疏．春秋左傳正義》，北京：中華書局，1980年版，第2126～2127頁。

〔註64〕（清）阮元校刻：《十三經注疏．孟子注疏》，北京：中華書局，1980年版，第2728頁。

〔註65〕（魏）張揖著，（隋）曹憲音：《廣雅》，北京：中華書局，1985年版，第8頁、第29頁。

〔註66〕（漢）班固著，（唐）顏師古注：《漢書藝文志》，上海：商務印書館，1955年版，第1頁。

大義即精深的義理，以微言寄寓大義，實可與春秋筆法等量齊觀。微言即春秋筆法「如何書」之法，大義即春秋筆法「何以書」之義。如此，春秋筆法與微言大義之內涵即應包含「如何書」之法與「何以書」之義等相輔相成的兩個層面。「何以書」之義憑藉「如何書」之法得以傳達，「如何書」之法內蘊「何以書」之義，法隨義設，義因法見，猶即器求道、以形寫神、因象見意，文質相兼、情采相合，方顯春秋筆法之道。於形式技巧方面，春秋筆法變化多端，有詳略、異同、輕重、晦明、曲直、虛實、前後等等，相反相對而又相輔相成。簡而言之，春秋筆法有筆有削，有去有取，有書有不書，非運用比事屬辭之系統思維實難探求其微言大義。後世闡釋春秋筆法如劉勰「一字以褒貶」〔註 67〕、胡安國「仲尼就加筆削乃史外傳心之要典」〔註 68〕、皮錫瑞「借事明義」〔註 69〕諸說，其中一字、有筆有削、借事即為法，而褒貶、史外傳心與明義則皆指筆法背後之隱義，雖各有側重，亦不出義法二字。

漢代司馬遷釋春秋筆法有「推見至隱」一說，即以隱微婉約之筆表現微言大義，或以實代虛，或以正代反，或「以其所書，推見其所不書；以其所不書，推見其所書」〔註 70〕。於是，或筆或削，或書或不書，可以互發其蘊，互見其義。「推見至隱」說義理雖明，對其如何發用，《史記・太史公自序》述此有言：「子曰：『我欲載之空言，不如見之於行事之深切著明也。』」〔註 71〕董仲舒《春秋繁露》解之曰：「吾因其行事，而加乎王心焉，以為見之空言，不如行事博深切明。」〔註 72〕蓋空言只能載理，行事方能見是非得失，知所勸誡，是為見用。換而言之，孔子所言之「不載空言，見諸行事」實如《禮記・經解第二十六》所述之「屬辭比事，《春秋》教也。」〔註 73〕唐孔穎達《禮記注疏》又釋其云：「『屬辭比事，《春秋》教也』者，屬，合也；比，近也。《春秋》聚

〔註 67〕（南朝梁）劉勰著，范文瀾校注：《文心雕龍》，北京：人民文學出版社，1962 年版，第 16 頁。

〔註 68〕（宋）胡安國：《春秋胡氏傳》，上海：上海書店出版社，1934 年版，第 3 頁。

〔註 69〕（清）皮錫瑞：《經學通論》，北京：中華書局，1954 年版，第 13 頁。

〔註 70〕（元）趙汸：《春秋屬辭》，影印文淵閣四庫全書，上海：上海古籍出版社，1987 年版，第 158 頁。

〔註 71〕（漢）司馬遷：《史記》（全十冊），北京：中華書局，1959 年版，第 3297 頁。

〔註 72〕（漢）董仲舒著，（清）凌曙注：《春秋繁露》，北京：中華書局，1975 年版，第 235 頁。

〔註 73〕（清）阮元校刻：《十三經注疏・禮記注疏》，北京：中華書局，1980 年版，第 1609 頁。

合會同之辭，是屬辭；比次褒貶之事，是比事也。」〔註74〕意謂屬辭比事，指聚合、連綴相關文辭，比次、排列褒貶史事。為避免徒託空言，於是因事屬辭，即辭見義，成為《春秋》之敘事法度，亦即春秋筆法之義理。

由上可見，春秋筆法，一言以蔽之，即通過比事屬辭之法以示微言大義。具體而言，從修辭手段上，「春秋筆法」重在曲言表達、委婉隱晦，「一字褒貶」「辭約」均顯示出其在遣詞造句上追求「極簡」之特點；從內涵所指來看，其義微、懲惡揚善，則又表現出「春秋筆法」辭微旨遠、善惡自見、意含褒貶的春秋大義等對修辭功能的強調；在其整體表現效果上，則彰顯出對言外之意、弦外之音、言在此而意在彼等語用風格的尊崇。

二、「春秋筆法」之辭隱

春秋筆法辭約義微，頗富隱語性質。考春秋筆法之發用，其隱語性不僅表現在外在的書寫手段上，亦體現在其內在目的和整體成效上。分而論之，春秋筆法之隱，首先在於辭隱。此或與春秋時代重辭之風氣不無關係。春秋時期，諸侯各國朝聘會盟頻仍，故外交場合飾詞專對尤顯關鍵。折衝樽俎、言語交鋒之間，不僅關係個人之榮辱，更關切外交之成敗，甚至國家之安危，故春秋一代有重辭之風氣。「言，身之文也。」「立德、立功、立言」三不朽之說皆為明證。如何以言見意、以言足志乃至以言興邦？孔子曰：「言之無文，行而不遠。」〔註75〕又曰：「書不盡言，言不盡意。……聖人立象以盡意。」〔註76〕其推重「言之有文」「立象以盡意」皆指涉複雜多變的語言修辭問題。而其依魯史作《春秋》其中蘊含之筆法即是一種講究語言修辭策略、深具微辭隱義特質的高超語言表達藝術。或謂《春秋》之創作始終，實即孔子以春秋筆法之發用來傳遞微言大義的過程。換言之，春秋筆法就是創作者按照自身意圖，憑藉特定的語言修辭策略、行文規則，對史事進行巧妙編排組合、刪減增益的語義編碼過程，這無異於一種制「隱」的過程。而歷代學者釋《春秋》則是反向解碼，惟有遵其編碼規則以索隱解微，方能得其真意。由此推知，春秋筆法的隱語性質

〔註74〕（清）阮元校刻：《十三經注疏・禮記注疏》，北京：中華書局，1980年版，第1609頁。

〔註75〕（清）阮元校刻：《十三經注疏・春秋左傳正義》，北京：中華書局，1980年版，第1708頁。

〔註76〕（清）阮元校刻：《十三經注疏・周易正義》，北京：中華書局，1980年版，第82頁。

不僅顯而易見，且其以言表意的語義編碼方式複雜多變，隱晦難明。

其語義編碼方式的隱語性質首先表現在字法的靈變與謹嚴上。春秋時期，一言可興邦亦可喪邦，劉勰《文心雕龍》評價春秋筆法有「一字以褒貶」「一字見義」「褒見一字，貴在軒冕；貶在片言，誅深斧鉞」〔註77〕等說法，春秋筆法有貴辭、慎辭之特點。如《春秋・宣公七年》載：「公會齊侯伐萊。」〔註78〕《左傳》釋之為「凡師出，與謀曰及，不與謀曰會。」〔註79〕杜預對此進一步解釋「與謀者，謂同志之國相與講議利害，計成而行之，放以相連及為文。若不獲已應命而出，則以相會合為文。」〔註80〕在出兵問題上，同志之國事前參與謀劃的稱「及」；事前未參與謀劃又不能不出兵的稱「會」。一個「會」字，委婉批判了齊候舉事未與魯宣公謀。同樣是記載戰爭，《春秋》會分別採用「伐、侵、襲、克、入、殲、戰、圍、救、取、執、潰、滅、敗」等不同的字法，雖一字之別，卻暗含了作者褒貶臧否之不同態度。再如《春秋・僖公十九年》載：「梁亡」〔註81〕。梁國本為秦國所滅，作者卻不說秦國滅掉梁國，其目的在於指責梁君虐待人民，民不堪命而四處逃散，實際上是隱射批評梁君自取滅亡。不書「秦」滅梁而只書「梁亡」，以不書推知何以書，以書推知何以不書，實乃春秋筆法「推見以至隱」之謂也。

春秋筆法最初使用之場域，蓋多用於史官記史、朝堂之上君臣問答或國與國之間的外交辭令。場合多莊嚴肅穆，故春秋筆法之發用亦是一件十分嚴肅的事，使用者在屬辭表意方面必當反覆斟酌，慎思細量，方能在唇槍舌戰中占得上風，在君臣問答中得以「言之者無罪，聞之者足以戒」。因此，春秋筆法語義編碼方式的隱語性質又不僅表現在字法的多變與謹嚴上，其在句法、篇法、章法等更為廣泛的修辭之術方面同樣變幻多方。董仲舒《春秋繁露》總結春秋筆法在用辭方面的諸多特點，多有可取之處。主要表現在有常辭、無通辭，有

〔註77〕（南朝梁）劉勰著，范文瀾校注：《文心雕龍》，北京：人民文學出版社，1962年版，第16頁、第22頁、第284頁。

〔註78〕（清）阮元校刻：《十三經注疏・春秋左傳正義》，北京：中華書局，1980年版，第1873頁。

〔註79〕（清）阮元校刻：《十三經注疏・春秋左傳正義》，北京：中華書局，1980年版，第1873頁。

〔註80〕（清）阮元校刻：《十三經注疏・春秋左傳正義》，北京：中華書局，1980年版，第1873頁。

〔註81〕（清）阮元校刻：《十三經注疏・春秋左傳正義》，北京：中華書局，1980年版，第1809頁。

正辭，有詭辭等方面，且又貫穿在「《春秋》無達辭，從變從義」這一總的指導原則之下。所謂常辭，常規之辭也。通辭，可隨處適用的套辭。《春秋繁露．竹林》云：「春秋之常辭也，不予夷狄，而予中國為禮。至邲之戰，偏然反之，何也？曰：『春秋無通辭，從變而移，今晉變而為夷狄，楚變而為君子，故移其辭以從其事。』」〔註 82〕按《春秋》常辭，親中原遠夷狄，中原地區國家合禮，夷狄不合禮，但隨著「邲之戰」結束，情況隨之發生變化，中原之晉國因無禮而成了「夷狄」，反而江南的楚國因合禮而變成了君子，因此說「春秋無通辭，從變而移」，「移其辭以從其事」，可知春秋筆法的外在書寫方式是因事設辭，辭隨義變。

春秋筆法有正辭，有詭辭。所謂正辭即直言，史家秉筆直書，如實敘寫。詭辭則是曲言表達之法。董氏云：「春秋之書事時，詭其實以有避也。其書人時，易其名以有諱也。」〔註 83〕司馬遷《史記．太史公自序》亦云：「孔子著《春秋》，隱桓之間則章，定、哀之際則微，為其切當世之文而罔褒，忌諱之辭也。」〔註 84〕《周禮．冬官考工記》：「畫繢之事，青與赤謂之文，赤與白謂之章。又明也。」〔註 85〕章，通彰，明也。蓋隱、桓二公距孔子之世遠，故辭章。與辭章相對，詭辭即忌諱之辭，有話不可直說。定、哀之際蓋為孔子所在之當世，時代愈近，觸忌犯諱之人或事便愈多，身不由己，只好以隱微婉約之筆來表現，其隱語性質自不待言。《春秋．僖公二十八年》載：「天王狩於河陽。」〔註 86〕《春秋左氏傳》云：「仲尼曰：以臣召君，不可以訓，故書曰：狩。」〔註 87〕《春秋穀梁傳》曰：「全天王之行也，為若將守而遇諸侯之朝也，為天王諱也。」〔註 88〕因晉文公召周天子，乃以下召上，這在講究君臣尊卑、等級秩序森嚴的古代社會

〔註 82〕（漢）董仲舒著，（清）凌曙注：《春秋繁露》，北京：中華書局，1975 年版，第 43 頁。

〔註 83〕（漢）董仲舒著，（清）凌曙注：《春秋繁露》，北京：中華書局，1975 年版，第 90 頁。

〔註 84〕（漢）司馬遷：《史記》（全十冊），北京：中華書局，1959 年版，第 3308 頁。

〔註 85〕（清）阮元校刻：《十三經注疏．周禮注疏》，北京：中華書局，1980 年版，第 906 頁。

〔註 86〕（清）阮元校刻：《十三經注疏．春秋左傳正義》，北京：中華書局，1980 年版，第 1824 頁。

〔註 87〕（清）阮元校刻：《十三經注疏．春秋左傳正義》，北京：中華書局，1980 年版，第 1824 頁。

〔註 88〕（清）阮元校刻：《十三經注疏．春秋穀梁傳注疏》，北京：中華書局，1980 年版，第 2402 頁。

無疑是犯忌的，所以《春秋》諱稱狩。《春秋・昭公二十五年》載：「秋七月上辛，大雩；季辛，又雩。」〔註89〕秋七月上辛，舉行了祈雨祭祀之禮，七月下旬為何再辦一次？《春秋左氏傳》解之為「秋，書再雩，旱甚也。」〔註90〕《春秋公羊傳》則釋之為：「又雩者何？又雩者，非雩也，聚眾以逐季氏也。」〔註91〕何休《春秋公羊經傳解詁》：「一月不當再舉雩，言又雩者，起非雩也。昭公依託上雩，生事聚眾，欲以逐季氏。不書逐季氏者，諱不能逐，反起下孫，及為所敗，故因雩起其事也。」〔註92〕魯昭公借雩祭來逐季氏，事敗被迫奔齊，孔子對發生在身邊的這起敏感事件，自然了然於心卻又不能據實直書，故只能以「又雩」加以諱飾。董仲舒云：「逐季氏而言『又雩』，微其辭也。」〔註93〕並進而解釋道：「義不訕上，智不危身。故遠者以義諱，近者以智畏。畏與義兼，則世逾近而言逾謹矣。此定、哀之所以微其辭。以故用則天下平，不用則安其身，春秋之道也。」〔註94〕揚雄《法言義疏》闡釋董氏此說為：「此君子立言不欲直往之義也。」〔註95〕他繼而又以水作譬指出春秋筆法「微其辭」，實乃既可通於道又能言不召禍的兩全之法。蓋正諫之法，或時有殆身，或時不受納，劉向《說苑・正諫》篇即有錄直言進諫而致敗諸例，故「微其辭」的曲言譎諫之法，才大有用武之地。「微其辭」，最大的特點即在於隱，「不直白本意」，凡遇未便揭言之人、之物、之事，曲言出之，不僅說者利以自解，聽者亦或是樂其尊己或是延宕想象，亦增加了一份猜度謎底的快慰。樂其尊己，是「有話不直說」的良效，而延宕想象，則是「話裏有話」的微言寄予大義。「鄭伯以璧假許田」、「天子曰崩，諸侯曰薨，大夫曰卒，士曰不祿等諱言『死』字」諸例，都

〔註89〕（清）阮元校刻：《十三經注疏・春秋左傳正義》，北京：中華書局，1980年版，第2106頁。

〔註90〕（清）阮元校刻：《十三經注疏・春秋左傳正義》，北京：中華書局，1980年版，第2109頁。

〔註91〕（清）阮元校刻：《十三經注疏・春秋公羊傳注疏》，北京：中華書局，1980年版，第2328頁。

〔註92〕（漢）何休：《春秋公羊經傳解詁》（十二卷），上海：上海書店，1989年版，第201頁。

〔註93〕（漢）董仲舒著，（清）凌曙注：《春秋繁露》，北京：中華書局，1975年版，第14頁。

〔註94〕（漢）董仲舒著，（清）凌曙注：《春秋繁露》，北京：中華書局，1975年版，第14頁。

〔註95〕（漢）揚雄著，汪榮寶義疏：《法言義疏》，北京：中華書局，1987年版，第511頁。

是春秋筆法通過避諱手段實現曲筆表達的範例。

一言以蔽之，春秋筆法屬辭比事以賦義之法可謂多且隱矣。杜預解此法為「或先經以始事，或後經以終義，或依經以辨理，或錯經以合義。」〔註96〕何休《春秋公羊傳解詁》解之曰：「內其國而外諸夏，先詳內而後治外，錄大略小，內小惡書，外小惡不書。」〔註97〕劉知幾《史通・內篇》釋此為：「略外別內，掩惡揚善。」〔註98〕由是觀之，春秋筆法不僅具內外、遠近之別，且有詳略、大小之分，其隱語性質可見一斑。讀《春秋》者，如對其用辭之規矩如此這般變幻莫測不能了然於胸，何異於讀天書？

三、「春秋筆法」之義隱

春秋筆法言意關係之複雜隱微不僅表現在其字法、句法、篇法、章法等用辭之法的詭異多變上，同樣體現在其義隱之深，迷茫難知。春秋筆法，筆法是手段，大義為旨歸，筆法背後隱含微言大義。徵引《春秋》經，不乏其例。清顧棟高《讀春秋偶筆》通過比次相關前後史事，指出《春秋》經深蘊「弒君有漸，其大要在執兵權，不至弒君不止」〔註99〕的微言大義。如隱公四年，《春秋》書公子翬帥師，七年後而隱公見弒；宣公元年書趙盾、趙穿帥師，明年而晉君夷皋見弒；成公六年、八年、九年連書晉欒書帥師，十七年而欒書執晉厲公，十八年使人弒厲公。由此觀之，少則兩年，多則十餘年，所謂履霜堅冰至，葉落而知秋，此之謂「弒君有漸」且根源於「執兵權」。此處《春秋》經不是通過比次一事顯義，而是類比或對比不同國家、不同時間的諸事來示義，其比事屬辭之妙，微言大義之深隱，足見古人表達智慧之高超。難怪元代趙汸《春秋師說》一再感歎：「《春秋》最難明者，是篡弒。」〔註100〕

蓋歷史之發展大抵有漸無頓，故探求春秋之微言大義當如元代程頤所言：「一事必有首尾，必合數十年之通而後見，或自《春秋》之始至中，中至終而

〔註96〕（晉）杜預：《春秋左傳集解》，上海：上海人民出版社，1977 年版，第 436 頁。

〔註97〕（漢）何休：《春秋公羊經傳解詁》（十二卷），上海：上海書店，1989 年版，第 201 頁。

〔註98〕（唐）劉知幾著，（清）浦起龍釋：《史通通釋》，上海：上海古籍出版社，1978 年版，第 235 頁。

〔註99〕（清）顧棟高：《春秋大事表》，北京：中華書局，1993 年版，第 268 頁。

〔註100〕（元）趙汸：《春秋師說》，影印文淵閣四庫全書，上海：上海古籍出版社，1987 年版，第 344 頁。

總論之，正所謂屬辭比事者也。大凡《春秋》一事為一事者少，一事而前後相聯者常多。其事自隱而至著，自輕而至重，始之不慎，至卒之不可救者，往往皆是。……《春秋》有大屬辭比事，有小屬辭比事。其大者，合二百四十二年之事而比觀之，……其小者，合數十年之事而比觀之。」〔註 101〕如《春秋》記「桓公薨於齊」一事：

　　《春秋・桓公十八年》載：「春王正月，公會齊侯於濼。公與夫人姜氏遂如齊。夏，四月丙子，公薨於齊。丁酉，公之喪至自齊。冬，十有二月己丑，葬我君桓公。」〔註 102〕

與此相扣，桓公十八年之後，《春秋》接續記載以下史事：

莊公二年，夫人姜氏會齊侯於禚。

莊公四年，夫人姜氏享齊侯於祝丘。

莊公五年夏，夫人姜氏如齊師。

莊公七年春，夫人姜氏會齊侯於防。冬，夫人姜氏會齊侯於谷。〔註 103〕

自桓公十八年「公會齊侯於濼」，至莊公八年冬「齊無知弒其君諸兒」，七年間，書姜氏與齊襄公之會面事，凡五次。魯桓公於齊見殺之後，相會仍舊頻繁。比合前後七年諸事以觀之，魯桓公之死的來龍去脈，齊襄公與姜氏之不倫姦情，《春秋》經對齊襄公之淫恣、姜氏之無恥的批判皆可見諸文字之外。誠如顧棟高所言：「看《春秋》眼光須極遠，近者十年、數十年，遠者通二百四十二年，通觀其積漸之時勢，而《春秋》微辭隱義自曉然明白於字句之外。」〔註 104〕由此推之，《春秋》一經，可謂無處不筆法，亦無處不隱義，《春秋》就是一個完整而宏大的隱語體。

春秋筆法，以比事屬辭之法，彰顯微言大義之旨。其辭隱，其義亦隱，其語體效果自然寓意婆娑、含蓄蘊藉。朱熹稱之為「都不說破」「蓋有言外之意」〔註 105〕。劉熙載則言之謂：「《春秋》文見於此，起義在彼。」〔註 106〕兩種看

〔註 101〕（元）程頤：《程氏經說》卷五，影印文淵閣四庫全書，上海：上海古籍出版社，1987 年版，第 256 頁。

〔註 102〕（清）阮元校刻：《十三經注疏・春秋左傳正義》，北京：中華書局，1980 年版，第 1759 頁。

〔註 103〕（清）阮元校刻：《十三經注疏・春秋左傳正義》，北京：中華書局，1980 年版，第 1759 頁。

〔註 104〕（清）顧棟高：《春秋大事表》，北京：中華書局，1993 年版，第 308 頁。

〔註 105〕（宋）朱熹：《朱子語類》，北京：中華書局，1986 年版，第 367 頁。

〔註 106〕（清）劉熙載：《藝概》，上海：上海古籍出版社，1978 年版，第 62 頁。

法並無本質差異，實可並相參酌。劉勰《文心雕龍》闡釋春秋筆法有「簡言以達旨」「辭微以婉晦」「隱義以藏用」〔註 107〕諸說，晦與隱，稱謂不同，實語義相通。《文心雕龍》又釋之為「隱也者，文外之重旨也。」〔註 108〕劉知幾《史通》解「晦」為「晦也者，省字約文，事溢於句外。」〔註 109〕文外重旨、事溢句外，皆謂有「言外之意」。近代學人錢鍾書《管錐編》論及史、詩關係時又謂：「《史通》所謂『晦』，正《文心雕龍·隱秀》篇所謂『隱』，『餘味曲包』，『情在詞外』；施用不同，波瀾莫二……」〔註 110〕錢氏之說與胡安國稱許春秋筆法為「史外傳心之要典」可謂有異曲同工之妙。史外傳心，即是對史、詩關係的一種變相闡釋，以史為依據，傳詩之大義，運用比事屬辭之法，筆削史事，以寓「獨斷於一心」之微辭隱義。

殆至明清，隨著小說、話本、戲曲、傳奇等通俗文學的繁榮，春秋筆法又有了更為廣闊的發用天地。從最初的經筆、史筆延展至文筆，多應用於文學創作與批評，其在暗示故事發展、塑造人物形象、傳達深刻思想、形成「複調」審美特質等方面便有了更大的發揮空間，寓意婆娑，隱義更加豐富。如金聖歎在評點《水滸傳》時有云：

> 一部書中寫一百七人最易，寫宋江最難；故讀此一部書者，亦讀一百七人傳最易，讀宋江傳最難也。蓋此書寫一百七人處，皆直筆也，好即真好，劣即真劣。若寫宋江則不然，驟讀之而全好，再讀之而好劣相半，又再讀之而好不勝劣，又卒讀之而全劣無好矣……則是褒貶固在筆墨之外也。〔註 111〕

金聖歎認為作者在塑造宋江這個人物時便使用了春秋筆法。從外顯的敘述來看，宋江似乎是忠信篤敬君子、仁人孝子之徒；若細讀之，就會發現隱含的敘述所要表現的宋江是一個「全劣無好」之人，這才是話語深層隱藏之真意，

〔註 107〕（南朝梁）劉勰著，范文瀾校注：《文心雕龍》，北京：人民文學出版社，1962 年版，第 15～16 頁。

〔註 108〕（南朝梁）劉勰著，范文瀾校注：《文心雕龍》，北京：人民文學出版社，1962 年版，第 632 頁。

〔註 109〕（唐）劉知幾著，（清）浦起龍釋：《史通通釋》，上海：上海古籍出版社，1978 年版，第 521 頁。

〔註 110〕錢鍾書：《管錐編》（一），北京：生活·讀書·新知三聯書店，2001 年版，第 315 頁。

〔註 111〕施耐庵、羅貫中著，金聖歎、李卓吾點評：《水滸傳》，北京：中華書局，2009 年版，第 304 頁。

作者的褒貶之意暗含在筆墨之外。《紅樓夢》亦是將「春秋筆法」作為主要敘事策略，戚蓼生在評價《紅樓夢》運用「春秋筆法」所取得的藝術效果時有「注彼而寫此，目送而手揮，似譎而正，似則而淫，如《春秋》之有微詞，史家之多曲筆」〔註 112〕之說，俞平伯更是評其「隱避曾何直筆慚，《春秋》雅旨微而顯。」〔註 113〕「有話不直說」「話裏有話」「正話反說」等在《紅樓夢》中比比皆是，彰顯了作者的深文曲筆，也成為春秋筆法富含言外之意的有力佐證。章學誠《文史通義·詩教篇》云：「觀春秋之辭命，蓋欲文其言以達旨而已。……是則比興之旨，諷諭之義，固行人之所肄也。縱橫者流，推而衍之，是以能委折而入情，微婉而善諷也。」〔註 114〕章氏將春秋筆法與詩之比興手法類比同觀，認為春秋筆法既要通過「委折」「微婉」的方式以「文其言」，又須「入情」「善諷」，具備「比興之旨」與「諷諭之義」。其中，「委折」「微婉」是書寫方式之隱，而「比興之旨」「諷諭之義」則意指書寫內容之隱。

因此，春秋筆法，作為一種古代言語表達智慧，不僅文筆曲折，而且意含褒貶。其主要特點在辭約義微〔註 115〕、尚簡用晦〔註 116〕，迴避明確的褒貶之詞，在「微言」之中流露出「大義」，讓人們自己去揣摩、體會作者語言表達的傾向性。一言以蔽之，春秋筆法，辭隱、義晦無疑是其最根本的表達特色，其實就是一種隱語化的表達，其微辭隱義的隱語性質可謂貫穿終始。

第三節　隱語與古代諧隱之風

劉勰《文心雕龍·諧隱》篇有云：「然文辭之有諧隱，譬九流之有小說，蓋稗官所採，以廣視聽。」〔註 117〕劉勰在論文敘筆時將諧隱文放在「有韻之文」的最末，已經把諧隱這兩種本是文學的表現手法（即修辭格）升格視作獨

〔註 112〕（清）曹雪芹：《戚蓼生序本石頭記》，北京：人民文學出版社，1975 年版，第 4 頁。

〔註 113〕俞平伯：《俞平伯論紅樓夢》，上海：上海古籍出版社，1988 年版，第 1108 頁。

〔註 114〕（清）章學誠：《文史通義》，北京：中華書局，1985 年版，第 17 頁。

〔註 115〕（春秋）左丘明傳，（晉）杜預集解，《春秋左傳集解》，上海：上海人民出版社，1977 年版，第 15 頁。

〔註 116〕（唐）劉知幾著，（清）浦起龍通釋：《史通通釋》，上海：上海古籍出版社，1978 年版，第 116 頁。

〔註 117〕（南朝梁）劉勰著，范文瀾校注：《文心雕龍》，北京：人民文學出版社，1962 年版，第 272 頁。

立之文體來看待，這一方面足見劉勰文學視野之寬宏與包納，同時也可從一個側面推斷諧隱手法之運用於當時的創作上已是蔚為盛景，以至於進入了文學理論考察的視野。諧隱之文，最早可以溯至先秦時期，但都是隻言片語或斷句殘章，而蔚然成為一時之風氣的，還當屬魏晉南北朝時期。劉師培先生在《中國中古文學史講義》中談到「宋齊梁陳文學」的總體特徵時即明確提出「諧隱之文，斯時益甚」〔註 118〕的觀點。此一時期，詼諧戲謔的民間謠諺、嘲戲文、笑話、隱語、謎語、寓言等的紛至湧現，不僅成為當時文壇的一大特色，而且孕育開啟了社會生活的一代之風。史家、禮典對此不乏記載，專門性文集也多行於世。劉勰《文心雕龍》專設《諧隱》一篇，縱論先秦至魏晉諧隱之文的流變，這大概正是當時販夫走卒、文人士子們崇尚諧辭隱語，讓諧隱蔚然成為一時風氣在文學理論方面的即時反映。

《文心雕龍・諧隱》篇又云：「隱語之用，被於記傳，大則興治濟身，其次則弼違曉惑。」〔註 119〕錢南揚先生據此認為，蓋古人隱語，大都意在譎諫。但他同時又說：「至漢東方朔，漸開後世諧謔之端矣。」〔註 120〕諧，詼諧幽默；謔，戲謔調侃。諧謔意即詼諧、滑稽，且多少帶有些嘲弄的意味。也就是說隱語自東方朔以後，生出了另外一條路途，它已經由過去充滿道統和詩教意味的諷諫向俳諧娛樂的文字遊戲轉化。自此伊始，諧、隱兩種修辭手法之間的關係也開始愈發親密，變得「你中有我我中有你」，互為借鑒和作用。

魏晉六朝時期，乃中國歷史、政治、思想文化、官制等種種社會風氣之大變革大調整的時期，諧隱之風的盛行，與這個時期整體社會和文化語境的時代變遷是緊緊相連、密不可分的。魯迅先生在《中國小說史略》第七篇「《世說新語》與其前後」中對此時社會風氣較前朝的變化有較為精闢的論斷：

> 漢末士流，已重品目，聲名成毀，決於片言，魏晉以來，乃彌以標格語言相尚，惟吐屬則流於玄虛，舉止則故為疏放，與漢之惟俊偉堅卓為重者，甚不侔矣。蓋其時釋教廣被，頗揚脫俗之風，而老莊之說亦大盛，其因佛而崇老為反動，而厭離於世間則一致，相拒而實相扇，終乃汗漫而為清談。……若為賞心而作，則實萌芽於魏而盛大於

〔註 118〕劉師培著、劉躍進講評：《中國中古文學史講義》，南京：鳳凰出版社，2011 年版，第 121 頁。

〔註 119〕（南朝梁）劉勰著，范文瀾校注：《文心雕龍》，北京：人民文學出版社，1962 年版，第 271 頁。

〔註 120〕錢南揚：《戲文概論；謎史》，北京：中華書局，2009 年版，第 254 頁。

晉，雖不免追隨俗尚，或供揣摩，然要為遠實用而近娛樂矣。〔註 121〕

自漢殆至魏晉南北朝時期，中國歷史再次進入動盪、紛亂並重新洗牌的時代，玄學、佛老思想對漢代儒家思想的衝擊和空前流行，九品中正制門閥士族制度的確立以及人物品藻、清議清談的大興，種種時代風氣的交融匯聚催促並孕育著人的覺醒〔註 122〕和文學進入一種新的空前自覺的時代〔註 123〕。諧隱之風的盛行正是文學回歸本體、注重形式技巧和娛樂功能的具體表現之一。諧隱之風中「諧」與「隱」究竟如何彼此作用與調和，相互之間概念的獨立性和互通性，都亟待我們一一理清。

一、魏晉娛情之風與「盛相驅扇」的諧隱文學

魏晉時期社會變遷在思想文化領域的一個重要表現，即占統治地位的兩漢經學的崩潰。兩漢時期「獨尊儒術」的思想使得儒家在思想領域佔據絕對統治地位，崇諷諫、重實錄、尚雅正的政治立場根深蒂固，成為貫穿整個封建社會的精神內核。然而，隨著漢末經學束縛的逐漸解除，正統觀念亦隨之慢慢淡化，各種思想紛至沓來，玄風盛行、釋家擠進，終而三教合流，個體生命意識不斷覺醒，人們開始關注自身存在的價值，思考生命存在的終極意義。士人的獨立人格意識也使得抒情文學隨即在文學創作領域風生水起。古詩十九首、抒情小賦的出現是文學創作向個性化抒情方向發展的標誌。殆至魏晉時期，文學注重個性解放、正常欲望與自我情感表達的特點愈加彰顯。甚至可以說，「文學成了感情生活的一部分」〔註 124〕。人、文自覺的時代，抒情的傾向很快擴大至整個文壇，重抒情、重形式美、重表現手段與方法成為文學的特質。永明以後文學的發展又從抒情而到宮廷粉飾與娛樂化傾向，文學成為藻飾與娛情的工具。

羅宗強《魏晉南北朝文學思想史》一書中，曾將宮體詩作為時人追求形式美與娛樂性的典型代表，他認為不僅是儒、釋、玄、道的自然融合為文學的發展提供了一個自由無拘的思想環境，蕭氏家族能文者居多，且他們不重功利、而重文章形式和音韻之美的創作觀念，也成為了娛樂文學發展的溫床〔註 125〕。

〔註 121〕魯迅：《魯迅全集》（第 9 卷），北京：人民文學出版社，1981 年版，第 60 頁。

〔註 122〕李澤厚：《美的歷程》，天津：天津社會科學出版社，2001 年版，第 147 頁。

〔註 123〕李澤厚：《美的歷程》，天津：天津社會科學出版社，2001 年版，第 159 頁。

〔註 124〕羅宗強：《魏晉南北朝文學思想史》，北京：中華書局，2006 年版，引言，第 4 頁。

〔註 125〕參閱羅宗強：《魏晉南北朝文學思想史》，北京：中華書局，2006 年版，第 299～315 頁。

宮體詩追求音韻之美，描摹閨閣之人的步態、神情與飲食儀表等，的確是富於娛樂精神的審美形式，是代表文學娛樂性的有力重鎮。但筆者竊以為宮體詩這一娛樂形式還不足以代表娛樂精神的全部內涵，真正能夠全面深刻展示彼時文學娛情特色的還屬「盛相驅扇」〔註 126〕的諧隱文學。或是文人士子自我解頤的文字遊戲、謎語寓言，或是具有諷諫勸導等社會功用的其他諧隱文學形式，都是文學娛情化的具體體現。宮體詩多是極盡描摹之能事，而諧隱文學的兩種形式則更富內涵。文字遊戲類諧隱文純粹娛樂之外還極具思維張力，讀者必須要憑藉謎面努力猜想而得謎底，因而延長了審美時效。具有勸諷作用的諧隱文則含蓄表達了著者的真實本意，使讀者欣賞到「含淚的笑」，因而更具深意。

諧隱文學的興盛與魏晉時期的諧隱之風密不可分。諧隱之風主要建立在士人清談的傳統之上。清談本源於選官制度中對人物的品藻，稱為「清議」。要求士人不僅要風儀脫俗、雍容大度、見識高遠，而且要神悟捷變，可「口中雌黃」、「明悟若神」〔註 127〕。這樣，清談中機智幽默、詼諧戲謔的風氣日盛。後來，隨著清談這一頗具娛樂性的宮廷娛樂方式慢慢延伸到了家庭生活內，諧隱之風漸漸成為當時頗具特色的文化思潮，進而影響到文學的創作和批評。《史記》開闢專章《滑稽列傳》，曹丕編錄《笑書》，《世說新語》專門列有《俳調》和《捷悟》等章，劉勰深處佛門亦依然熟知「諧辭隱言，亦無棄矣」〔註 128〕。但劉勰也十分辯證地認識到，如果過於追求形式技巧、音韻藻飾，一味追求滑稽幽默，而忽視了文章的詩教功能就會使得這一時期的文學創作內容貧乏羸弱、文體不斷脫離實用而流於膚淺。用劉勰的話說，就會陷於「空戲滑稽，德音大壞」〔註 129〕的境地。在詩教與娛情之間，劉勰一直力圖尋找到一個可以「折衷」的支點，《文心雕龍·諧隱》篇即為明證。

二、「諧」「隱」的獨立與會通

在劉勰《文心雕龍》中，他是將諧、隱作為兩種不同的文體形式來看待的。談及「諧」文體，劉勰先從「諧」的文字義出發，對其音形義本身及意義的歷

〔註 126〕（南朝梁）劉勰著，范文瀾校注：《文心雕龍》，北京：人民文學出版社，1962 年版，第 271 頁。

〔註 127〕（唐）房玄齡等：《晉書》，北京：中華書局，1974 年版，第 1236 頁。

〔註 128〕（南朝梁）劉勰著，范文瀾校注：《文心雕龍》，北京：人民文學出版社，1962 年版，第 270 頁。

〔註 129〕（南朝梁）劉勰著，范文瀾校注：《文心雕龍》，北京：人民文學出版社，1962 年版，第 272 頁。

時性變化逐一剖析，進而對這一文體的特點做出了較為全面的歸納。他汲取《說文》等的解釋，認為「諧」「詥」本為互訓〔註 130〕，意思大致相同，都是具有普遍性之義，並創造性地運用聲訓和義訓結合的方式揭示了「諧」的特點。「諧之言皆也，辭淺會俗，皆悅笑也。」〔註 131〕「諧」具有意義和語音的雙重內涵，其韻部從「皆」聲，是與大家的意見與心聲相應的言辭，是老百姓用以表達感情的載體，因而「辭淺會俗」，易於理解。劉勰還從《漢書》〔註 132〕《晉書》〔註 133〕等經典以及時世文學風氣中探得諧詞多是老百姓口中流傳的詼諧戲謔的俗諺歌謠，具有「悅笑」特點。劉勰通過例舉「華元棄甲，城者發睅目之謳」、「臧紇喪師，國人造侏儒之歌」〔註 134〕，既證明了諧體文詞的淺顯易懂、詼諧幽默，又是符合百姓內心情緒的言語表達。當然無論是抒情的描摹還是歡謔的俳調都是諧娛情特點的展現。

「讔〔註 135〕者，隱也；遁辭以隱意，譎譬以指事也。」〔註 136〕這裡，劉

〔註 130〕《說文》釋「諧」為「諧，詥也，從言，皆聲」。其中，「詥」字讀音有二：一是 hé，《說文．言部》釋之為「詥，諧也」。二是 gé，《六書統．言部》言「詥，從言從合，合眾意也」。由此可見，「諧」「詥」本為互訓，意思大致相同。

〔註 131〕（南朝梁）劉勰著，范文瀾校注：《文心雕龍》，北京：人民文學出版社，1962 年版，第 270 頁。

〔註 132〕（漢）班固：《漢書．東方朔傳》：「上以朔口諧辭給，好作問之。」《漢書》，北京：中華書局，1962 年，第 2860 頁。

〔註 133〕（唐）房玄齡等：《晉書．文苑傳．顧愷之》：「愷之好諧謔，人多愛狎之。」《晉書》，北京：中華書局，1974 年版，第 2404 頁。

〔註 134〕（南朝梁）劉勰著，范文瀾校注：《文心雕龍》，北京：人民文學出版社，1962 年版，第 270 頁。

〔註 135〕楊明照《增訂文心雕龍校注》釋「諧隱」條目：「『隱』，唐寫本作『讔』；元本、弘治本、活字本、汪本、佘本、張本、兩京本、王批本、何本、胡本、訓故本、合刻本、梁本、謝鈔本、清謹軒本、尚古本、岡本、文溯本、王本、張松孫本、鄭藏鈔本、崇文本並同。文津本剜改作『讔』。按『諧讔』字本止作『隱』。然以篇中『讔者，隱也』論之，則篇題原是『讔』字甚明。王應麟漢書藝文志考證八引作讔，是所見本篇題原為『讔』字也。」（楊明照：《增訂文心雕龍校注》，北京：中華書局，2012 年，第 198 頁）。楊明照先生從存錄《文心雕龍》最早的文本、宋代大學者的徵引以及文章的內證三方面進行考察，以為當作「讔」字，甚確。《文心雕龍．諧讔》篇有「隱語之用，被於紀傳」、「昔楚莊、齊威，性好隱語」，這裡的「隱語」，余竊以為是「讔」文體的內涵所指，劉勰為了保持駢偶句式的完整、用語的簡潔所採用，多將「隱語」簡稱為「隱」，此蓋致誤之由。「讔」與「隱」，雖意義相通，但「隱」或指文意隱藏的現象或是隱語的簡稱，而「讔」則為文體的代稱。

〔註 136〕（南朝梁）劉勰著，范文瀾校注：《文心雕龍》，北京：人民文學出版社，1962 年版，第 271 頁。

勰介紹了「讔」文體的兩種表現形式，一是「遁辭以隱意」，是指言語閃爍隱約，話不說全，遂文意藏而不露，任由他人去猜想；二是「譎譬以指事」，是指用曲折的比喻暗示某些事情。對於這兩點，劉勰分別舉例說，「昔還社求拯於楚師，喻『眢井』而稱『麥麴』；叔儀乞糧於魯人，歌『佩玉』而呼『庚癸』。」〔註 137〕「麥麴」是還無社求救時的暗號，「佩玉」是申叔儀借糧是的歌曲。因而屬於「讔」文體的第一種類型。而「伍舉刺荊王以『大鳥』，齊客譏薛公以『海魚』；莊姬託辭於『龍尾』，臧文謬書於『羊裘』」〔註 138〕的故事，則是以彼物代替此物的比喻。隱語的出現是人類語言和思維具有原始詩性特質的結果，隱語也是人類普遍的思維方式和認知手段，在人類社會長期的發展過程中某些具有種屬特點的物品與事件已經具有了相應的意義外延。正是由於語言學中某些「約定」好的程序，我們才可以用「隱語」來實現「眢井」與「麥麴」、「佩玉」與「庚癸」等等「本體」與「喻體」間的指涉關係，並使人明白自己的意思，達到求助或勸諫等目的。

綜上所述，諧讔兩類文體大都幽默詼諧充滿戲謔遊戲意味。只是「諧」文字淺顯通俗易懂，以幽默詼諧的風格直接表達作者的真實本意；而「讔」則是文顯義隱，常常以譬喻的方式呈現，言此而意彼，委婉含蓄地表達作者意圖。因而，諧詞多表現為民間俗諺、笑話等，而隱語則呈現為讖語、謎語、寓言、賦等具有隱含意義的文體形式。朱光潛在《詩論》中討論「詩與諧隱」時，更是把「諧」與「隱」的區別說得清楚明瞭。他指出，「文字遊戲不外三種：第一種是用文字開玩笑，通常叫做『諧』；第二種是用文字捉迷藏，通常叫做『謎』或『隱』……」〔註 139〕

儘管「諧」與「隱」都有自身的獨立性，但在劉勰看來，如果一味求「諧」而缺乏「隱」之內涵，也就是「隱」之諷諫規勸之意，「諧」也就成了末流小道。劉勰對「諧」的肯定是以能否具有規勸作用為前提的。諧詞本發端於民間，是俗文學的一種類型，戲謔滑稽是它的主要特質。「文辭之有諧讔，譬九流之有小說。蓋稗官所採，以廣視聽。」〔註 140〕統治者「采風」以觀民意的做法，使得

〔註 137〕（南朝梁）劉勰著，范文瀾校注：《文心雕龍》，北京：人民文學出版社，1962 年版，第 271 頁。

〔註 138〕（南朝梁）劉勰著，范文瀾校注：《文心雕龍》，北京：人民文學出版社，1962 年版，第 271 頁。

〔註 139〕朱光潛：《詩論》，北京：三聯出版社，1984 年版，第 21 頁。

〔註 140〕（南朝梁）劉勰著，范文瀾校注：《文心雕龍》，北京：人民文學出版社，1962 年版，第 272 頁。

眾多幽默詼諧且具有詩教意義的諧詞作品傳入宮廷之中，競相為文人所取，創造出適合於宮廷進諫的具有教化功能的作品。曹植在《與楊德祖書》中聲稱：「街談巷說，必有可採，擊轅之歌，有應《風》《雅》，匹夫之思，未易輕棄也。」〔註141〕《漢書·藝文志》對此亦有記載，「觀風俗，知得失，自考正」〔註142〕。由此，諧詞的詩教與娛情作用便展露無遺，娛情是心之感情的自然抒發，而詩教則是道德立場上的忠君之則，這不僅是儒家思想與道玄思想的交鋒，也是一種融合與對抗。在二者此消彼長的對立和融合中，諧文創作與道德教化作用的貼近關係一直處於動態的變化之中，也因此有了劉勰所認為的「正」與「奇」、「雅」與「俗」的區別以及對於諧詞「空戲德音」的批評和提醒。

而且有的時候，「諧」與「隱」並不總是有那麼明顯的界限。朱光潛在《詩論》中認為，隱語在近代是一種文字遊戲，而在古代卻是一件極嚴重的事，與預言讖語相關。他繼而認為，當隱語由神秘的預言變成一般人的娛樂以後，也就變成一種諧。因此說，隱與諧是可以會通的，只不過在他看來偏重不同而已。他說：「諧偏重人事的嘲笑，隱則偏重文字的遊戲。」〔註143〕他更是通過舉例指出諧與隱有時混合在一起。特錄其例如下：

（1）睅其目，皤其腹，棄甲而復。於思於思，棄甲復來！（《左傳》）

（2）側，……聽隔壁，推窗望月，……掮笆斗匆吃力，兩行淚作一行滴。（蘇州人嘲歪頭）

（3）啥？豆巴，滿面花，雨打浮沙，蜜蜂錯認家，荔枝核桃苦瓜，滿天星斗打落花。（四川人嘲麻子）

上述幾例非常清楚地把諧與隱的有機結合給呈現了出來。譏笑容貌醜陋為諧，以謎語示之則為隱。之所以要諧、隱配合，在朱光潛看來，是因為諧總有幾分惡意，所以最忌直率，直率不但會失去諧趣，而且容易觸諱招尤，故出之以隱。「隱與文字遊戲可以遮蓋起這點惡意，同時要叫人發現嵌合的巧妙，發生驚贊。不把注意力專注在所嘲笑的醜陋乖訛上面。」〔註144〕

其實，中國人的表達，就像中國的詩詞曲賦一樣，總不會那麼直白坦露，

〔註141〕郁沅、張明高編選：《魏晉南北朝文論選》，北京：人民文學出版社，1996年版，第26頁。

〔註142〕（漢）班固：《漢書》，北京：中華書局，1962年版，第1708頁。

〔註143〕朱光潛：《詩論》，北京：三聯出版社，1984年版，第32頁。

〔註144〕朱光潛：《詩論》，北京：三聯出版社，1984年版，第33頁。

字裏行間、言語交鋒裏處處充滿著含蓄蘊藉。因此說，無論是拐彎抹角的隱語還是詼諧幽默充滿趣味的諧辭，說白了，都只是言說的一種修辭需要而已。而這樣的需要在有的時候並不總是那麼清清楚楚、獨立使用，反而往往是互有交叉，密不可分的，以至於很多諧文要通過「隱」的形式來表現，而很多隱語也充滿著「諧」的意味，使人於會心一笑中明白背後的真實意圖。正如劉勰所言，「蓋意生於權譎，而事出於機急；與夫諧辭，可相表裏者也」〔註 145〕危難時機，睿智地採取幽默詼諧的故事和寓言、暗語來表達真實意圖，這是諧詞與隱語有效結合、從而修身治國的典範。

第四節　隱語與古漢語修辭格

古人重辭之風氣向來尤甚。孔子有「言之無文，行而不遠」「文質彬彬，然後君子」「辭達」〔註 146〕等見解，《易經》亦有「修辭立其誠，所以居業也」〔註 147〕之說，將修辭立誠視作居業之基礎。古代重辭之風最直接之影響或結果，是催生了古人對修辭手法的充分認知。古之修辭手法，實即近世辭格之謂。中國古代雖未明確提出辭格之概念，但古人很早就產生了對辭格特性、功能、分類等的基本認知，並廣泛應用於話語實踐。比如譬喻手法，不僅《詩經・大雅》有「取譬不遠」〔註 148〕說，《易經》有「立象以盡意」〔註 149〕的象喻思維，《墨子・小取》還對其下了定義：「辟也者，舉也（他）物而以明之者。」〔註 150〕古人除了對某一種辭格懷有持續關注和熱情，對辭格之分類及其差異亦有充分認知。如墨子區分辟、侔、援、推等四種措辭法，莊子有卮言、重言與寓言之別，董仲舒在《春秋繁露》中詳盡闡釋了微辭、慎辭、諱辭等不同辭

〔註 145〕（南朝梁）劉勰著，范文瀾校注：《文心雕龍》，北京：人民文學出版社，1962 年版，第 271 頁。

〔註 146〕（清）阮元校刻：《十三經注疏・春秋左傳正義・論語注疏》，北京：中華書局，1980 年版，第 1708、2479、2519 頁。

〔註 147〕（清）阮元校刻：《十三經注疏・周易正義》，北京：中華書局，1980 年版，第 15 頁。

〔註 148〕（清）阮元校刻：《十三經注疏・毛詩正義》，北京：中華書局，1980 年版，第 556 頁。

〔註 149〕（清）阮元校刻：《十三經注疏・周易正義》，北京：中華書局，1980 年版，第 82 頁。

〔註 150〕（戰國）墨子著，王心湛校勘：《墨子集解》，上海：廣益書局，1936 年版，第 146 頁。

格在使用語境、修辭特質及其功能效果上的異同。殆至南宋陳騤《文則》，對辭格之認識則更為細化與切至，其將取喻之法細分作「直喻」「隱喻」「曲喻」等十類，明代高琦《文章一貫》亦將「引用」一格分作「正用」「歷用」「反用」等十四法，中國古人對辭格認識之深且精由此可見一斑。

在古代，隱語本身就是一種特殊的語言修辭現象。尤其早期隱語之發用，諸如「大鳥止阜之隱」等朝堂之上臣子進隱諷諫之傳統，外交場合設隱與解隱的對弈，必極盡語言修辭之能事。殆至後世隱語轉而為謎，成為文人騷客逞才逗趣之資鑒，更是追求語不驚人死不休的語言修辭之效，中國古代隱語的測智、量才、逗趣之功盡顯無疑。元代陳繹曾《文說》將隱語作為十四種造語法，類同於近世辭格之一種來看待，並凡舉經典名句、代表性篇章為例以示隱語之修辭學特徵與功能，隱語與與研究古代言語修辭達意的辭格關係之密切由此或可窺見一斑。

隱語與辭格之親密關係首先表現在大量隱語詞的創制即源自辭格構詞。中華民族是一個有著優良修辭傳統的民族，運用修辭手法亦即辭格構造新詞在中國古代構詞法中是十分普遍的現象。如以「木龍」喻漁船；以「老鴇」喻妓女，《通俗編》云：「妓女之老者曰鴇。鴇似雁而大，喜淫無厭，諸鳥求之即就。」〔註151〕以「雲中雪」喻刀〔註152〕；毛筆，狀如錐，以「毛錐子」喻之，都是以比喻辭格構成的隱語。諸如以「出岫君」代雲、以「褚先生」代紙、以「方孔兄」代錢云云，則是比擬式構詞的著例。再如稱鶴為「鳴皋」，語出《詩經・鶴鳴》：「鶴鳴于九皋，聲聞于野。」〔註153〕以「國香」「秋佩」稱蘭，源於《左傳・宣公三年》：「以蘭有國香，人媚之如是。」〔註154〕《離騷》：「紉秋蘭以為佩。」〔註155〕將古代女子纏足喻為「金蓮」，語出《南史・齊東昏候記》：「又鑿金為蓮

〔註151〕（清）翟灝：《通俗編》，北京：商務印書館，1958年版，第491頁。

〔註152〕係太平天国時隱語，即刀（兵器）。中國近代史資料叢刊《太平天国・太平天日》：「當時天父上主皇上帝命主戰逐妖魔，賜金璽一，雲中雪一，命同眾天使逐妖魔。」亦省作「雲雪」。中國近代史資料叢刊《太平天国・天父詩二三一》：「鬼心不去那得貴，噁心不除那得為，邪心不淨雲雪飛，奸心不滅有狼狽。」

〔註153〕（清）阮元校刻：《十三經注疏・毛詩正義》，北京：中華書局，1980年版，第433頁。

〔註154〕（清）阮元校刻：《十三經注疏・春秋左傳正義》，北京：中華書局，1980年版，第1868頁。

〔註155〕（戰國）屈原著，（宋）洪興祖補注：《楚辭補注》，北京：中華書局，1983年版，第5頁。

花似貼地，今潘妃行其上，曰『此步步生蓮花也』。」〔註156〕諸如此類，或借用古代的成語故事、或引述歷史典故及神話傳說來構成隱語，乃是引用式構詞的明證。對此，研究者郝志倫認為，「漢語隱語行話，作為漢民族共同語的社會變體，在詞彙的產生構成中，與共同語一樣，修辭構詞也佔有重要的地位。……凡是漢語共同語中所有的一切修辭構詞現象，諸如：比喻、婉曲、摹繪、擬人、借代、誇張、藏詞、引用等等，在漢語隱語行話中都存在。」〔註157〕對於辭格構詞與隱語生成之內在關係，郝志倫在《漢語隱語論綱》中曾專闢一章詳析細釋，鑒於本文篇幅所限，不再贅述。但由於郝氏論述的側重點在於隱語與辭格構詞之間的關係，總的來說尚屬詞彙學研究的範疇。基於中國古代隱語之發用與生成的實際，很多時候並不僅僅表現在單個詞彙上，更體現在較為複雜的句法、篇法與章法之中。因此，本文則偏重在此基礎上相應擴大考查辨析的範圍。

劉勰《文心雕龍》釋隱語為「遁詞以隱意，譎譬以指事。」〔註158〕遁詞、譎譬是其修辭法，隱意、指事則是其修辭旨歸。譎譬，望文生義，與直喻相對，與隱喻相類。而其隱義之旨又與古代雙關、諷喻諸格存在異曲同工之妙。故對中國古代隱語開展修辭學研究，其與隱喻、雙關、諷喻諸格之關係研究自是不可迴避。

一、隱語與譬喻

中國古人最早認識並廣泛應用的辭格或為譬喻，即今之比喻。《詩經・大雅》:「取譬不遠。」〔註159〕《論語・雍也》:「能近取譬。」劉向《說苑・善說》主張善譬以明理。桓譚《新論》:「近取譬喻。」〔註160〕王符《潛夫論・辯難》更是指明了譬喻的生成原因與機制:「夫譬喻也者，生於直告之不明，故假物之然否以彰之。」〔註161〕「直告之不明」，故假譬喻以明之，其內在生成機制即在於「假物之然否以彰之」。王符充分認識到了譬喻構成的基本要件

〔註156〕（唐）李延壽:《南史》，北京：中華書局，1975年版，第154頁。
〔註157〕郝志倫:《漢語隱語論綱》，成都：巴蜀書社，2001年版，第325頁。
〔註158〕（南朝梁）劉勰著，范文瀾校注:《文心雕龍注》，北京：人民文學出版社，1962年版，第271頁。
〔註159〕（清）阮元校刻:《十三經注疏・毛詩正義》，北京：中華書局，1980年版，第556頁。
〔註160〕（漢）桓譚著，（清）孫馮翼輯:《桓子新論》，北京：中華書局，1985年版，第6頁。
〔註161〕（漢）王符著，（清）汪繼培箋:《潛夫論箋》，北京：中華書局，1979年版，第326頁。

其實有二：首先本體與喻體要存在某種本質差異，此為物之否；其次本體與喻體又要存在某種可以取譬的相似之處，即物之然，兩者缺一不可。近人錢鍾書釋此為「比喻之兩柄亦復多邊」理論。在他看來，譬喻之生成機制在於「兩柄亦復多邊」，取喻之法則在乎「守常處變」〔註 162〕。錢氏關於譬喻之說可謂多有創見。由古今關於取譬之論合而觀之，不難發現取譬之法在於假物。大千世界，物象紛紜、姿態萬千，何以假物取象？《易經》有云：「仰則觀象於天，俯則觀法於地，觀鳥獸之文與地之宜，近取諸身，遠取諸物，於是始作八卦，以通神明之德，以類萬物之情。」〔註 163〕以各種卦象及其變化來比附天地萬物自然之道、人生得失進退之理，實乃隱喻辭格之發用是也。由是觀之，立象以盡意，非直言表出，此隱之一也；象之變化無窮，則意之變幻莫測，此隱之二也。中國古人慣以隱喻之方式「觸類旁通」，認識和闡釋周圍世界，其隱語特質可見一斑。

《中國修辭學通史》指出：「中國古代學者一貫重視『象』，講天體，稱為『天象』，講人體，稱為『脈象』，在語言運用中，諸如『想象』『表象』『意象』等詞語很多，中國文字構成的基本方法也是象形的。『取象比類』，採取形象的手法來表達思想，是中國古代的基本思維方式之一。……這與西方古代重視邏輯思維形成鮮明的對照。」〔註 164〕取象比類思維是漢民族傳統思維的一個基本特徵。文化傳統影響思維方式，思維方式繼而又對修辭的表達和接受產生影響。在具象性、直觀性文化心理的影響下，漢語修辭表現出明顯的注重形象性、感受性的語言特徵，譬喻格即是在這種思維影響下最為典型的修辭手段之一。其在中國第一部詩歌總集《詩經》中可謂比比皆是。觀《詩經》之《關雎》《蒹葭》《桃夭》《碩鼠》《牆有茨》《采薇》《野有蔓草》諸什，盡顯中國語言活潑、靈動、含而不露、寓意婆娑之特質。後世總結《詩經》六義，其中「比興」二義實即譬喻格的變相稱說。陳望道將譬喻格細分為明喻、隱喻與借喻三種，劉勰釋比喻亦有「比顯而興隱」之分。比或為顯比格，與明喻類同，興則為隱比格，或與隱喻、借喻相通。由此可見，隱語

〔註 162〕錢鍾書：《管錐編》（一），北京：生活．讀書．新知三聯書店，2001 年版，第 41～43 頁。

〔註 163〕（清）阮元校刻：《十三經注疏．周易正義》，北京：中華書局，1980 年版，第 86 頁。

〔註 164〕鄭子瑜、宗廷虎、陳光磊：《中國修辭學通史》，長春：吉林教育出版社，1998 年版，第 8～9 頁。

與譬喻關係最為相近者，則為隱喻一格，古代亦或稱之為譎譬。譎譬也者，其隱語特質重在一個「譎」字。《說文》:「譎，權詐也。」〔註165〕《廣雅》:「譎，欺也。」〔註166〕無論弄權、詭詐抑或欺騙，都須要弄手段，要皆不直來直去，暗中作梗。《韓非子・定法》有「而姦臣猶有所譎其辭矣」〔註167〕的說法，《玉篇》:「譎，詐也。譎諫，依違不直言也。」〔註168〕《詩・國風・關雎序》:「主文而譎諫。」〔註169〕由此可見，譎辭，通俗而言，也就是彎彎繞的話。譎，重在不直言出之，是言之迂也，拐著彎說話，譎譬亦即隱喻的別稱。

清代詩學家趙執信有一首論詩的詩：「畫手權奇敵化工，寒林高下亂青紅。要知秋色分明處，只在空山落照中。」〔註170〕頗能說明譎譬遁詞隱意、言此指彼的特點。縱觀全詩，論詩之詩卻隻字不提「詩」字而言他，以畫工論詩法，雖不直言作詩之法，詩法卻和盤托出，妙在不言處。司空圖《二十四詩品》論詩之二十四境，整部書自始至終亦沒有出現一個「詩」字，所謂「不著一字，盡得風流。語不涉己，若不堪憂。」〔註171〕「不著一字」與「語不涉己」是對詩歌創作方式的要求，要皆重在不直抒胸臆，以不語來傳達語之目的，在不言處盡得風流，是「大象無形」「大音無聲」式道家哲學觀在文藝批評領域的有機化用。詩人何以將這相反相成的兩股力量合而為之，譎譬當是不二法寶。誠如《詩人玉屑》卷五引惠洪《禁臠》中蘇東坡所言：「善畫者畫意不畫形，善詩者道意不道名。故其詩曰：『論畫以形似，見與兒童鄰。作詩必此詩，定知非詩人。』」〔註172〕畫意不畫形，道意不道名，不求形似，但求意到，此即譎譬之妙，意在婉曲隱晦，假物立象以盡意，妙

〔註165〕（漢）許慎：《說文解字》，北京：中華書局，1963年版，第80頁。
〔註166〕（魏）張揖著，（隋）曹憲音：《廣雅》，北京：中華書局，1985年版，第124頁。
〔註167〕（戰國）韓非著，（清）王先慎集解：《韓非子集解》，北京：中華書局，1954年版，304頁。
〔註168〕（梁）顧野王：《玉篇》，北京：中華書局，1987年版，第42頁。
〔註169〕（清）阮元校刻：《十三經注疏・毛詩正義》，北京：中華書局，1980年版，第271頁。
〔註170〕（清）趙執信：《趙執信全集》（卷七），濟南：齊魯書社，1993年版，第89頁。
〔註171〕（唐）司空圖：《詩品二十四則》，北京：中華書局，1985年版，第6頁。
〔註172〕（宋）魏慶之：《詩人玉屑》，上海：古典文學出版社，1958年版，第120頁。

在不即不離，若近若遠，在可解與不可解之間，其遁詞隱意之隱語性質得以彰之。

二、隱語與雙關

雙關也是一種古老的辭格。早在先秦時期，就有運用雙關辭格的現象。《詩經．召南．摽有梅》：「摽有梅，其實七兮。求我庶士，迨其吉兮。摽有梅，其實三兮。求我庶士，迨其今兮。摽有梅，頃筐塈之。求我庶士，迨其謂之。」〔註173〕龔橙《詩本誼》說「《摽有梅》，急婿也。」〔註174〕一個「急」字，抓住了本篇的情感基調，也揭示了全詩的旋律節奏。這是一位待嫁女子的詩，該詩以「梅」諧「媒」，是運用諧音雙關的著例，反映了女子感歎韶光易逝，盼望有人早日託媒求婚之情。《左傳．哀公二十五年》亦載：「公曰：『是食言多矣』，能無肥乎？」〔註175〕此處「食言」即為雙關。因食，關涉「吃」「偽」二意，《爾雅．釋詁》：「載、謨、食、詐，偽也。」〔註176〕錢鍾書在《管錐編》中指「哀公以『食』之詐偽意屬『言』，而以『食』之啖瞰意屬『肥』，使之一身兩任，左右逢源。」〔註177〕再如有以物名構成雙關者，《楚辭．湘君》：「捐余玦兮江中，遺餘佩兮醴浦；采芳洲兮杜若，將以遺兮下女；時不可兮再得，聊逍遙兮容與。」〔註178〕《荀子．大略》云：「聘人以珪，問士以璧，召人以瑗，絕人以玦，反絕以環。」〔註179〕此二例中「玦」皆指器物，又兼有決絕之意。因《白虎通．諫淨》有「賜之環則反，賜之玦則去」〔註180〕之說，此

〔註173〕（清）阮元校刻：《十三經注疏．毛詩正義》，北京：中華書局，1980年版，第291頁。

〔註174〕《續修四庫全書》編委會：《續修四庫全書．詩本誼》，上海：上海古籍出版社，2002年版，第556頁。

〔註175〕（清）阮元校刻：《十三經注疏．春秋左傳正義》，北京：中華書局，1980年版，第2182頁。

〔註176〕（清）阮元校刻：《十三經注疏．爾雅注疏》，北京：中華書局，1980年版，第2575頁。

〔註177〕錢鍾書：《管錐編》（一），北京：生活．讀書．新知三聯書店，2001年版，第406頁。

〔註178〕（戰國）屈原著，（宋）洪興祖補注：《楚辭補注》，北京：中華書局，1983年版，第115頁。

〔註179〕（戰國）荀卿著，（清）王先謙集解：《荀子集解》，北京：中華書局，1981年版，第322頁。

〔註180〕（漢）班固：《白虎通》（兩冊）（一），上海：商務印書館，1936年版，第56頁。

處「玦」與「絕」、「決」諧音雙關，皆取棄絕之意。

古代關於雙關辭格之論述卻較為晚出。《全唐詩》605 卷方干有詩言及「雙關」，即由其所作《袁明府以家醞寄余，余以山梅答贈，非唯四韻，兼亦雙關》詩題中的「雙關」二字。詩云：

> 封匏寄酒提攜遠，織籠盛梅答贈遲。九度攪和誰用法，四邊窺摘自攀枝。樽罍泛蟻堪嘗日，童稚驅禽欲熟時。畢卓醉狂潘氏少，傾來擲去恰相宜。〔註 181〕

全詩四聯，每一聯的上下句平行抒寫「酒」和「梅子」，以出句和對句分別關涉不同的事物，實為雙關辭格之發用。最早論及雙關辭格的或是唐人崔融。其論映帶體，實即雙關辭格，有言：「映帶體者，謂以事意相愜，復而用之者是。詩曰：『露花疑濯錦，泉月似沉珠。』」〔註 182〕《文鏡秘府論》注曰：「此意花似錦，月似珠，自昔通規矣。然蜀有濯錦川，漢有明珠浦，故特以為映帶。」〔註 183〕可見詩中的濯錦是雙關辭，辭面上喻露花，辭裏子卻暗指濯錦川。沉珠亦然。這就是崔融所言「事意相愜，復而用之」。宋代范仲淹在《賦林衡鑒序》中直言「兼明二意者謂之雙關」〔註 184〕。宋代洪邁亦云：「自齊梁以來，詩人作樂府《子夜四時歌》之類，每以前句必行引喻，而以後句實言以證之。如『高山種芙蓉，復經黃蘗塢。未得一蓮時，流離嬰辛苦』」〔註 185〕之類。這裡所說的「引喻」，指的亦是雙關。明清時期謝榛在《四溟詩話》中稱雙關為「吳格」、「指物借意」〔註 186〕。清李調元《雨村詩話》釋雙關為「借字寓意」〔註 187〕等等。以上諸說，雖稱名不同，闡釋角度多元，皆就雙關這一辭格的修辭學特質而言。近人陳望道《修辭學發凡》論及雙關的定義、特征和類型時認為：「雙關是用了一個語詞同

〔註 181〕（清）彭定求等：《全唐詩》（全 25 冊），北京：中華書局，1979 年版，第 1035 頁。

〔註 182〕（日）遍照金剛：《文鏡秘府論》，北京：人民文學出版社，1975 年版，第 113 頁。

〔註 183〕（日）遍照金剛：《文鏡秘府論》，北京：人民文學出版社，1975 年版，第 113 頁。

〔註 184〕（宋）范仲淹：《范文正公文集》，北京：中華書局，1985 年版，第 83 頁。

〔註 185〕（宋）洪邁：《容齋隨筆》（上），上海：上海古籍出版社，1978 年版，第 88 頁。

〔註 186〕（明）謝榛：《四溟詩話》，上海：商務印書館，1936 年版，第 34 頁。

〔註 187〕（清）李調元：《雨村詩話》（二卷本），光緒七年廣漢重刻本，卷上。

時關顧著兩種不同事物的修辭方式。」〔註 188〕在他看來，雙關一格之成立在乎三項要素：作為語言形式的「雙關辭」和該形式所指稱的雙重意義「語面」與「語底」。張弓《現代漢語修辭學》定義雙關是：「利用詞語『音』『義』的條件，構成雙重的意義的辭式，叫做雙關式。所用的雙關詞語，表面是一種意義，裏面又是一種意義，表面的意義不是主要的，裏面的意義才是主要的。」〔註 189〕合觀古今學人對雙關辭格的論述可知，雙關具有十分明顯的隱語特質，主要體現在一是外在修辭方式之隱。雙關充分發揮中國漢字多音多義之特點，或借字音或藉語義，雙關之法詭異多變；二是義隱，因雙關必具雙重含義，且一表一裏，一實一虛，虛義為次，實義為主，表義為虛，隱義為實。

對於隱語與雙關的高度親密關係，朱光潛在《詩論》中曾言：「隱語用意義上的關聯為『比喻』，用聲音上的關聯則為『雙關』。」〔註 190〕朱光潛將聲音上的關聯與意義上的關聯著意進行比較，以此區分隱語與比喻和雙關兩種中國古代辭格之間內在關係的差異，是有著他獨特用意的，意在強調兩種關係之不同，而且放之於《詩論》當中，更是無可非議。陳望道也同樣認為雙關這種辭格的成立，「重心在於語音。」〔註 191〕它是以語音能夠關涉眼前和心裏的兩種事物為必要條件，在乎用作雙關的語音，跟那表明主意的語音之間的等同或類似，故雙關類辭格，經常見於歌謠、戲劇之類注重語音的文辭之中。儘管古漢語中的雙關其實並非僅僅表現在聲音上，也有不借助字音而使用的雙關情況，但畢竟，作為修辭格的雙關，最常見的一種方式即為諧音雙關。清翟灝《通俗編・識餘・風人》云：「六朝樂府《子夜》《讀曲》等歌，語多雙關借意，唐人謂之風人體，以本風俗之言也。如：『理絲入殘機，何患不成匹！』『擿門不安橫，無復相關意。』『黃檗向春心，苦心隨日長。』『打金側玳瑁，外豔裏懷薄。』……皆上句借引他語，下句中釋本意……又，風人之體，但取音同，不論字異。如：『霧露隱芙蓉，見蓮不分明』，以『蓮』為『憐』也。『桐樹生門前，出入見梧子』，以『梧』為『吾』也。『朝看暮牛跡，知是宿蹄痕』，以『蹄』為『啼』也。『石闕生口中，銜碑不得語』，以『碑』

〔註 188〕陳望道：《修辭學發凡》，上海：復旦大學出版社，2008 年版，第 77 頁。
〔註 189〕張弓：《現代漢語修辭學》，石家莊：河北教育出版社，1993 年版，163 頁。
〔註 190〕朱光潛：《詩論》，北京：生活・讀書・新知三聯書店，1984 年版，第 38 頁。
〔註 191〕陳望道：《修辭學發凡》，上海：復旦大學出版社，2008 年版，第 78 頁。

為『悲』也。」〔註 192〕諧音雙關，一個聲音關乎雙重意思，而這雙重意思，一明一暗，表面上說的是一層意思，暗中卻隱藏著另外一層意思。這其實就與隱語的修辭機制類同，都是言在此而意在彼、言在外而義在裏。關於隱語與雙關的這種類同關係，被很多研究者歸結為「雙關類隱語」〔註 193〕。除此之外，還有一類名為「借義雙關」。如以布匹之「匹」關涉匹配之「匹」、以行路之「道」關涉言說之「道」、以黃蘗之「苦」關涉相思之「苦」等，如若缺乏對這些諧音雙關類隱語的充分覺知，又何以明瞭《子夜歌》、《讀曲歌》、《西曲歌》、《子夜四時歌》等大量樂府詩中的另有所寄？

從修辭功能角度而言，雙關辭格之功能與隱語亦密切相關，其功能或主要體現在一是「諧」，二是「隱」。諧與隱雖有不同，如《文心雕龍．諧隱篇》有言：「諧之言皆也，辭淺會俗，皆悅笑也」〔註 194〕，諧就是「說笑話」，側重幽默感而引人發笑；而隱則是「遁詞以隱意，譎譬以指事」〔註 195〕，像是製謎，強調神秘感而引人猜度。但諧與隱又常常並非界限分明而是在後來的發展中互有交叉。正如《諧隱篇》論及「諧」時又言其「意在微諷，有足觀者」〔註 196〕。這種「意在微諷」的「諧」，則往往要披上「隱」的外衣。對此，朱光潛解釋說：「諧最忌直率，直率不但失去諧趣，而且容易觸諱招尤，所以出

〔註 192〕（清）翟灝：《通俗編》，北京：商務印書館，1958 年版，第 323 頁。

〔註 193〕韓秋月在《中國詩魅力》中談到詩中的修辭，首先論及「雙關隱語」，並認為中國古代由三國到六朝的這段時期，長江流域的民歌大半都用雙關隱語，其中以吳歌和西曲為典型代表，她繼而將雙關隱語區分為同字雙關、同義雙關和同音雙關三種並引例分述之；麻守中所著《中國古代詩歌體裁概論》在談到南北朝樂府詩的體制特點時涉及「雙關隱語」，他將雙關隱語分為兩種，一種為同音異字雙關，亦即諧音雙關，一種則為同字異義雙關；李鵬飛的《唐代非寫實小說之類型研究》中，在談到漢魏以後隱語類型的繼續演變時提出了新的隱語類型，認為較先秦隱語表意方式重在表層義與深層義在意義層面的關聯，漢魏以後則在聲音層面有了新的進展，他列舉了三種較為重要的隱語類型的代表：一為摹狀物態的體物型隱語，一為「體目文字」的字辭類隱語，一為諧音雙關類隱語。他將諧音雙關類隱語區分為「同音同字雙關語」「同音異字雙關語」和「混合雙關語」三種。儘管三家對雙關隱語的分類標準和結果存在些許差異，但均條分縷析地指出了隱語與雙關兩種辭格之間的內在關係，值得注意。

〔註 194〕（南朝梁）劉勰著，范文瀾校注：《文心雕龍》，北京：人民文學出版社，1962 年版，第 270 頁。

〔註 195〕（南朝梁）劉勰著，范文瀾校注：《文心雕龍》，北京：人民文學出版社，1962 年版，第 271 頁。

〔註 196〕（南朝梁）劉勰著，范文瀾校注：《文心雕龍》，北京：人民文學出版社，1962 年版，第 270 頁。

之以隱，飾之以文字遊戲。諧都有幾分惡意，隱與文字遊戲可以遮蓋起這點惡意，同時要叫人發現嵌合的巧妙，發出驚贊。不把注意力專注在所嘲笑的醜陋乖訛上面。」〔註 197〕暗含嘲諷或勸諫之意的「諧」，為了使自己的嘲諷或勸諫不過分直露、尖刻以致招嫌觸尤，而飾之以「隱」，這種頗具「婉而成諷」功能的雙關類隱語，在歷代語料中不乏著例。如：

（1）通曰：「相君之面，不過封侯，又危不安。相君之背，貴乃不可言。」（《史記・淮陰侯列傳》）〔註 198〕

（2）（正末做揭箱子見科云）程嬰，你道是桔梗、甘草、薄荷，我可搜出人參來也。（紀君祥《趙氏孤兒》第一折）〔註 199〕

上述二例，前例「背」字，表面上指脊背，實際上指背叛，構成語義雙關。裴駰《史記集解》引：「張晏曰：『背畔則大貴。』」〔註 200〕《史記菁華錄》云：「背，反也。勸其反漢，為此隱語。」〔註 201〕並且評曰：「奇語巧舌，千古無兩。」〔註 202〕此處雙關之功能即具有「婉而成諷」之特質，隱晦表達諷刺、批判之意。後例「人參」則雙關「人身」，表面上說藥名，實指趙氏孤兒。優伶說唱，語多雙關，唱詞中的插科打諢，常常運用雙關，以此引起觀眾的深沉思考或博之一笑。於此，則是雙關語在功能上的諧、隱合一。

三、隱語與諷喻

諷喻，作為一種古代常用辭格，其與隱語之關係亦較為密切。甚至可以說，隱語的政治修辭學傳統就是諷喻。諷喻，最初與中國古代詩教的美刺傳統是分不開的。《易經》的「修辭立其誠」〔註 203〕之說，強調修辭的社會教化功能。儒家思想亦認識到修辭的重要性，有文質之辨，指出「質勝文則野，

〔註 197〕朱光潛：《詩論》，北京：生活・讀書・新知三聯書店，1984 年版，第 33 頁。

〔註 198〕（漢）司馬遷：《史記》，北京：中華書局，1959 年版，第 2610 頁。

〔註 199〕（元）關漢卿、馬致遠、紀君祥：《竇娥冤　漢宮秋　趙氏孤兒》，北京：中國文史出版社，2002 年版，第 143 頁。

〔註 200〕（漢）司馬遷：《史記》，北京：中華書局，1959 年版，第 2613 頁。

〔註 201〕（漢）司馬遷著，（清）姚苧田：《史記菁華錄》，上海：上海古籍出版社，1988 年版，第 368 頁。

〔註 202〕（漢）司馬遷著，（清）姚苧田：《史記菁華錄》，上海：上海古籍出版社，1988 年版，第 368 頁。

〔註 203〕鄭奠、譚全基：《古漢語修辭學資料彙編》，北京：商務印書館，1980 年版，第 1 頁。

文勝質則史。文質彬彬，然後君子。」〔註 204〕，但更為重視文章修辭的道德性要求，在談到如何用詩時孔子認為「詩三百，一言以蔽之，曰思無邪。」〔註 205〕在《論語・八佾》中也有「子夏問曰：巧笑倩兮，美目盼兮，素以為絢兮。何謂也？子曰：繪事後素。曰：禮後乎？子曰：起予者商也。始可與言詩已矣。」〔註 206〕的說法，繪事後素，始可言詩。所謂繪事後素，朱熹《四書章句集注》解曰：「繪事，繪畫之事也；後素，後於素也。《考工記》曰：『繪畫之事，後素功』。謂先以粉地為質，而後施以五采，猶人有美質，然後可加文飾。」〔註 207〕皆意在強調文飾要以「質」為本，巧辭要以樸質為總歸，切不能喧賓奪主。諷喻諷喻，一在諷，二在喻，其中諷是旨歸，喻是方式，其與儒家思想的文質關係類同，在這裡「喻」就是「文」，「諷」就是「質」，是形式與內容、手段與目的、修辭方法與功能的相互對立與統一。

《詩大序》有云：「上以風化下，下以風刺上，主文而譎諫，言之者無罪，聞之者足戒。」〔註 208〕鄭玄對《詩大序》的說明是：「風化、風刺，皆謂譬喻不斥言也。主文，主與樂之宮商相應也。譎諫，詠歌依違，不直諫也。」〔註 209〕由此可見，諷喻，意在譏刺，譬喻而不斥言也，亦不直諫也，避免直切顯露，採用委婉曲折的表達方式，「溫柔敦厚」就是此類詩學的最高美學原則。諷喻起於春秋戰國時期諸子百家爭鳴闡明自己的政治主張，後經司馬遷《史記》、漢賦等的承繼，殆至唐代陳子昂、白居易等人發揚光大。白居易《與元九書》有云：「《國風》變為《騷》辭，五言始於蘇李。……然去《詩》未遠，梗概尚存，故興離別，則引雙凫一雁為喻；諷君子小人，引香草惡鳥為比：雖義類不具，猶得風人之什二三焉。」〔註 210〕古代出現大量的諷喻詩，表達對

〔註 204〕鄭奠、譚全基：《古漢語修辭學資料彙編》，北京：商務印書館，1980 年版，第 15 頁。

〔註 205〕鄭奠、譚全基：《古漢語修辭學資料彙編》，北京：商務印書館，1980 年版，第 14 頁。

〔註 206〕鄭奠、譚全基：《古漢語修辭學資料彙編》，北京：商務印書館，1980 年版，第 14 頁。

〔註 207〕（宋）朱熹：《四書章句集注》，北京：中華書局，1983 年版，第 63 頁。

〔註 208〕（清）阮元校刻：《十三經注疏・毛詩正義》，北京：中華書局，1980 年版，第 263 頁。

〔註 209〕（清）阮元校刻：《十三經注疏・毛詩正義》，北京：中華書局，1980 年版，第 263 頁。

〔註 210〕陳友琴編：《古典文學研究資料彙編：白居易卷》，北京：中華書局，1962 年版，第 205 頁。

君王、對官場政治黑暗、對身世遭際以及民生疾苦的種種意見，文人士大夫們礙於政治壓力不敢直言卻又因著文人風骨不得不言，於是，崇尚婉言表達的諷喻便自然而然地成為了中國詩學的一個重要傳統。

諷喻，作為一種修辭格，中國古代文章著作多從詩學角度對其展開分析，而從修辭學視角對其展開研究則是近代以後的事。《修辭學發凡》將諷喻專門列為一種辭格，認為「諷喻是假造一個故事來寄託諷刺教導意思的一種措辭法。大都用在本意不便明說或不容易說得明白親切的時候。」〔註 211〕他繼而依據情境急迫的程度和故事獨立的程度將諷喻分為兩類：一類是情境急迫，故事只是忽促之間捏造出來，並沒有充分的獨立性，這在我們的日常語言中，大概叫做「比方」。還有一類情境比較的不急切，故事構造得比較完整，比較有獨立性的，這在我們言談之間大概叫做「寓言」。並分別舉例說明兩種不同情況的細微差異。周振甫在《文章例話》中認為：「諷喻就是編造一個故事來寄託正意的一種手法，由於正意不便說，所以說了個故事，結合故事來說明本意，就親切動人。諷喻同比喻不同，比喻本身不構成一個故事，諷喻已構成一個寓言故事，能起到藉故事來喻意的作用。……先秦諸子和《戰國策》等書裏，往往用寓言故事來寄託正意，就是諷喻。」〔註 212〕宗廷虎、陳光磊主編的《中國修辭史》更加直接明瞭地談到諷喻的修辭學特徵，認為：「諷喻是一種特殊的比喻，是比喻的高級形態。它與一般比喻的區別是喻體形式的不同：一般的比喻是以物為喻，喻體的語言形式較簡單；諷喻則是以事為喻，喻體是一種有情節的故事。喻體在語言形式上呈現一定的篇幅。」〔註 213〕合而觀之，上述諸家在闡明諷喻作為一種辭格的修辭特色時，都意在強調兩個方面：一，諷喻委婉表達的語言特點，在本意不便明說或不容易說得明白親切之時的一種語言修辭策略；二，通過諷喻與比喻二者相較，得出諷喻不同於比喻之處在於喻體語言形式的複雜程度不同。諷喻多以事為喻，喻體是一個故事，而比喻的喻體則較為簡單。諷喻接近暗喻，可以說是延伸的暗喻，體量更大的暗喻。我們應當看到，陳望道在定義諷喻這一措辭格時，除了上述兩個特點之外，還指出諷喻有「寄託諷刺教導」之意，可以說從修辭特色、策略、目的與功能等方面對諷喻這一修辭格作了較為全面的闡釋。

〔註 211〕陳望道：《修辭學發凡》，上海：復旦大學出版社，2008 年版，第 98 頁。
〔註 212〕周振甫：《文章例話》，北京：中國青年出版社，1983 年版，第 425 頁。
〔註 213〕宗廷虎、陳光磊：《中國修辭史》（中冊），長春：吉林教育出版社，2007 年版，第 1060 頁。

從諷喻的修辭學內涵來看，首先其修辭學特質重在「隱」，假藉故事不直言，以彼類事物（件）之暗示來把握此類事物（件），通過語境和語義解碼，獲知表層故事內裏蘊涵的真意。如《孟子・公孫丑上》「宋人拔苗助長」的故事、《韓非子・五蠹》「宋人守株待兔」的故事、《呂氏春秋・慎人覽・察今》「楚人刻舟求劍」的故事、《新序・雜事五》載「葉公好龍」的故事、《淮南子・人間訓》載「塞翁失馬焉知非福」的故事等，都是假借一些情節簡略、生動有趣的人物故事來闡發某種歷史或人生的幽微或道理，並暗含諷刺之意。這種以寓言闡明事理、諷刺現實的諷喻手法在先秦兩漢時期較為普遍。殆至後世，這種諷喻手法又被廣泛應用於詩詞創作，以致出現了大量的諷喻詩，李商隱《有感》、白居易《晨雞》、曾鞏《詠柳》、林逋《梅花》皆其流也。詩人受到自然界種種現象或事態之觸發，引起聯想，敷衍成篇，賦詩言志，諷喻之情不可阻遏，假詩篇所述之事或諷刺世情或抒己情懷。以彼物喻此物，以所述之事寄心中之理，這無疑是一種隱含的表達，其修辭之結果必造成隱語之生成，而其修辭之策略則如隱語之「隱」。它是以隱語的內在生成機制「隱」促成了隱語的「開花結果」。

其次，諷喻與隱語在修辭功能上也是一致的。季廣茂在《隱喻理論與文學傳統》中認為，「縱觀儒家政治修辭學發展史，可以發現，當把隱喻轉變成『引喻』時，隱喻也就走向了具有濃厚的政治色彩和道德色彩的『諷喻』。」〔註 214〕在儒家的政治修辭學發展史上，作者此處所言之「隱喻」，與西方認知語言學中的「隱喻」實有不同，其所指只是中國古代譬喻格的一類，乃比體的一種，有意隱去喻體或喻體與本體關係不甚明朗。所以，我們或許可以說，諷喻就是擴大化了的隱喻，是隱喻的升級版。隱語具有政治修辭和審美修辭雙重之意，審美修辭涉及隱語的文學功能，而政治修辭則更多言說的是隱語的社會功能，正如劉勰在《文心雕龍》中所言諧辭隱語，「苟可箴戒，載於禮典，亦無棄矣。」「隱語之用，被於紀傳。大者興治濟身，其次弼違曉惑。」〔註 215〕說的正是古代隱語風上化下的社會教化功能。如唐代詩人李白的《烏棲曲》：「姑蘇臺上烏棲時，吳王宮裏醉西施。吳歌楚舞歡未畢，青山欲銜半邊日。銀箭金壺漏水

〔註 214〕季廣茂：《隱喻理論與文學傳統》，北京：北京師範大學出版社，2002 年版，第 185 頁。

〔註 215〕（南朝梁）劉勰著，范文瀾校注：《文心雕龍注》，北京：人民文學出版社，1962 年版，第 271 頁。

多，起看秋月墜江波。東方漸高奈樂何。」此詩通過日暮烏棲、落日銜山、秋月墜江等富於象徵色彩的物象，暗示荒淫的君王不可避免的樂極生悲的下場。全詩在形式上作了大膽創新，借舊題的歌詠豔情轉為諷刺宮廷淫靡生活，純用客觀敘寫，不入一句貶辭，而諷刺的筆鋒卻尖銳、冷峻。從技術層面而言，諷喻首先是一種隱喻，也是在彼類事物的暗示之下把握此類事物。但從社會層面看，諷喻則是一種特殊的甚至畸變的隱喻。其畸變之處即表現在，彼此聯繫的兩類事物其關聯的建立完全是人為的，它所產生的意義並非自然呈現出來的，而是人為製造出來的，在性質上完全是政治性和道德性的，正如李白的《烏棲曲》，本為歌詠豔情之作，而經過李白的人為關聯，此時已非單純的詠情而是刺君，詩歌亦非表面上的寫吳王，而是暗諷唐玄宗。從詠情到刺君是諷多一層，從寫吳王到暗諷唐玄宗，是隱多一層，諷喻與隱語之間難解難分的關係由此可見一斑。

第二章　中國古代隱語的文體學研究

古代隱語不僅是一種修辭表現手法，從文體學視角論，它也是古代一種具有獨特文體內涵、文體樣式與文體功能的文體。隱語，古或謂之「讔」，《韓非子‧喻老》：「右司馬御座而與王讔語」〔註1〕；又或謂之「廋」，《國語‧晉語五》：「秦客為廋辭於朝」〔註2〕。《集韻》：「讔，音隱，廋語也。」〔註3〕《方言》：「廋，隱也。」〔註4〕《正字通》：「讔與隱通，故隱、讔、廋實可互訓，本指一物。」〔註5〕劉勰《文心雕龍‧諧隱》：「讔者，隱也，遁辭以隱意，譎譬以指事也」〔註6〕，言簡意賅地道出了隱語的文體內涵與特質，即用隱約的文辭隱藏真意，用曲折的譬喻暗示事物。表現在語體風格上，即隱晦曲折，巧用譬喻。毋庸諱言，古代隱語最本質的文體內涵與最顯而易見的文體特色即在於「隱」，古有「還社喻眢井」「叔儀歌佩玉」「伍舉言大鳥」「齊客言海魚」「莊姬托龍尾」「臧文仲書羊裘」，皆隱也，且是頗具政治意味的隱語。《正字通》釋「讔」又有「同《玉篇》收謎字，鮑照有井

〔註1〕（戰國）韓非著，（清）王先慎集解：《韓非子集解》，北京：中華書局，1954年版，123頁。

〔註2〕（春秋）左丘明著，（吳）韋昭注：《國語》，上海：商務印書館，1935年版，第118頁。

〔註3〕（宋）丁度：《集韻》（中），北京：中國書店，1983年版，第750頁。

〔註4〕（漢）揚雄著，（晉）郭璞注，（清）戴震疏證：《方言》，北京：中華書局，1985年版，第214頁。

〔註5〕（明）張自烈，（清）廖文英：《正字通》，北京：中國工人出版社，1996年版，第825頁。

〔註6〕（南朝梁）劉勰著，范文瀾注：《文心雕龍注》，北京：人民文學出版社，1962年版，第271頁。

謎，謎即隱也」〔註7〕語，《通雅》卷三《釋詁》述「讔」之變體時有言「離合詩，井謎，商燈其流也」〔註8〕，《文心雕龍．諧隱》闡述古代隱語之流變亦云：「自魏代以來，頗非俳優，而君子嘲隱，化為謎語。」〔註9〕由此可見，古代隱語又與謎語無異，頗具文字鬥智、嘲戲、娛神之效。

《正字通》釋「讔」：「舊注音隱，是訓詘言」〔註10〕。詘，《玉篇》「詘答也」〔註11〕，《廣韻》「以言答之」〔註12〕也。詘言亦即對答之言。《漢書．藝文志》雜賦類列有《隱書》十八篇。顏師古曰：「劉向《別錄》云，隱書者，疑其言以相問，對者以慮思之，可以無不諭。」〔註13〕「疑其言以相問，對者以慮思之」，有問有答，問對結構或為時之隱語在文體樣式上的一大特色。至於古代隱語之文體功能，劉勰《文心雕龍．諧隱》明言：「隱語之用，被於紀傳，大者興治濟身，其次弼違曉惑。」〔註14〕，「古之嘲隱，振危釋憊」〔註15〕，皆強調諧隱文體之功能重在諷諫，「伍舉刺荊王以大鳥」、「齊客譏薛公以海魚」皆是也。又云：「纖巧以弄思，淺察以銜辭」〔註16〕，指出諧隱文體之功能亦有文字遊戲、逞才娛樂之方面，「蔡中郎題曹娥碑陰字謎」、魏伯陽參同契後序云隱「會稽魏伯陽」五字等是也。

古代隱語不僅具有鮮明的文體學內涵、特質與功能，與古代其他文體之間亦有著千絲萬縷的聯繫，或始源於他體，採擷諸體之滋養以化成；又或澤被浸

〔註7〕（明）張自烈，（清）廖文英：《正字通》，北京：中國工人出版社，1996年版，第825頁。

〔註8〕（明）方以智：《通雅》，北京：中國書店，1990年版，第41頁。

〔註9〕（南朝梁）劉勰著，范文瀾注：《文心雕龍注》，北京：人民文學出版社，1962年版，第271頁。

〔註10〕（明）張自烈，（清）廖文英：《正字通》，北京：中國工人出版社，1996年版，第826頁。

〔註11〕（南朝）顧野王：《玉篇零卷》（四冊）：北京：中華書局，1985年版，第218頁。

〔註12〕（隋）陸法言著，（宋）陳彭年等重修：《覆宋本重修廣韻》，北京：中華書局，1985年版，第343頁。

〔註13〕（漢）班固著，（唐）顏師古注：《漢書藝文志》，北京：商務印書館，1955年版，第68頁。

〔註14〕（南朝梁）劉勰著，范文瀾注：《文心雕龍注》，北京：人民文學出版社，1962年版，第273頁。

〔註15〕（南朝梁）劉勰著，范文瀾注：《文心雕龍注》，北京：人民文學出版社，1962年版，第273頁。

〔註16〕（南朝梁）劉勰著，范文瀾注：《文心雕龍注》，北京：人民文學出版社，1962年版，第272頁。

潤其他相近文體。明代《楊用修集》云：「漢書藝文志有隱書十八篇，今不可見，大抵懷譎幽奧之辭。書云『時日曷喪』其始也。」〔註17〕清杜文瀾《古謠諺》一百卷亦輯錄此謠，由此可斷，古謠諺與隱語兩者之間必存在某種文體關聯。《文心雕龍．諧隱》篇亦逐次列舉諧辭隱語的幾種來源：睅目之「謳」、侏儒之「歌」、蠶蟹鄙「諺」、「狸首淫哇」，進一步明確古代隱語與謳、歌、謠諺等民間口頭文學形式之間存在某種淵源關係。文體學研究，或探其源、析其義，或考其流、明其變，或歸其類、辨其用。由此出發，本章特截取古代隱語與民間謠諺、古代雜體詩、賦體、謎語等諸文體之間的關係為研究對象，旨在從文體之間的相互映照關係中，進一步確證古代隱語的文體學內涵、特質與功能。

第一節　民間謠諺的隱語性質

一、謠諺為隱語之源

謠諺是歌謠和諺語的合稱。《詩．魏風．園有桃》：「園有桃，其實之肴，心之憂矣，我歌且謠。」〔註18〕《毛傳》云：「曲合樂曰歌，徒歌曰謠。」〔註19〕《毛詩正義》云：「謠既徒歌，則歌不徒也。故曰：曲合樂曰歌，樂即琴瑟。」〔註20〕《詩經．大雅．行葦傳》曰：「歌者，合與琴瑟也。歌謠對文如此，散則歌為總名。」〔註21〕可見，謠的原初意義即指沒有音樂伴奏的歌唱。《廣雅．釋詁》云：「諺，傳也。」〔註22〕《說文》云：「諺，傳言也。」〔註23〕《國語韋注》：「諺，俗之善謠也。」〔註24〕《禮記．大學》釋文：「諺，俗語

〔註17〕（明）楊慎：《楊用修集》，高伯瑜等編纂：《中華謎書集成》，北京：人民日報出版社，1991年版，第56頁。

〔註18〕（清）阮元校刻：《十三經注疏．毛詩正義》，北京：中華書局，1980年版，第357頁。

〔註19〕（清）阮元校刻：《十三經注疏．毛詩正義》，北京：中華書局，1980年版，第358頁。

〔註20〕（清）阮元校刻：《十三經注疏．毛詩正義》，北京：中華書局，1980年版，第358頁。

〔註21〕（清）阮元校刻：《十三經注疏．毛詩正義》，北京：中華書局，1980年版，第535頁。

〔註22〕（魏）張揖著，（隋）曹憲音：《廣雅》，北京：中華書局，1985年版，第103頁。

〔註23〕（漢）許慎：《說文解字》，北京：中華書局，1963年版，第114頁。

〔註24〕（春秋）左丘明著，（吳）韋昭注：《國語》，上海：商務印書館，1935年版，第203頁。

也。」〔註25〕《左氏春秋傳・隱公十一年》釋文:「諺,俗言也。」〔註26〕《文心雕龍・書記》篇云:「諺者,直語也。」〔註27〕《說文》:「直言曰言。」〔註28〕所謂俗即強調通俗性、民間性,諺則是民間流傳的、人們總結經驗得出的說明一般性規律或道理的話語。在先秦時,謠和諺還是兩種不同的文體,各有其文體特色。對此,清代杜文瀾《古謠諺》凡例有云:

> 謠諺二字之本義,各有專屬主名。蓋謠訓徒歌,歌者詠言之謂,詠言即永言,永言即長言也。諺訓傳言,言者直言之謂,直言即徑言,徑言即捷言也。長言主於詠歎,故曲折而紆徐,捷言欲其顯明,故平易而疾速。此謠諺所由判也。〔註29〕

杜氏從長言與捷言的視角區分謠、諺二者在文體內涵與功能上的差異,引出謠重曲折紆徐、諺重平易疾速強調各自不同特質的論斷,頗有資鑒之處。但考索後世謠、諺文體發展與流變的軌跡來看,謠與諺又呈現出多有交叉、甚至部分研究者將謠諺二者並稱同觀的現象。關於古謠諺的文體特點,清代劉毓崧在《古謠諺・序》中做如下論斷:

> 欲探風雅之奧者,不妨先問謠諺之途。誠以言為心聲,而謠諺皆天籟自鳴,直抒己志,如風行水上,自然成文,言有盡而意無窮,可以達下情而宣上德,其關係寄託,與風雅表裏相符。蓋風雅之述志,著於文字,而謠諺之述志,發於語言。〔註30〕

「天籟自鳴」「風行水上」「自然成文」「言有盡而意無窮」,總結劉毓崧的論斷,謠諺在文體學方面的特點我們或許可以用八個字來概括,即「無矯無飾」「文簡義贍」。來自民間的話語表達,往往是活潑而充滿生氣的。如《古謠諺》卷四收錄描寫漢孝文王與其弟的《民為淮南厲王歌》:「一尺布,尚可

〔註25〕(清)阮元校刻:《十三經注疏・禮記正義》,北京:中華書局,1980年版,第1674頁。

〔註26〕(清)阮元校刻:《十三經注疏・春秋左傳正義》,北京:中華書局,1980年版,第1736頁。

〔註27〕(南朝梁)劉勰著,范文瀾注:《文心雕龍注》,北京:人民文學出版社,1962年版,第460頁。

〔註28〕(漢)許慎:《說文解字》,北京:中華書局,1963年版,第165頁。

〔註29〕(清)杜文瀾輯、周紹良點校:《古謠諺》,北京:中華書局,1958年版,第4頁。

〔註30〕(清)杜文瀾輯、周紹良點校:《古謠諺》,北京:中華書局,1958年版,第2頁。

縫。一斗粟，尚可舂。兄弟二人，不能相容。」〔註 31〕該俗諺的可貴之處在於，不僅道理淺顯易懂，其表達方式亦假物類比附人事，婉約出之，以布可縫、粟可舂，婉言勸諭兄弟之間要和諧共處、相容相幫，不僅行文風格「自然成文」，而且在語義蘊涵方面亦多有寄託，正所謂「與風雅表裏相符」，實現了「言有盡而意無窮」的語言表達效果，與古代隱語尤其是早期隱語既生氣活潑又另有所寄藉以言志的文體風格及功能互為交通、頗具類同之處。《古謠諺》卷二十輯錄頌揚古代列女的《陶嬰歌》：「黃鵠之早寡兮，七年不雙。鵷頸獨宿兮，不與眾同。夜半悲鳴兮，想其故雄。天命早寡兮，獨宿何傷。寡婦念此兮，泣下數行。嗚呼哉兮，死者不可忘。飛鳥尚然兮，況於貞良。雖有賢雄兮，終不重行。」〔註 32〕以黃鵠比之陶嬰，以黃鵠之「早寡」「七年不雙」「鵷頸獨宿」「夜半悲鳴」「想其故雄」「終不重行」等種種生存狀態來比附、隱射陶嬰雖寡，卻不忘亡夫、不願他嫁的貞潔烈女式的高潔品質，其隱語化的表達方式顯而易見。再如《古謠諺》所載部分農諺、時令諺、事理諺等，諸如《芒種占雨諺》：「雨芒種頭，河魚淚流。雨芒種腳，魚捉不著」〔註 32〕、《夏至占雨諺》：「夏至無雨，碓裏無米。夏至日個雨，一點值千金」〔註 34〕、《得意失意語》：「久旱逢甘雨，他鄉遇故知，洞房花燭夜，金榜掛名時。寡婦攜兒泣，將軍被敵擒，失恩宮女面，下第舉人心」〔註 35〕、《趙豨引諺》：「浴不必江海，要之去垢。馬不必騏驥，要之善走。士不必賢也，要之知道。女不必貴種，要之貞好」〔註 36〕等，凡此種種，不一而足，古代謠諺之豐富多彩，其所涉及的對象和描述的內容幾乎囊括了人類社會生活的方方面面，這些謠諺從行文風格到所述內容都十分貼近世俗生活，其民間化、大眾化、世俗化的特點十分鮮明，誠如《古謠諺》所云：「謠諺之興，其始止發

〔註 31〕（清）杜文瀾輯、周紹良點校：《古謠諺》，北京：中華書局，1958 年版，第 50 頁。

〔註 32〕（清）杜文瀾輯、周紹良點校：《古謠諺》，北京：中華書局，1958 年版，第 343 頁。

〔註 33〕（清）杜文瀾輯、周紹良點校：《古謠諺》，北京：中華書局，1958 年版，第 386 頁。

〔註 34〕（清）杜文瀾輯、周紹良點校：《古謠諺》，北京：中華書局，1958 年版，第 387 頁。

〔註 35〕（清）杜文瀾輯、周紹良點校：《古謠諺》，北京：中華書局，1958 年版，第 939 頁。

〔註 36〕（清）杜文瀾輯、周紹良點校：《古謠諺》，北京：中華書局，1958 年版，第 499 頁。

乎語言，未注於文字。」〔註37〕民間謠諺具有很強的民間性與口語化特點，可以說是中國古代民間口頭文學的典型代表。

歷數後世從事隱語研究和謠諺輯錄工作的研究者的成說可知，古代隱語與民間謠諺之間存在文體淵源的證據有三：其一在於劉勰《文心雕龍．諧隱》篇與清代杜文瀾《古謠諺》的互文見義。劉勰《文心雕龍．諧隱》篇在逐一列舉諧辭隱語的幾種文體學來源時有云：「昔華元棄甲，城者發睅目之謳；臧紇喪師，國人造侏儒之歌；並嗤戲形貌，內怨為俳也。又蠶蟹鄙諺，狸首淫哇，苟可箴戒，載於禮典，故知諧辭讔言，亦無棄矣。」〔註38〕其中作為隱語之源的睅目之「謳」即《宋城者謳》，而輯錄歷代謠諺的專書《古謠諺》即收錄此謠。謠云：

(城者謳)：「睅其目，皤其腹，棄甲而復。於思於思。棄甲復來。」

(華元使其驂乘答謳)：「牛則有皮，犀兕尚多，棄甲則那？」

(役人即築城者又曰)：「從其有皮，丹漆若何？」

(華元曰)：「去之，夫其口眾我寡。」〔註39〕

據史書記載，《左傳．宣公二年》宋國將領華元率宋軍與鄭、楚聯軍交戰，戰敗被俘，宋以「兵車百乘，文馬百駟」將他贖了回來。他還神氣活現地巡視民工築城工地，於是役人們嘲笑華元瞪著圓眼、腆著肚子、挓挲著落腮鬍子在城牆上走來走去，寥寥數語為這位丟盔棄甲的敗軍之將描繪出一副極為可笑的形象。華元也自有其幽默感，叫他的副手回答道犀牛皮還很多嘛，損失一些甲胄又算什麼呢？民工們又接著唱道：縱然還有各種皮子，但沒有丹漆彩繪怎麼辦呢？意為華元的學費交得太多。華元一時語塞，只好對副手說：「他們人多，我們說不過他們。」於是狼狽而去。此首古謠，役人與華元雙方一問一答，一唱一和，充滿民間對話特有的機巧，饒有趣味。而歌謠中役人們並未直接痛斥華元的戰敗而歸，而是通過對華元醜陋可笑形象的描摹達到諷刺嘲謔之效。不直言出之，饒有趣味之餘又多了一層言外之意與味外之旨。言語詼諧，又諧中有隱，既充分說明了古謠諺強烈的民間性，又彰顯了中國古代下層人民特有

〔註37〕(清)杜文瀾輯、周紹良點校：《古謠諺》，北京：中華書局，1958年版，第6頁。

〔註38〕(南朝梁)劉勰著，范文瀾注：《文心雕龍注》，北京：人民文學出版社，1962年版，第270頁。

〔註39〕(清)杜文瀾輯、周紹良點校：《古謠諺》，北京：中華書局，1958年版，第14～15頁。

的民間智慧。侏儒之「歌」、蠶蟹鄙「諺」，其鮮明的民間性與口語化特質亦與睅目之「謳」類同。在劉勰看來，諸如此類的民間謠諺都是古代早期隱語的重要源頭，與古代早期隱語一樣，「雖文辭鄙俚」，具有強烈的民間性與口語化特質，但若「苟可箴戒」，以達觀民風、察民俗、知民怨的采風之用與以下刺上的諷誡之效，亦自有其存在的重要價值。

證據之二在於明代郭子章《六語．讔語卷一》與清代杜文瀾《古謠諺》的互文見義。因為謠諺可以觀風俗、知得失、自考正，歷代統治階級和有識之士都非常注重謠諺的搜集、採錄、整理和保存工作，《古謠諺》一百卷，作為輯錄古代謠諺的專書，引述著作 860 餘種，搜集古籍中所引諺謠從上古到明代共 3300 餘首，並逐條注明出於何書和有關史事，對於我們研究古代謠諺的文體特徵與功能，瞭解古代謠諺概觀與全貌頗有助益。

《古謠諺》全書所收作品按其性質主要可以分為兩類，一類是大量的不同時代、不同地區流傳的百姓、郡民、時人以及各種勞動者和少數民族的作品，這類作品屬於民間文學的範圍，它們具有較重要的價值。如《春秋左氏傳》所引諷刺敗軍之將華元的《宋城者謳》，《續漢書．五行志》所引《順帝末京都童謠》（「直如弦，死道邊」），《輟耕錄》所引《至正丙申松江民間謠》（「滿城都是火」）等。另一類是古代帝王、名臣、文人、僧道等個人的創作，還有一些依託於古人和傳說中的鬼神等的作品，主要編入附錄。所收的一部分諺語和大部分民謠，都直接與歷史人物或歷史事件有關，或是讚美頌揚，或是諷刺揭露。童謠則多為預言或直接揭示某些朝代的興亡、歷史人物的成敗，以及社會戰亂、自然災變的前兆或驗證等。其中，《古謠諺》輯錄《南蒯鄉人言》《南蒯鄉人歌》等，明代郭子章編《六語》亦將其作為隱語收錄在《讔語卷》內。《六語．讔語卷一》如此記載這則隱語：「南蒯之將叛也，其鄉人或知之，過之而歎，且言曰恤恤乎，湫乎攸乎，深思而淺謀，邇身而遠志，家臣而君圖，有人矣哉。蒯將適費飲鄉人酒，鄉人或歌之曰，我有圃生之杞乎，我者子乎，去我者鄙乎，倍其鄰者恥乎，已乎已乎，非吾黨之士乎。」〔註 40〕諸如此類事例還有很多，篇幅所限不一一類舉，由此即可推見，古代確有不少民間謠諺早已成為隱語文體的重要來源。

證據之三，就謠體而言，再觀明代楊慎《古今風謠》中輯錄的先秦時期

〔註 40〕（明）郭子章：《六語》，高伯瑜等編纂：《中華謎書集成》，北京：人民日報出版社，1991 年版，第 544 頁。

的各類謠體，主要有風謠和讖謠兩大類，其中數量最多且最富代表性的即為各時各地的童謠，如周宣王時童謠「檿弧箕服，實亡周國」，是褒姒亡周的預言；有商羊童謠「天將大雨，商羊鼓儛」，是齊國水患的預言；有萍實童謠「楚王渡江得萍實。大如斗，赤如日，剖而食之甜如蜜」，是楚王日後將成就霸業的預言；有魯國童謠「鸜之鵒之，公出辱之。鸜鵒之羽，公在外野，往饋之馬。鸜鵒跦跦，公在乾侯，徵褰與襦。鸜鵒之巢，遠哉遙遙，稠父喪勞，宋父以驕。鸜鵒鸜鵒，往歌來哭」，是魯昭公為季氏所敗的預言；晉獻公時童謠「丙之辰，龍尾伏辰。均服振振，取虢之旗。鶉之賁賁，天策焞焞。火中成軍，虢公其奔」，則是晉伐虢將勝的預言……由此觀之，先秦被稱作「童謠」的作品，其內容一般是預示重大事件，實際上是一種讖語，一種預測國家或人物命運吉凶的專門文體，凡此無疑皆是早期讖言類隱語的重要來源。

二、隱語與政治謠諺

古謠諺的內容可謂博大精深、兼容並包，它與古代人民的生產生活、地理風物、教育學術藝術等精神文化都密切相關。在浩瀚的民間謠諺當中有著非常重要的一支——政治謠諺，與隱語關係尤為密切。《漢書．五行志》有傳曰：「言上號令不順民心……則怨謗之氣發於歌謠。」〔註 41〕於是關注國事、針砭時弊、反饋民意、影響輿論的政治謠諺應運而生。在這些事關政治的謠諺中，民間底層迫於政治上的壓力，其表情達意要做到直抒己志，語言上毫無矯飾和避諱恐怕是比較困難的，尤其是在那些思想控制較為嚴酷的朝代，語言表達恐怕更得字斟句酌、小心翼翼，這在政治謠諺中不乏其例。比較早的謠諺如：「時日曷喪，余及汝偕亡。」〔註 42〕說的就是夏朝末代君王桀殘暴不仁，平民怨聲載道以致憤怒隱喻，「你這個太陽什麼時候墜落啊，我願意與你同歸於盡！」從中我們不難體會到其情緒的表達是天然、直接而不加控制的，但是，其措辭話語的使用卻不可能是赤裸裸地指名道姓，恰恰相反，此處正是用曲言的形式隱晦地表達下層人民不滿統治者的憤憤之情。《漢書．禮樂志》曰：「周道始缺，怨刺之詩起，王澤既竭，而詩不能作。」〔註 43〕謠諺的怨刺歷史由來已久。《史

〔註 41〕（漢）班固：《漢書》，北京：中華書局，1962 年版，第 1377 頁。
〔註 42〕（清）阮元校刻：《十三經注疏．尚書正義》，北京：中華書局，1980 年版，第 160 頁。
〔註 43〕（漢）班固：《漢書》，北京：中華書局，1962 年版，第 1645 頁。

記・酷吏列傳》記載關東尉寧成暴虐殘戾，上任年餘就有民謠曰：「寧見乳虎，無值寧成之怒。」〔註 44〕這首民謠類比酷吏猛於虎，把一個殘暴成性、魚肉鄉民的劊子手形象刻畫得入木三分。《後漢書・酷吏列傳・樊曄傳》亦記載東漢光武帝時涼州的地方民謠「寧見乳虎穴，不入冀府寺」〔註 45〕，流露出當地民眾對執法嚴苛的天水太守樊曄的畏懼、憎恨之情。兩首謠諺無一不提到「乳虎」一詞，這個跨時代、跨地域的表達展示了兩漢時期人們對「酷吏猛於虎也」的一致認知，「乳虎」亦成為「酷吏」的代名詞。

政治謠諺往往具有鮮明的政治目的性，是參與和反映政治的重要手段。在為數可觀的古代政治謠諺中，能預示政治走向、預見事態發展、帶有讖緯意味的政治謠諺不在少數，古人將其稱為「謠讖」「謠妖」等，它其實就是「把讖的神秘性預言性與謠的通俗流行性結合起來的一種具有預言性的神秘謠歌，是以通俗形式表達神秘內容並預言未來人事禍福、政治成敗的一種符號，或假借預言鋪陳的政治手段」〔註 46〕。學者吳承學在《論謠讖與詩讖》一文中認為，這種文體形式與隱語的關係更為密切，「總之『讖』便是對於未來帶有應驗性的預言和隱語，它們是往往假託天命與神意的形式而出現的。謠讖則是以歌謠的形式，預示著上天對於未來國家、政治乃至人事的安排。」〔註 47〕在吳承學看來，謠讖本來就是一種政治性隱語。今存最早的讖謠是出現於西周中興之主周宣王時期的童謠，其謠曰：「檿弧箕服，實亡周國。」〔註 48〕這則預示周朝滅亡的讖謠最終在周幽王時期被隔代兌現。明代楊慎《古今風謠》載元末湖湘中有一首童謠流傳很廣：「不怕水中魚，只怕岸上豬。豬過水，見糠止。」〔註 49〕這裡豬隱指朱，即朱元璋。見糠就是建康，即後來的南京。這顯然是元末民不聊生，老百姓為朱元璋起義推翻元朝統治打氣而散佈的讖謠。

〔註 44〕（漢）司馬遷：《史記》，北京：中華書局，1959 年版，第 978 頁。

〔註 45〕（南朝宋）范曄著，（唐）李賢等注：《後漢書》，北京：中華書局，1965 年版，第 2491 頁。

〔註 46〕謝貴安：《中國謠諺文化——謠諺與古代社會》，武漢：華中理工大學出版社，1994 年版，第 81 頁。

〔註 47〕吳承學：《論謠讖與詩讖》，《文學評論》，1996 年第 2 期，第 104 頁。

〔註 48〕（清）杜文瀾輯、周紹良點校：《古謠諺》，北京：中華書局，1958 年版，第 1063 頁。

〔註 49〕（明）楊慎：《風雅逸篇　古今風謠　古今諺》，上海：古典文學出版社，1958 年版，第 141 頁。

分析讖謠之構成方式，與漢字音形義有著密切關係，往往借助漢字音形義等要素，採用拆字、諧音、雙關、隱喻等手法構成。《世說新語・方正》劉孝標注引《靈鬼志》載：明帝初，有謠曰：「高山崩，石自破。」〔註 50〕高山，峻也；碩，峻弟也。後諸公誅峻，碩猶據石頭，潰散而逃，追斬之。就是一則蘇峻兄弟叛亂的讖謠。《世說新語・容止》劉注引《靈鬼志》又載：「明帝末有謠歌：『側側力，放馬出山側。大馬死，小馬餓。』後峻牽帝於石頭，御膳不具。」〔註 51〕謠歌中大馬指晉明帝司馬紹，小馬指晉成帝司馬衍。此處之讖謠即採用雙關手法構成。唐傳奇《迷樓記》描寫隋煬帝聽到宮人唱「河南楊柳謝，河北李花榮，楊花飛去落何處，李花結果自然成」〔註 52〕之童謠，用的則是雙關法和拆字法。以「楊花」喻隋楊王朝，「李花」喻李唐王朝，具有明顯的隱語特質。在中國古典小說中，讖謠體現的天命思想對小說創作起到渲染氣氛和畫龍點睛的作用，《水滸傳》《三國演義》《紅樓夢》多用讖言的方式來結構情節、推動故事發展和安排人物命運。由此可見，一些政治謠諺，或是揭露統治者的不作為、胡作非為，或是抨擊當時的吏治腐敗、官官相護，都不得不在語言修辭上巧下工夫，這就與隱語的「遁辭以隱意，譎譬以指事」「重文外之旨」不無類同之處。

另外，在前述古代隱語的修辭學研究中，筆者已就古代隱語的語體特點作過詳細闡明，即在修辭上講究用晦、追求微言大義。所謂用晦，即講求省字約文，事溢於句外；所謂微言大義，也就是指隱語「略小存大」、「舉重明輕」、一言鉅細，片語洪纖的文體特徵，表現在文體體制規模上，即隱語的體制呈現出尚簡的特點。在體制上，謠諺同樣呈現出此類特點。謝貴安在《中國謠諺文化》〔註 53〕一書中專設《多姿多彩——謠諺的形式》一節，對謠諺的文體形式做了較為翔實的總結和論述。謠諺的幾種常見的文體形式包括單句式、兩句式和多句式，其中單句較常見的是七言句式，七言單句是謠諺的基本形式之一；兩句式是謠諺中最常見最流行的句式，包含三言兩句、四言兩句和五言兩句等

〔註 50〕（南朝）劉義慶著，（清）徐震愕校箋：《世說新語校箋》，北京：中華書局，1984 年版，第 339 頁。

〔註 51〕（南朝）劉義慶著，（清）徐震愕校箋：《世說新語校箋》，北京：中華書局，1984 年版，第 339 頁。

〔註 52〕（清）杜文瀾輯、周紹良點校：《古謠諺》，北京：中華書局，1958 年版，第 971 頁。

〔註 53〕謝貴安：《中國謠諺文化——謠諺與古代社會》，武漢：華中理工大學出版社，1994 年版，第 7～13 頁。

形式，其中三言兩句比較常見，古代謠諺的形式儘管多種多樣，但萬變不離其宗，這便是它們都具有通俗、簡短和精練的特點，這亦與古代隱語在文體體制與語體特質上不無相通之處。

三、謠諺與隱語之文體功能的相似處

劉毓崧在《古謠諺．序》中認為「古人謠諺，本不啻言志之詩」〔註54〕，將謠諺與言志的詩教相提並論，他在該書序言中明確指出了之所以推重古謠諺的因由：

> 而余所以推重此書者，則更在公之聽輿誦而酌民言，深有得乎詩教之本。蓋謠諺之興，由於輿誦，為政者酌民言而同其好惡，則芻蕘葑菲，均可備詢訪於輶軒，故昔之觀民風者，既陳詩，亦陳謠諺。〔註55〕

從上文劉毓崧在對《古謠諺》一書的評價中，我們可知：一方面他指出了謠諺之興在於輿誦，也就是社會輿論尤其是下層人民對政治的好惡，說白了是出於為政者察民風的需要，故設采詩機構，既采詩也採謠諺。他同時認為好的搜集、輯錄謠諺的準則應是「深得詩教之本」。中國有著源遠流長的詩教傳統，強調詩「興觀群怨」的社會功能，要宣達心志更要有益於政治和社會教化。故此，我們說謠諺之所錄，最重要的功能即為政治功能，這也是隱語與謠諺在文體功能上最為相近之處。

早期隱語在文體功能方面最大的特徵之一莫過於諷誡。此類事例在古代司空見慣，本文緒論部分已做過詳述，於此不再贅言。古代謠諺用於箴誡的例子亦是數不勝數，縱覽《古謠諺》，其中所輯歷代之謠諺，被於箴戒者確不在少數。如前文所述的《民為淮南厲王歌》，以尺布可縫、斗粟可舂反向隱射抨擊漢文帝不容兄弟以致骨肉相殘的醜陋面目，是對皇權專制赤裸裸地揭露和譴責。《古謠諺》卷十八《京師為牛僧孺楊虞卿語》：「太牢筆，少牢口，東南西北何處走。」〔註56〕該謠言簡意賅，讀來朗朗上口，但其遁詞隱意的隱

〔註54〕（清）杜文瀾輯、周紹良點校：《古謠諺》，北京：中華書局，1958年版，第6頁。

〔註55〕（清）杜文瀾輯、周紹良點校：《古謠諺》，北京：中華書局，1958年版，第2頁。

〔註56〕（清）杜文瀾輯、周紹良點校：《古謠諺》，北京：中華書局，1958年版，第325頁。

語化表達，若不解當時之歷史背景，更是讓人不知所云，是一則隱語性質十分濃鬱的民謠，隱喻諷刺的是唐代的「牛羊黨爭」。唐代後期，牛僧孺與楊虞卿勾心鬥角，明爭暗鬥，凡牛黨之人，必被楊黨排擠，凡楊黨之人，亦遭牛黨迫害，史稱「牛羊黨爭」。因為祭祀中用的太牢中有牛，所以用太牢指代牛僧孺；而少牢中有羊沒牛，所以用少牢指代楊虞卿。筆、口是牛羊黨爭的主要鬥爭手段，用筆打小報告，用口製造傳播謠言，中傷誣陷別人。「東南西北何處走」指中立者無所適從、處境尷尬。像這樣的政治決鬥、在歷史上層出不窮，該則民謠對此表達諷諫、批判意味。《古謠諺》卷五十七載《則天時張鷟沈全交為濫官謠》:「補闕連車載，拾遺平斗量。把椎侍御史，腕脫校書郎。評事不讀律，博士不尋章。麵糊存撫使，眯目聖神皇。」〔註 57〕該謠中補闕、拾遺、侍御史、校書郎等都是官吏名，而連車、平斗、把椎、腕脫則直言數量之多，人浮於事，隱晦地表達了底層勞動人民對武則天稱帝後，官僚機構臃腫、官吏冗濫的諷刺。再如《三國演義》載漢末民謠:「西頭一個漢，東頭一個漢，鹿走入長安，方可無斯難。」〔註 58〕該謠隱指的是董卓圖謀篡漢，其跟隨者故意捏造了這則謠諺。這裡的「漢」可謂一字雙關，表面上說的是漢子，卻隱指西漢高祖旺於西都長安，一十二帝；東頭一個漢，手法與上句類同，暗應東漢光武帝旺於東都洛陽，今亦一十二帝。鹿走入長安其實說的是董卓入長安，天運合回，方可無急危矣。董卓聽後大喜，也說明他聽出了其中的門道，於是回應道:「非汝之言，吾實不悟。」作者的這段精彩描寫，把一個既愚蠢又野心勃勃的陰謀家的形象活脫脫地勾勒了出來，字裏行間飽含辛辣的諷刺。

古代諺語的文體功能亦是如此，《文心雕龍·書記》篇論及諺語時認為其雖為「塵路淺言」，且「有實無華」「文辭鄙俚」〔註 59〕，但因為其可被「聖賢《詩》《書》，採以為談」，故「豈可忽哉」〔註 60〕。其之所以認同鄙俚俗諺，亦不能忽焉，要在民間謠諺具備觀民風、陳民怨的詩教功能。觀《古今

〔註 57〕（清）杜文瀾輯、周紹良點校:《古謠諺》，北京：中華書局，1958 年版，第 679～680 頁。

〔註 58〕（明）羅貫中:《三國演義》，北京：人民文學出版社，1953 年版，第 135 頁。

〔註 59〕（南朝梁）劉勰著，范文瀾注:《文心雕龍注》，北京：人民文學出版社，1962 年版，第 460 頁。

〔註 60〕（南朝梁）劉勰著，范文瀾注:《文心雕龍注》，北京：人民文學出版社，1962 年版，第 460 頁。

諺》《古謠諺》中所載錄之諺，農諺、氣象諺、風土諺、說理諺、諷誡諺等不一而足，其中尤以大量諷誡諺一類為代表，不僅說理時多假以譬喻，且暗含言外之意，頗具隱語性質。如《古今諺》載管子諷齊桓公有「不行其野，不違其馬」〔註 61〕諺，以「馬不行於其野」影射齊桓公為政萬不可只取不予；《古今諺》又載伯宗引諺曰：「高下在心，川澤納污，山藪藏疾，瑾瑜匿瑕。國君貪垢，天之道也。」〔註 62〕以「川澤納污」「山藪藏疾」「瑾瑜匿瑕」等依次為喻隱射「國君貪垢，天之道也」的道理，正如劉勰論及古代隱語之文體功能時有云：「觀夫古之為隱，理周要務，豈為童稚之戲謔，搏髀而忭笑哉」「古之嘲隱，振危釋憊。雖有絲麻，無棄菅蒯。會義適時，頗益諷誡。空戲滑稽，德音大壞。」〔註 63〕理周要務、振危釋憊、頗益諷誡，正是古代隱語文體功能之大要，與民間謠諺之詩教功能可謂異曲同工。

第二節　中國古代雜體詩的隱語化表達

在中國古代詩體分類中，有一類詩體，名曰雜體，其與正體詩相對，雖品目繁多，卻因其「雖有小巧，用乖遠大」「其體不雅，其流易弊」〔註 64〕而往往不為正統詩家所重。其實不然。古代雜體詩作為一個龐大的家族，其體式多達一二百種，超過了正體詩格的幾十倍，且多為「以詩為戲」之作。正因此，其對語言文字音、形、義之靈活運用可謂上下求索、極盡能事，若以其對中國古代詩歌藝術技巧的豐富，對古代詩體豐富性的延展，以及對於古代詩歌游於藝、審美功能的開拓而論，自有其不可忽略的文體價值。

雜體詩興於魏晉六朝，尤以齊梁陳三代為最。魏晉六朝時期，文學觀念尤重藝術技巧，求新求異。《文心雕龍．定勢》云：「自近代辭人，率好詭巧，原其為體，訛勢所變，厭黷舊式，故穿鑿取新，察其訛意，似難而實無他術也，反正而已。故文反正為乏，辭反正為奇。效奇之法，必顛倒文句，上字而抑下，

〔註 61〕（明）楊慎：《風雅逸篇　古今風謠　古今諺》，上海：古典文學出版社，1958 年版，第 157 頁。

〔註 62〕（明）楊慎：《風雅逸篇　古今風謠　古今諺》，上海：古典文學出版社，1958 年版，第 151 頁。

〔註 63〕（南朝梁）劉勰著，范文瀾注：《文心雕龍注》，北京：人民文學出版社，1962 年版，第 272 頁。

〔註 64〕（南朝梁）劉勰著，范文瀾注：《文心雕龍注》，北京：人民文學出版社，1962 年版，第 270、272 頁。

中辭而出外，回互不常，則新色耳。」〔註 65〕觀時之辭人，為文賦章率好詭巧與取新當為一大新變，無論文章體式上抑或字法句法雕琢上皆呈現出厭舊慕新、效奇求變的趨勢。影響所至，此一時期的文學觀念發生改觀，主題內容上，儒家倫理道德的說教開始讓位於個體情趣的張揚與抒寫；審美風格追求上，質樸自然讓位於新奇清麗，表現在詩歌內容和形式技巧上則是時之文人墨客更加熱衷於創作勠力追新、極貌寫物、顛倒文句以鬥智逞巧的各類雜體詩。

朱光潛《詩論・詩與隱》有言：「中國詩人好作隱語的習慣向來很深……詩人不直說心事而以隱語出之，大半有不肯說或不能說的苦處……讀許多中國詩都好像猜謎語。」〔註 66〕中國古代詩歌素有含蓄蘊藉之特質，實與中國古代詩人好作隱語之習慣關聯甚密。之於古代雜體詩，更是表現尤甚。褚斌傑《中國古代雜體詩通論・序》論及雜體詩是：「利用漢字的形、音、義的獨有特點，進行巧妙的分、離、編排和組合，增加難度和趣味性，構成形形色色的體式，這類雜體詩，主要帶有遊戲性質，如雜名、雜數、回文、離合、嵌字、盤中等等，多以逞奇鬥巧為能事，它們在形式上既大異於傳統詩體，內容上又多無關宏旨。」〔註 67〕諸如此類的雜體詩，除卻褚氏所言之餘尚有很多，比如槁砧體、風人體、離合詩、藏頭詩、回文詩、讖詩、連珠詩等，無論從文體特質抑或文體功能而言，其「隱」之特點皆顯而易見，故而與隱語的文體關係亦較為密切。目前學界對此尚研涉不多，本節嘗試就隱語與上述雜體詩之間的相互關係略加闡釋。

一、重識古代雜體詩之文體價值

雜體詩名較早見於南朝江淹《雜體詩三十首》，而明確以雜體泛指非文壇主流且「皆鄙而不為」的詩體，則見之於唐代皮日休、陸龜蒙的《松陵集》，主要包括聯句、離合、反覆、回文、疊韻、雙聲、風人、四聲、縣名、藥名、建除、六甲、十二屬、卦名、百姓、鳥名、龜兆名、口字詠、兩頭纖纖、槁砧、五雜組等 21 種詩體。皮日休於《雜體詩序》中不僅羅列雜體詩之品目，亦歷述「聯句」、「離合」、「回文」、「疊韻」、「雙聲」、「風人」等雜體詩的淵

〔註 65〕（南朝梁）劉勰著，范文瀾注：《文心雕龍注》，北京：人民文學出版社，1962 年版，第 531 頁。

〔註 66〕朱光潛：《詩論》，北京：生活・讀書・新知三聯書店，1984 年版，第 38 頁。

〔註 67〕鄢化志：《中國古代雜體詩通論》，北京：北京大學出版社，2001 年版，第 1 頁。

源與流變，並繼而指明詩體變化之規律及時人所作雜體為少乃「為之難也」之故：

今亦效而為之，存於編中。陸生（龜蒙）與余，各有是為，凡八十六首。至於四聲詩、三字離合、全篇雙聲疊韻之作，悉陸生所為，又足見其多能也。案齊竟陵王郡縣詩曰：「追芳成荔浦，揖道信雲丘。」縣名由是興焉。案梁元藥名詩云：「戍客恒山下，當思衣錦歸。」藥名由是興焉。陸與予亦有是作。至於鮑照之建除，沈炯之六甲、十二屬，梁簡文之填名，陸蕙曉之百姓，梁元帝之鳥名、龜兆，蔡黃門之口字，古兩頭纖纖、槁砧、五雜組已降，非不能也，皆鄙而不為。噫，由古而律，由律至雜，詩之道盡乎此也。近代作雜體，惟劉賓客（禹錫）集中有回文、離合、雙聲、疊韻。如聯句則莫若孟東野（郊）與韓文公（愈）之多。他集罕見。足知為之難也。陸與予竊慕其為人，遂合己作，為雜體一卷，屬予序雜體之始云。〔註68〕

該《序》儘管並未對雜體詩進行任何形式的定義，但其不僅詳細梳理了唐代以前各類雜體詩的淵源，而且針對當時的雜體詩創作，也作了較為具體之介紹，使雜體詩由西漢至晚唐的發展路徑與流變脈絡等，均得以清晰之顯現。在皮日休看來，雜體詩中雖有可「鄙」者，然就體制論，則是古、律的遞進演化，是「詩之道」的終極發展，故不可廢也。宋代嚴羽《滄浪詩話．詩體》篇則立足於詩話角度，首次對雜體詩進行了總結與歸納：

論雜體則有風人，上句述其語，下句釋其義。如古子夜歌續曲歌之類，則多用此體。槁砧，古樂府「槁砧今何在，山上復安山。何當大刀頭，破鏡飛上天。」僻辭隱語也。五雜俎，見樂府。兩頭纖纖，亦見樂府。盤中，玉臺集有此體。蘇伯玉妻作，寫之盤中。屈曲成文也。回文，起於竇滔之妻，織錦以寄其夫也。反覆，舉一字而誦皆成句，無不押韻，反覆成文也。李公詩格有此二十一字詩。離合，字相折合成文，孔融「漁父屈節」之詩是也。雖不關詩之輕重，其體制亦古。建除，鮑明遠有建除詩，每句首冠以建、除、平、定等字。其詩雖佳，蓋鮑本工詩，非因建除之體而佳也。字謎，人

〔註68〕（唐）皮日休、陸龜蒙：《松陵集》，北京：中國書店，1993年版，第98～99頁。

名，卦名，數名，藥名，州名，如此詩只成戲謔，不足為法也。又有六甲十屬之類，及藏頭、歇後等體，今皆削之。近世有李公詩格「泛而不備惠，洪天廚禁臠」最為誤人。今此卷有旁參二書者，蓋其是處不可易也。〔註 69〕

由上可見，《滄浪詩話》論雜體詩共包括風人、槁砧、五雜俎、兩頭纖纖、盤中、回文、反覆、離合、建除、人名、卦名、數名、藥名、州名共計 14 種，嚴羽述雜體詩不僅羅列其品目，更分別各目之含義、例舉各品之代表性作家作品，較皮日休《雜體詩序》則更進一步，而其基於「只成戲謔，不足為法」的正統詩教觀，將藏頭、歇後諸體棄而不論，則甚為遺憾。明代謝榛《四溟詩話》概括雜體詩 23 種，徐師曾《文體明辨序說》概括雜體詩 19 種，清代趙翼《陔餘叢考》及《甌北詩話》中概括雜體詩共 35 種。所謂「雜體詩」，實即尤重「以詩為戲」的一類詩歌，自趙宋始，即多有稱其為「遊戲」者，如孔平仲《詩戲》、王寂《遼東行部志》、嚴羽《滄浪詩話》等，便皆為其例。這是一種頗為值得注意的文學現象。明人吳訥《文章辨體序說》云：「今總謂之雜者，以其終非詩體之正也。博雅之士，其亦有所不廢焉。」〔註 70〕雜體詩形式上雖接近文字遊戲，但卻反映著我國古典詩歌在形式上的著意翻新和在構思上的巧裁妙構，可以說「最集中、最充分地體現了漢語漢字的表情達意方式和獨特審美功能。」〔註 71〕像雜體詩中的「回文詩」，僅晉代蘇蕙的《璇璣圖》一篇，就被後人解讀出近八千首詩歌，存量之大可謂驚人。

古代雜體詩或被用於文人間的交友酬唱，抑或男女之間傳情示愛的絕妙構思，以及遊戲筆墨的詼諧之作，從某種程度上說，它具有獨特的文體和美學價值。《唐詩紀事》記載唐文宗大和三年（公元 829 年）白居易被貶臨行前與友人飲酒賦詩：「樂天分司東洛，朝賢悉會興化亭送別，酒酣，各請一字至七字詩，以題為韻。」〔註 72〕白居易以「詩」字為題，寫下這首《一七

〔註 69〕（宋）嚴羽：《滄浪詩話》，北京：中華書局，1985 年版，第 27～29 頁。

〔註 70〕（明）吳納，（明）徐師曾著；于北山，羅根澤校點：《文章辨體序說　文體明辨序說》，北京：人民文學出版社，1962 年版，第 45 頁。

〔註 71〕鄢化志：《中國古代雜體詩通論》，北京：北京大學出版社，2001 年版，第 18 頁。

〔註 72〕（宋）計有功：《唐詩紀事》（全二冊），北京：中華書局，1965 年版，第 591 頁。

令・賦詩字》：

詩
綺美
瑰奇
明月夜
落花時
能助歡笑
亦傷別離
調清金石怨
吟苦鬼神悲
天下只應我愛
世間唯有君知
自從都尉別蘇句
便到司空送白辭。〔註73〕

該詩不僅外在形式上極具特色，從頭至尾由一字遞增至七字，形似寶塔，故又名寶塔詩。該詩內容上亦極富特色，是一首評點古典詩歌創作規律的論詩的詩。該詩開篇即論詩之美關涉內容與形式兩方面，而後又論及詩歌創作過程中的物我關係，繼而闡釋詩之功能以及好詩的標準及其創作方法，不僅形式上文體特色鮮明，而且內容上亦極具審美蘊涵。

雜體詩還被用於男女之間傳情示愛。因為種種原因，在古代，「獨在異鄉為異客」等客居他鄉的情形時有出現，夫妻別離，音信杳無，睹物思紛，不能自遏，以詩句訴衷腸、寄相思，精思巧構的雜體詩無疑堪當大用。《玉臺新詠》中輯錄盤中詩一首，相傳為蘇伯玉之妻所作。蘇伯玉因出使蜀地，日久不歸，遠在長安的妻子睹物思人，於盤中作詩傾訴相思之情。詩曰：

山樹高，鳥啼悲。泉水深，鯉魚肥。空倉雀，常苦饑。吏人婦，會夫稀。出門望，見白衣。謂當是，而更非。還入門，中心悲。北上堂，西入階。急機絞，抒聲催。長歎息，當語誰。君有行，妾念之。山有日，還無期。結巾帶，長相思。君忘妾，未知之。妾忘君，罪當治。安有行，宜知之。黃者金，白者玉。高者山，下者谷。姓者蘇，

〔註73〕（宋）計有功：《唐詩紀事》（全二冊），北京：中華書局，1965年版，第591頁。

字伯玉。人才多，知謀足。家居長安身在蜀。何情馬蹄歸不數。羊肉千斤酒百科。令君馬肥麥與粟。今時人，智不足。與其書。不能讀。當從中央周四角。〔註 74〕

該詩共 27 韻、49 句、167 字，委婉成文，清沈德潛《古詩源》評該詩曰：「使伯玉感悔，全在柔婉，不在怨怒，在深於情。」〔註 75〕又說：「似歌謠，似樂府，雜亂成文，而用意忠厚，千秋絕調。」〔註 76〕明人胡應麟稱頌其「絕奇古」，有「迴環屈曲之妙」〔註 77〕，說的都是該詩形式與內容恰如其分地相和相融，即藝術技巧上曲言達意、巧奪天工，內在蘊涵上則寓意婆娑、情深義重。隨著文人地位的提高和詩歌逐漸的繁榮，在唐代中、晚期，遊戲筆墨的雜體詩逐漸增多，在舞文弄墨的遊戲文字中，作者刻意翻新求奇，追求一種輕鬆詼諧的文字效果，彰顯自身優游閒雅而又超脫塵俗的文人雅趣。翻開《全唐詩》、《全宋詩》，雜體詩五花八門，紛至沓來，以藥名詩、集句詩、人名詩、回文詩為多。宋代大詩人蘇軾遊金山寺，興之所至，揮筆題下一首名為《題金山寺》的回文詩：

潮隨暗浪雪山傾，遠浦漁舟釣月明。橋對寺門松徑小，檻當泉眼石波清。迢迢綠樹江天曉，靄靄紅霞海日晴。遙望四邊雲接水，碧峰千點數鴻輕。〔註 78〕

該詩各個方位由低到高，由近及遠，十分形象地描繪了金山寺所處的環境和黃昏景色。但要是把詩倒過來讀，則又是從夜晚到清晨成了從清晨到夜晚，漁舟唱晚、明月高懸的美景：

輕鴻數點千峰碧，水接雲邊四望遙。晴日海霞紅靄靄，曉天江樹綠迢迢。清波石眼泉當檻，小徑松門寺對橋。明月釣舟漁浦遠，傾山雪浪暗隨潮。〔註 79〕

宋代講究「以學問為詩」，除了上述蘇軾之回文詩，再如「建除」「離合」

〔註 74〕（南朝陳）徐陵編，（清）吳兆宜注：《玉臺新詠箋注》，北京：中華書局，1985 年版，第 189 頁。

〔註 75〕（清）沈德潛：《古詩源》，北京：中華書局，1963 年版，第 87 頁。

〔註 76〕（清）沈德潛：《古詩源》，北京：中華書局，1963 年版，第 88 頁。

〔註 77〕（明）胡應麟：《詩藪》，北京：中華書局，1958 年版，第 202 頁。

〔註 78〕（宋）蘇軾著，（清）王文誥輯注：《蘇軾詩集》，北京：中華書局，1982 年版，第 2650 頁。

〔註 79〕（宋）蘇軾著，（清）王文誥輯注：《蘇軾詩集》，北京：中華書局，1982 年版，第 2650 頁。

「藥名」「集句」等一類技巧性很強的雜體詩者，都屬於詩人們「以學問為詩」的具體反映。正如汪湧豪、駱玉明主編《中國詩學》論及雜體詩時所言：「詩人們本著對詩歌用字、體調和風格的敏感，他們罄心血，竭思慮，努力於摛采、調聲、屬對和病累的探索，在創作中展示變幻無窮的藝術圖式，創造了姿形豐富、迭巧翻新的詩歌體類和風格……幾令人目迷五色，每生不勝接覽之感歎。」〔註 80〕雜體詩無疑是漢字這一極富形式感與表達力的文字的規則制定者，是漢語言最老熟的運用者，其文體價值之可貴處或在於此。

二、變幻無窮的藝術圖式：作為「文字遊戲」的雜體詩與隱語

《文心雕龍・諧隱》篇有云：

> 自魏代以來，頗非俳優，而君之嘲隱，化為謎語。謎也者，回互其辭，使昏迷也。或體目文字，或圖像品物。纖巧以弄思，淺察以衒辭。義欲婉而正，辭欲隱而顯。〔註 81〕

劉勰認為，隱語自魏代以後由君之嘲隱化為謎語，使得隱語從過去預言讖語和政治諷諫的政治功能中得以解放，成為一種極具純粹娛樂性質的文字遊戲。這種文字遊戲或「體目文字」或「圖像品物」，成為當時文人墨客們「纖巧以弄思，淺察以衒辭」賣弄機巧、拽文炫辭的自我標榜工具。而雜體詩亦「可見得人的才智高下與心思的機敏，文人集會把酒臨觴時不可或缺」〔註 82〕，在一個崇尚清談、個體意識覺醒的魏晉時代，雜體詩的勃興與「空戲滑稽」式隱語的濫觴遙相呼應，成為這個文學自覺時代的鮮明注腳。統觀雜體詩與隱語之文體相似性，最鮮明地或體現在兩個方面：於文體特質而言，皆彰顯出遊戲文字，玩弄文字技巧，對於古漢語之巧妙運用。寄才情巧思於辭藻、句式的排列、分合之間，以求詭異奇崛的語體效果；於文體功能而論，則是游於藝，皆表現出對文學藝術遊戲性、娛樂性、非功利性的極致追求。

（一）文體特質：遊戲文字，玩弄文字技巧

魏晉時期，人物品藻的風氣大盛，文人騷客們要在詩文唱和應對中出奇制

〔註 80〕汪湧豪、駱玉明主編，葉軍、彭玉平、吳兆路、趙毅、雷恩海著：《中國詩學》（第四卷），上海：東方出版中心，1999 年版，第 2 頁。

〔註 81〕（南朝梁）劉勰著，范文瀾注：《文心雕龍注》，北京：人民文學出版社，1962 年版，第 272 頁。

〔註 82〕汪湧豪、駱玉明主編，葉軍、彭玉平、吳兆路、趙毅、雷恩海著：《中國詩學》（第四卷），上海：東方出版中心，1999 年版，第 129 頁。

勝，必須對語言文字的各種要素和運用技巧全面把握和深入思考，尤其在被劉勰稱之為「意生於權譎，事出於機急」的隱語和雜體詩作中，字斟句酌、錘文鍊字，以求語不驚人死不休的言語效果的事例可謂比比皆是。尤以雜體詩中的藏頭詩、離合詩、槁砧體、神智體等詩體創作，其「遁詞以隱意」的技巧和程度，呈現出依次遞增的規律性變化。

藏頭體，又名「藏頭格」，是雜體詩中的一種，有三種形式：一種是首聯與中二聯六句皆言所寓之景，而不點破題意，直到結聯才點出主題（見於明梁橋所撰《冰川詩式》）；二是將詩頭句一字暗藏於末一字中；三是將所說之事分藏於詩句之首。（見於《文體明辨》離合詩一類附藏頭詩）現在最常見的是第三種，每句的第一個字連起來讀，可以傳達作者某種特有的思想。如：張君秋先生演出的《望江亭》一劇中，譚記兒與白士中的定情詩。

譚記兒（念詩）：願把春情寄落花，隨風冉冉到天涯。君能識破鳳兮句，去婦當歸賣酒家。

白士中：哎呀，妙哇。好一首絕妙的藏頭詩，橫頭四字乃是「願隨君去」，啊，夫人，此話當真？

譚記兒：說真便真，說假便假。

白士中：夫人如此多情，小生要和詩一首。

白士中（念詩）：當壚卓女豔如花，不記琴心走天涯。負卻今朝花底約，卿須憐我尚無家。〔註83〕

這首橫頭四字乃是「當不負卿。」這種藏頭格把詩人不便明言的言外之意、弦外之音藏於詩句之首，漢語漢字這種特有的修辭格式，真有橫看成嶺側成峰的格局，但只要瞭解了藏頭詩的語用規則，但憑直覺觀察不假思索即可尋得詩人的隱含之意，因此說這種詩體，作為隱語的一種詩歌變體，其隱義程度當為其中最為淺顯的。

再看離合詩，有論者認為其「源於漢代讖緯之作，類似於拆字拼字遊戲，屬於隱語詩。」〔註84〕其在語體特色上更近於隱語，如不瞭解它的拆字拼合方法，是很難揣測離合詩的隱含語義的。因為它的離合方法有很多，《文體

〔註83〕（元）關漢卿著，王雁、張君秋改編整理：《望江亭》（京劇），北京：北京出版社，1964年版，第10～11頁。

〔註84〕汪湧豪、駱玉明主編，葉軍、彭玉平、吳兆路、趙毅、雷恩海著：《中國詩學》（第四卷），上海：東方出版中心，1999年版，第130頁。

明辨序說》言其有四體：「其一，離一字偏旁為兩句，而四句湊為一字，如『魯國孔融文舉』、『思楊容姬難堪』、『何敬容』、『閒居有樂』、『悲客他方』是也。其二，亦離一字偏旁為兩句，而六句湊為一字，如『別』字詩是也。其三，離一字偏旁於一句之首尾，而首尾相續為一字，如《松間斟》、《飲岩泉》、《砌思步》是也。其四，不離偏旁，但以一物二字離於一句之首尾，而首尾相續為一物，如縣名、藥名離合是也。」〔註 85〕雖離合之法細分有四，但總略而言，大致可分為拆字拼合與獨立字拼合兩種主要方式。與藏頭詩相較，其隱含語義的方法不僅在於字詞出現的位置不再僅限於句首，而是變得更加靈活；除了位置的靈活多變之外，單就某一個字，其拆字拼合的方式亦是不拘一格，包括文字的筆劃、偏旁部首的增、損、離、合等變化，其在語言文字的運用方面更顯奇妙詭譎，遊戲文字的水平和遁詞隱義的程度可謂更深了一層。

槁砧體，《滄浪詩話》在「槁砧」條下注曰：「僻辭隱語也。」〔註 86〕也是雜體詩中的隱語詩。古樂府有《槁砧》歌，傳為王融所作：「槁砧今何在，山上復安山；何當大刀頭，破鏡飛上天。」古注云：「槁砧者砆，謂夫也；山上山，出也；大刀頭，刀環也；破鏡，半邊月也。言夫出還在半月也。」〔註 87〕由此易見槁砧體「隱」之程度較離合體又進一步，因為該詩作的機巧之處不僅表現在形意方面的離合、雙關的運用，在字音上也採用了諧音的手法（一三句，「槁砧」諧「夫」，「環」「還」相諧），是形、音、義有機結合運用形成隱語的典範。

最讓人難解其意的是神智體。據宋代《回文類聚》載：「宋神宗熙寧間，遼使至，以能詩自誇。帝命蘇軾為館伴，遼使以詩詰軾，軾曰：「賦詩易事也，觀詩難事耳！』遂作（神智體）《晚眺詩》以示之。……遼使觀之，惶惑不知所云，自是不復言。」〔註 88〕（見圖 7）

〔註 85〕（明）吳訥，（明）徐師曾著；于北山，羅根澤校點：《文章辨體序說　文體明辨序說》，北京：人民文學出版社，1962 年版，第 162 頁。

〔註 86〕（宋）嚴羽著，郭紹虞校釋：《滄浪詩話校釋》，北京：人民文學出版社，1961 年版，第 100 頁。

〔註 87〕（宋）嚴羽著，郭紹虞校釋：《滄浪詩話校釋》，北京：人民文學出版社，1961 年版，第 101 頁。

〔註 88〕（宋）桑世昌：《回文類聚》，文淵閣四庫全書影印版，1986 年版，第 56 頁。

圖 7：蘇軾《晚眺詩》

蘇軾《晚眺詩》是以「字形意」格，字跡在東歪西倒，大小參差中，其詩解為：「長亭短景無人畫，老丈橫拖瘦竹節，回首斷雲斜日暮，曲江倒蘸側山峰」。蘇軾以「神智體」詩歌挫敗了以能詩自矜的遼國使者，這恐怕是蘇軾一直主張詩人要「以文為詩」「以議論為詩」「以才學為詩」的極致反映。神智體的寫作特點在於以意寫圖，令人自悟。將文字巧作安排，字形有長有短，有橫寫有側寫，有反寫有倒寫，因其設想新奇，啟人神智，故名，如同如今的腦筋急轉彎一樣。

古人遊戲文字的機巧和由此產生的奇妙詭譎的文體效果可見一斑，無論是其對於漢語言文字「遁詞以隱意」的效果追求，還是對於「義外之重旨」風格的推重，它與隱語的文體特性和功能都是表裏相通、質類相屬的。這些風格繁複的雜體詩，與正體詩相比，漢字在字形與讀音、字形與意義、讀音和意義之間所可能表現出的各種錯綜複雜而微妙的聯繫，或許唯有在它裏面才能夠得以有更加淋漓盡致的體現。正如鄢化志所言：「從形體上說，漢字不僅最宜於體現詩歌的『建築美』、還可以進而形成詩歌的物質空間的『繪畫美』。種種新奇巧妙的組合，可使漢字產生出豐富多彩、賞心悅目的形式。當某種形式與內容獲得共鳴、相得益彰時，形式就成為內容的組成部分，從而使人『觸目生情』，產生無窮的聯想，領略到漢字作為語言符號系統本身的、超越於語言之外的趣味。」〔註 89〕這種超越語言之外的趣味或許正是古代文人在「克己復

〔註 89〕鄢化志：《中國古代雜體詩通論》，北京：北京大學出版社，2001 年版，第 18 頁。

禮」「存天理滅人欲」思想桎梏下的一種意欲超脫的精神寫照，它體現出的正是古代文人士子對文學藝術遊戲性、娛樂性和非功利性的積極追求，在崇尚詩教禮樂傳統的古代社會，這種浪漫主義情懷的靈光乍現，顯得尤為難能可貴。

（二）文體功能：對文學藝術遊戲性、娛樂性、非功利性的極致追求

朱光潛認為：「凡是真正能引起美感經驗的東西都有若干藝術的價值，巧妙的文字遊戲，以及技巧的馴熟的運用，可以引起一種美感，也是不容諱言的。」〔註 90〕他也認為，在巧妙的文字遊戲所引起的美感中，笑謔亦不容忽視：「托爾斯泰以為藝術的功用在傳染情感……在他認為值得傳染的情感之中，笑謔也占一個重要的位置。」〔註 91〕雜體詩在魏晉時代的勃興與此時隱語「空戲滑稽」的娛樂性質是分不開的。這種文字的遊戲性、娛樂性特徵凸顯，在朱光潛看來，往往是因為諧、隱與文字遊戲三者的混合。他通過例舉《左傳》中宋守城人譏刺華元的歌說：「譏刺容貌醜陋為諧，以謎語出之為隱，形式為七層寶塔，一層高一層，為純粹的文字遊戲。諧最忌直率，直率不但失去諧趣，而且容易觸諱招尤，所以出之以隱，飾之以文字遊戲。諧都有幾分惡意，隱與文字遊戲可以遮蓋起這點惡意，同時要叫人發現嵌合的巧妙，發生驚贊。不把注意力專注在所嘲笑醜陋乖訛上面。」〔註 92〕因此說，雜體詩中的部分遊戲文字之作所引起的笑謔的美感，正是與諧辭隱語相互作用的結果。而這種笑謔則主要表現在兩方面：

（一）被當作一種測智的手段，在你來我往的智力較量中求得快樂。聞一多在《神話與詩．說魚》篇中談到隱語的作用時認為，隱語之用不是消極地解決困難，而是積極地增加興趣，困難愈大，活動愈秘密，興趣愈濃厚。有了困難人就會產生各種反應，或臨陣脫逃或迎難而上，因此聞一多就把隱語看作是一種智力測驗的尺度。「國家靠它甄拔賢才，個人靠它選擇配偶，甚至就集體的觀點說，敵國間還靠它伺探對方的實力。」〔註 93〕雜體詩中當然不乏這樣的事例，比如上文中蘇軾的「神智體」詩歌，就把遼國使者弄得目瞪口呆、無言以對。再比如雜體詩中的「離合體」，也往往成為詩人唱和應對

〔註 90〕朱光潛：《詩論》，北京：生活．讀書．新知三聯書店，1984 年版，第 184 頁。
〔註 91〕朱光潛：《詩論》，北京：生活．讀書．新知三聯書店，1984 年版，第 164 頁。
〔註 92〕朱光潛：《詩論》，北京：生活．讀書．新知三聯書店，1984 年版，第 33 頁。
〔註 93〕聞一多：《聞一多全集》，北京：生活．讀書．新知三聯書店，1982 年版，第 118 頁。

中機智才思大比拼的重要表現手段。如文學史上號稱「皮陸」的唐人皮日休與陸龜蒙，二人皆喜作離合詩，你來我往對唱逞才。先是陸龜蒙寫了一組《閒居雜題五首》〔註 94〕分別以「鳴蜩早」「野態真」「松間斟」「飲岩泉」「當軒鶴」為題。且舉「鳴蜩早」一詩為例：

> 閒來倚杖柴門口，鳥下深枝啄晚蟲。周步一池銷半日，十年聽此鬢如蓬。

該詩詩題三個字「鳴蜩早」正是離合的對象，手法就是把這三個字都分成兩部分，按序分別放置在一二句、二三句、三四句的交接處，三個句組的尾首二字結合即成詩題。其餘四首離合方法與本詩無異。皮日休自然不甘落後，又以相同手法酬和了一組《奉和魯望閒居雜題五首》，魯望是陸龜蒙的字，離合的詩題分別為：「晚秋吟」「好詩景」「醒聞檜」「寺鐘暝」「砌思步」，在這種唱和中儘管產生的並非經世致用之作，但詩人倒也能以「快樂原則」代替「發乎情止乎禮」的現實倫理原則，在詩言志、成教化、助人倫、陳時弊之餘，也以詩逞才、以詩抒情，在放浪形骸中得以覓見古代士人那不為世所共知的情趣心態的另一面，其論辯、對決中所折射出的機敏聰慧，若被系統地整理、繼承下來，或也將成為一筆可觀的精神財富。

（二）縱情嘲戲，在逗樂調笑中釋放被束縛、壓抑的一己情懷。一直以來，古代文學背著政治上的沉重包袱踽踽前行，殆至魏晉，才讓我們第一次得以從文學的教化功能之外，深刻感受到了文學的娛樂作用。漢末以來，儒學漸衰，各種倫理道德對人們思想的鉗制作用趨弱，世風始通脫放曠，突出的表現就是用隱語來互相嘲戲。君臣之間、臣子之間、長幼之間、朋友之間、夫婦之間無不可以嘲戲而不失道德和雅量，雜體詩遂應時而生並蔚為大觀，如產生於齊梁的車名、船名、歌曲名、州郡名、建除、八音、六府、雙聲、疊韻之類，皆用於君臣政事之後的消閒酬唱；謎語、反舌、大言、了語之類，則多用於調侃嘲戲，在縱情嘲戲中釋放被束縛、壓抑的一己情懷。對此，魯迅《中國小說史略》就曾明確指出：「記人間事者已甚古，列禦寇韓非皆有錄載，惟其所以錄載者，列在用以喻道，韓在儲以論政。若為賞心而作，則實萌芽於魏而盛大於晉，雖不免追隨俗尚，或供揣摩，要為遠實用而近娛樂矣。」〔註 95〕從先秦時期的重

〔註 94〕（唐）皮日休、陸龜蒙：《松陵集》，北京：中國書店，1993 年版，第 158 頁。
〔註 95〕魯迅：《中國小說史略》（修訂本），北京：人民文學出版社，2007 年版，第 60 頁。

實用與教化，發展到魏晉六朝的「遠實用而近娛樂」，這是文學的進步，也是時代的進步，隱語與雜體詩就在這種遊戲文字、娛樂性情的非功利性追求中達成了某種暗合時代要求的默契，共同譜寫出那個在宗白華先生眼裏「中國政治上最混亂、社會上最苦痛，也是精神史上極自由、極解放，最富於智慧、最濃於熱情，也最富有藝術精神的一個時代。」〔註 96〕

第三節　中國古代隱語的文體嬗變

所謂文隨氣運、體以代變。即便同一文體，在不同時代也會有相應的變化，此之謂文體的嬗變。《文心雕龍．通變》云：「夫設文之體有常，變文之數無方。……名理有常，體必資於故實；通變無方，數必酌於新聲」〔註 97〕，辯正指出文體之常與變的問題。文體有常亦有變，且變文之法多樣不一。《滄浪詩話．詩體》篇論及宋代以前詩體之變化時有云：「《風》《雅》《頌》既亡，一變而為《離騷》，再變而為西漢五言，三變而為歌行雜體，四變而為沈宋律詩。五言起於李陵、蘇武（或云枚乘），七言起於漢武柏梁，四言起於漢楚王傅韋孟，六言起於漢司農谷永，三言起於晉夏侯湛，九言起於高貴鄉公。」〔註 98〕其論詩體之變，有以時而論之建安體、黃初體、正始體、唐初體、盛唐體、大曆體、元和體、晚唐體云云，有以人而論之蘇李體、曹劉體、謝體、沈宋體、少陵體、太白體、元白體、東坡體、楊誠齋體云云，又列舉選體、雜體等體制不一難以歸類之數體，雖因時因地因人因事而異，要皆不出詩之變體。明王世懋《藝圃擷餘》論唐律之變時亦云：「唐律由初而盛，由盛而中，由中而晚，時代聲調，故自必不可同。然亦有初而逗盛，盛而逗中，中而逗晚者。何則？逗者，變之漸也，非逗，故無由變。」〔註 99〕故知詩體之變不在一時，而是漸次為之，前後相因相成，是為歷久而化成。

以「隱語」文體而論，因體由代異，代有材殊，肇源於先秦時期的隱語在後世的長時發展中亦多有流變，主要方向或有二：至漢一變而為「賦」。首

〔註 96〕宗白華著，林同華主編：《宗白華全集》（第 2 卷），合肥：安徽教育出版社，2008 年版，第 267 頁。

〔註 97〕（南朝梁）劉勰著，范文瀾注：《文心雕龍注》，北京：人民文學出版社，1962 年版，第 519 頁。

〔註 98〕（宋）嚴羽：《滄浪詩話》，北京：中華書局，1985 年版，第 10 頁。

〔註 99〕（清）何文煥：《歷代詩話》，北京：中華書局，1981 年版，第 776 頁。

先，就「述客主以首引」的賦體特徵而言，古代隱語「疑其言以相問，對者以慮思之，可以無不論」〔註 100〕實與其既有著明顯的源流關係，同時又體現出了文體演進過程中各自的特徵與差異。其次，「賦者，鋪也」〔註 101〕，就其「極聲貌以窮文」〔註 102〕而言，隱語與賦體文學在語言特徵方面皆極重鋪陳。再者，從文體功能而論，賦體文學的「勸百諷一」與古代隱語的諷諫之用亦有一定聯繫。

殆至魏晉六朝，隱語再變而為「謎」。魏晉六朝，不僅是中國歷史上一個重大變化時期，亦是古代文章之一大變時期。魏晉六朝極重文辭，曹丕曾言「年壽有時而盡，榮樂止乎其身，二者必至之常期，未若文章之無窮」，視文章為「千古之盛事，經國之大業。」〔註 103〕魏晉時人崇尚清談，或談玄論道、飲酒任氣，或逞思鬥智、辯才逗趣，李澤厚以「人的主題」與「文的自覺」概括這種魏晉六朝之變。時風所及，薰陶漸染，此一時期，隱語一變而化為謎語，亦是魏晉六期社會整體審美風尚發生變化的重要表徵之一。劉勰《文心雕龍．諧隱》篇云：「隱語之用，被於紀傳；大者興治濟身，其次弼違曉惑。……自魏代以來，頗非俳優，而君子嘲隱，化為謎語。……或體目文字，或圖像品物。纖巧以弄思，淺察以衒辭。」〔註 104〕由此可見，古代謎語十分重視巧思妙辭之營構與炫示，實乃古代隱語由廟堂之高的嚴肅政治性，向江湖之遠重視民間娛樂性表達轉變的必然結果，正如當代學人王長華在《說「隱」》一文中所言，「如果說『隱』進入宮廷，被俳優文人所改造、發展而成為『賦』的話，那麼『謎』則更多是『隱』在民間的一個延伸。」〔註 105〕

一、一變而為賦

關於隱語與賦之源流關係，清人王闓運認為賦即隱，其《湘綺樓論詩文體法》有云：「賦者，詩之一體，即今謎也，亦隱語，而使人諭諫。……莊論不

〔註 100〕（漢）班固：《漢書》（卷三十），北京：中華書局，1999 年版，第 1382 頁。
〔註 101〕（南朝梁）劉勰著，范文瀾注：《文心雕龍注》，北京：人民文學出版社，1962 年版，第 134 頁。
〔註 102〕（南朝梁）劉勰著，范文瀾注：《文心雕龍注》，北京：人民文學出版社，1962 年版，第 134 頁。
〔註 103〕（魏）曹丕《典論．論文》，郭紹虞主編：《中國歷代文論選》，上海：上海古籍出版社，2001 年版，第 35 頁。
〔註 104〕（南朝梁）劉勰著，范文瀾注：《文心雕龍注》，北京：人民文學出版社，1962 年版，第 273 頁。
〔註 105〕王長華，郗文倩：《說「隱」》，《文藝理論研究》，2003 年第 4 期，第 42 頁。

如隱言，故荀卿、宋玉賦因作矣。」〔註 106〕關於賦源說，歷代論者成說甚多，莫衷一是，各成一家之言。自班固《藝文志・詩賦略》、劉勰《文心雕龍・詮賦》以來，賦源諸說中影響較大的有「古詩之流」說、楚辭淵源說、縱橫家言淵源說、出於俳詞說、優語淵源說等數種。相較於其他賦源成說，「隱語說」所出較晚，王闓運發此說在前，朱光潛承傳在後，徐北文、褚斌傑則廣而大之，當代學人劉斯翰、王長華、郗文倩亦秉持此論，多有論及。

班固《漢書・藝文志》將「隱書十八篇」收入「雜賦」類，說明早在漢時，學者就已意識到了隱語與賦之間的內在關聯。最早以文體名稱命名「賦」的或始於荀子《賦篇》，該篇鋪陳了「禮、知、雲、蠶、箴」五種不同事物，在語言和體制結構上均充分體現出當時流行的「隱語」的形式特點。《文心雕龍・詮賦》云：「觀夫荀結隱語，事數自環」〔註 107〕，指出荀子《賦篇》不但用隱語構成，且對事物作迴環描繪，已經具有賦體「鋪也，鋪采摛文」〔註 108〕的文體特徵。明代徐師曾《文體明辨序說》更多關注隱語對賦體形成的影響，有云：

> 趙人荀況，遊宦於楚……所作五賦，工巧深刻，純用隱語，若今人之揣謎，於詩六義，不啻天壤，君子蓋無取焉。〔註 109〕

徐氏亦認為荀子五賦皆由隱語製成，只因其於詩之六義去之甚遠，故君子不取。但其實荀子五賦雖皆以隱語構成，與猜謎相類，但荀子作五賦卻並非僅為猜謎，而是內蘊「勸百諷一」的諷諫之義，與後世僅為「炫辭逞才鬥智逗趣」之謎語在文體功能上還是有著明顯區別的。

近代最早明確提出「賦源於隱」看法的是朱光潛。他在《詩論・詩與隱》一節中說：

> 別要小看隱語，它對於詩的關係和影響是很大的。……隱語是一種雛形的描寫詩。民間許多謎語都可以作描寫詩看。中國大規模的描寫詩是賦，賦就是隱語的化身。戰國秦漢間嗜好隱語的風氣最

〔註 106〕（清）王闓運：《湘綺樓詩文集》，長沙：嶽麓書社，1996 年版，第 545 頁。

〔註 107〕（南朝梁）劉勰著，范文瀾注：《文心雕龍注》，北京：人民文學出版社，1962 年版，第 135 頁。

〔註 108〕（南朝梁）劉勰著，范文瀾注：《文心雕龍注》，北京：人民文學出版社，1962 年版，第 134 頁。

〔註 109〕（明）吳訥，（明）徐師曾著；于北山，羅根澤校點：《文章辨體序說　文體明辨序說》，北京：人民文學出版社，1962 年版，第 87 頁。

盛，賦也最發達，荀卿是賦的始祖。他的《賦篇》本包含《禮》《知》《雲》《蠶》《箴》《亂》六篇獨立的賦，前五篇都極力鋪張所賦事物的狀態、本質和功用，到最後才用一句話點明題旨，最後一篇就簡直不點明題旨。例如《蠶賦》全篇都是蠶的謎語，最後一句揭出謎底，在當時也許這個謎底是獨立的，如現在謎語書在謎面之下注明謎底一樣。……總之，隱語為描寫詩的雛形，描寫詩以賦規模為最大，賦即源於隱。後來詠物詩詞也大半根據隱語原則〔註 110〕

朱光潛亦是從隱語對賦的單向影響角度入手，舉例充分論證了「賦就是隱語的化身」「賦即源於隱」等觀點。徐北文《先秦文學史》承襲朱光潛此說，劉斯翰則提出漢賦由楚民間隱語到民間賦再到宮廷賦演變而來的觀點。王長華、郗文倩又指出，「宋玉《大言賦》、《小言賦》透露了先秦隱語向漢代散體賦嬗遞變化的痕跡，可以說是先秦隱語走向漢代散體大賦的一塊活化石」〔註 111〕。此後，郗文倩在《從遊戲到頌讚——「漢賦源於隱語」說之文體考察》、《問對結構的形成和演變——「漢賦源於隱語」說之文體再考察》二文中對這一觀點進行了更為細緻的討論。

以上諸家所論，主要是以詠物賦為據進行推演。詠物賦巧言狀物、敷衍鋪陳的文體特徵確實與民間隱語關係甚密。《文心雕龍．詮賦》論及賦體起源時有言：「賦也者，受命於詩人，拓宇於楚辭也。於是荀子《禮》、《智》，宋玉《風》、《釣》，爰錫名號，與詩畫境。」〔註 112〕儒家思想影響所致，基於對政治教化功能的充分覺知與考量，劉勰將賦溯源於《詩經》和《楚辭》，儘管這一結論難免因其思想成見而不乏偏激之處，但其可貴的地方在於他已經認識到荀卿和宋玉在使賦體成為獨立文體過程中的開山之功。

觀荀卿《禮》《智》《雲》《蠶》《針》五賦，其實正正是暗示五種不同事物的隱語。《文心雕龍．諧隱》篇論及古代隱語的流變時有云：「自魏代以來，頗非俳優，而君子嘲隱，化為謎語，謎也者，回互其辭，使昏迷也。……荀卿《蠶賦》，已兆其體。」〔註 113〕合觀劉勰在《文心雕龍．詮賦》篇中的見解可斷，

〔註 110〕朱光潛：《詩論》，北京：生活．讀書．新知三聯書店，1984 年版，第 55 頁。

〔註 111〕王長華，郗文倩：《說「隱」》，《文藝理論研究》，2003 年第 4 期，第 38 頁。

〔註 112〕（南朝梁）劉勰著，范文瀾注：《文心雕龍注》，北京：人民文學出版社，1962 年版，第 132 頁。

〔註 113〕（南朝梁）劉勰著，范文瀾注：《文心雕龍注》，北京：人民文學出版社，1962 年版，第 271 頁。

劉勰本人當時確已認識到荀卿《賦篇》同古代隱語之間的密切關係。但令人遺憾的是，劉勰在此是將荀賦視作「謎」而非「隱」的前身，然而就其行文的韻散結合且蘊涵箴戒之意而論，又與「纖巧以弄思，淺察以衒辭」〔註 114〕的謎語大異其趣，而與早期隱語在語言形式（「客主以首引」〔註 115〕的問對結構、韻散結合的用語風格）、語體風格（「極聲貌以窮文」〔註 116〕的巧言狀物）及「興治濟身」「苟可箴戒」「周理要務」〔註 117〕的社會政治功能等方面則多有互通相類之處。

從創作者的身份來看，「賦」與「隱」二者亦緊密相關。於此，不僅前代史籍多有輯錄可藉以佐證，近人馮沅君亦曾作過專門研究。首先，賦家與古優關係甚密，常常你中有我我中有你，甚至有時「一身兼二任」。《漢書・揚雄傳》云：「雄以為賦者將以風之，……武帝好神仙，相如上《大人賦》以風，帝反縹縹有凌雲之志，由是言之，賦勸而不止明矣。又頗似俳優，淳于髡優孟之徒，非法度所存。……」〔註 118〕從中即可見出當時之學者已懷有「為賦者與俳優相類」的觀念。《漢書・枚臯傳》評賦家枚臯亦云：「臯不通經術，詼諧類俳優，為賦頌好嫚戲，已故得媟黷貴倖，比東方朔、郭舍人等，而不得比嚴助等得尊官。」〔註 119〕又云：「賦辭中自言為賦不如相如，又言為賦乃俳，自悔類倡。」〔註 120〕從中我們不僅可以再次確認「賦家類優」的觀念，其身份地位低下，並不為時所重，而且由枚臯比等東方朔、郭舍人的看法似乎亦可透出「賦與隱」關係的些許端倪，因東方朔、郭舍人二人在中國古代正是善於制「隱」進「隱」者的典型代表。隱語自春秋戰國時期得以在宮廷廣泛應用後，宮廷中許多進

〔註 114〕（南朝梁）劉勰著，范文瀾注：《文心雕龍注》，北京：人民文學出版社，1962 年版，第 271 頁。
〔註 115〕（南朝梁）劉勰著，范文瀾注：《文心雕龍注》，北京：人民文學出版社，1962 年版，第 134 頁。
〔註 116〕（南朝梁）劉勰著，范文瀾注：《文心雕龍注》，北京：人民文學出版社，1962 年版，第 134 頁。
〔註 117〕（南朝梁）劉勰著，范文瀾注：《文心雕龍注》，北京：人民文學出版社，1962 年版，第 270～272 頁。
〔註 118〕（漢）班固：《漢書》，點校本《二十四史》，北京：中華書局，1962 年版，第 3359 頁。
〔註 119〕（漢）班固：《漢書》，點校本《二十四史》，北京：中華書局，1962 年版，第 2027 頁。
〔註 120〕（漢）班固：《漢書》，點校本《二十四史》，北京：中華書局，1962 年版，第 2027 頁。

「隱」者雖非倡優，但其言行舉止卻已與倡優無異，他們大都擅長察言觀色，或進「隱」以悅笑，或以「隱」進諫諷刺君上，可見「隱」與俳優之關係亦非同一般。《漢書・藝文志》亦將「隱書十八篇」收錄在「詩賦略」下，由此皆可推知，賦、隱、優語之間當存在某種密不可分的文體關係，誠如馮沅君所論斷的那樣：「漢賦乃是『優語』的支流，經過天才作家發揚光大過的支流。」「『優語』之所以能成漢賦的遠祖，這與『隱語』不無關係。」〔註 121〕馮氏諸論甚有可取，因為隱與賦無論在文體特徵、文體分類抑或相互之間的影響與文體功能上，都表現出了文體前後演變過程中的種種痕跡與關聯，因此我們說「隱一變而為賦」。

二、再變而為謎

清代葉燮《原詩》有云：

> 且夫《風》、《雅》之有正有變，其正變繫乎時，謂政治、風俗之由得而失，由隆而污。此以時言詩，時有變而詩因之。時變而失正，詩變而仍不失其正。〔註 122〕

葉燮在這裡既承認了詩體與時代的關係，即「以時言詩，時有變而詩因之。」時代變了，詩體也會因循而變。但他同時強調「詩變而仍不失其正」，也就是說並非只要詩變了就不正，其對正變關係的辨析充滿了辯證法的理論光輝。他在承認詩有正變的基礎上繼而認為，不能「伸正而詘變」，詩歌不能「膠固而不變」，變是絕對的、合理的、天經地義的。他說：

> 蓋自有天地以來，古今世運氣數，遞變遷以相禪。古云：「天道十年一變。」此理也，亦勢也，無事無物不然；寧獨詩之一道，膠固不變乎？今就《三百篇》言之：《風》有《正風》，有《變風》；《雅》有《正雅》，有《變雅》。《風雅》已不能不由正而變，吾夫子亦不能存正而刪變也。則後此為風雅之流者，其不能伸正而詘變者明矣。〔註 123〕

「變」的思想並非葉燮首創，明代的公安派論詩就主「變」，葉燮只是繼

〔註 121〕馮沅君：《漢賦與古優》，重慶：群益出版社，1943 年版，第 32 頁。

〔註 122〕（清）葉燮：《原詩》，郭紹虞主編：《中國歷代文論選》（全四冊），上海：上海古籍出版社，2001 年版，第 340 頁。

〔註 123〕（清）葉燮：《原詩》，郭紹虞主編：《中國歷代文論選》（全四冊），上海：上海古籍出版社，2001 年版，第 340 頁。

承了公安派這一主張而已，但其又旁徵博引自《詩經》至明代 3000 多年的詩歌史，來論證詩歌常變是時之必然，因此說，葉燮關於詩歌正變的思想，與其說是一分為二地辯證看待詩之正變，倒不如說其更為鍾情於詩之變。

文體自六朝而「變」，伴隨著古代文體逐步發展和日益繁複的現實，正變論也逐漸從詩體擴展至更大範圍的文章辨體批評領域。朱自清說：「唐復古，又『正』，但這點唐人並不覺得。」〔註 124〕殆至宋代又「變」，像蘇軾「以文為詩」「以議論為詩」「以才學為詩」的創作主張，就是宋代詩體之變的突出表徵。蘇軾認為「古詩之法亡於韓」〔註 125〕，即是說自韓詩後詩體變得厲害，更加散文化。宋代朱熹以為這種趨向散文化的「變」不但有難度和風險，也是不好的，他更主張墨守古法為「正」。朱自清認同蘇軾的觀點，認為「變」是好的，原因在於文學得有出路，正所謂窮則變，變得通，通則久，此乃亙古不變之真理。

謎語即隱語的變體，「謎」更多是「隱」在民間的一個延伸。許慎《說文解字》有「謎，隱語也，從言迷，迷亦聲」〔註 126〕的記載，但其實古來無「謎」字，宋程大昌《演繁露》:「謎，古無此字。」〔註 127〕「謎」字是後人補加到《說文》裏的附文。謎語，古稱「廋辭」或「隱語」，是把事物的本體巧妙地隱藏起來作謎底，用與之有關的喻體作謎面，讓人猜射的一種語言文字遊戲。南宋周密《齊東野語》中說：「古之所謂廋辭，即今之隱語，而俗所謂謎。」〔註 128〕古時俗語中對謎語的一種叫法就是「隱語」。謎語一般分為兩大類，一類叫事物謎，就是常說的謎語，或由賦體隱發展而來；另一類叫文義謎，也就是常說的燈謎，東漢末曹娥碑謎是後世文義謎的鼻祖。

魏晉以後，隱語更多是作為一種文字遊戲，而在古代早期隱語卻是一件極為嚴肅的事。中國最早的隱語主要應用於預言讖語的巫卜或是宮廷外交場合，早期不乏譎諫、密言類的隱語，如伍舉鳥諫楚莊王的故事意在規勸諷諫，還社就拯於楚師則是使用暗語以密通信息，都是極富政治意味的隱語。從先秦後期

〔註 124〕朱自清：《詩言志辨》，南京：鳳凰出版社，2008 年版，第 148 頁。
〔註 125〕（宋）胡仔纂集：《苕溪漁隱叢話》，北京：人民文學出版社，1962 年版，第 264 頁。
〔註 126〕（漢）許慎：《說文解字》，北京：中華書局，1963 年版，第 65 頁。
〔註 127〕（宋）程大昌：《演繁露　演繁露續集》（全二冊），北京：中華書局，1991 年版，第 58 頁。
〔註 128〕（宋）周密：《齊東野語》，北京：中華書局，1983 年版，第 153 頁。

到南北朝是隱語向謎轉化、過渡的時期。劉勰在《文心雕龍·諧隱》中視「謎」為魏晉以後「隱」的化身，而且認為「謎也者，回互其辭，使昏迷也。或體目文字，或圖像品物。」〔註 129〕按照劉勰的評判標準，興治濟身、理周要務的隱語才是正體，而謎語是雖有小巧卻用乖遠大，才會為童稚之戲謔、搏髀而忭笑。隱語再變而為謎語，其一變即表現在性質、功能的相異上：隱語所承載的諷諫和社會教化功能為謎語纖巧以弄思、淺察以衒辭的測智、逞才、娛樂功能所取代，也就變成了朱光潛所言的「文字遊戲」的性質了。《太平廣記》卷一七三「俊辯」類存曹植隱語作品一首，故事曰：「魏文帝嘗與陳思王植同輦出遊，逢見兩牛在牆見鬥，一牛不如，墜井而死。詔令賦死牛詩，亦不得云是非，不得言其鬥，不得言其死。走馬百步，令成四十言。步盡不成，加斬刑。子建策馬而馳，即攬筆賦曰：『兩肉齊道行，頭上戴橫骨。行至山土頭，峰起相唐突。二敵不懼剛，一肉墜土窟。非是力不如，盛意不得泄。』」〔註 130〕這則隱語體目文字，圖像品物，語言詼諧幽默，兩牛相鬥的情形因不便明言而顯得含蓄蘊藉，饒有趣味。就其藝術性而言，已經充分體現出古代隱語流變為謎語後熱衷逞思炫技、鬥智鬥趣的高超文字技能了。後世詩人踵事增華，以謎語狀事物，更有不少傳世佳作「青出於藍而勝於藍」。如張華《鷦鷯賦》：「飛不飄，翔不翕席；其居易容，其求易給；巢林不過一枝，每食不過數粒。」〔註 131〕庾信《鏡賦》：「鏤五色之盤龍，刻千年之古字，山雞見而獨舞，海鳥見而孤鳴。臨水則池中月出，照日則壁上生。」〔註 132〕杜甫《初月》：「光細弦豈上，影斜輪未安。微生古塞外，已隱暮雲端。河漢不改色，關山空自寒。庭前有白露，暗滿菊花團。」〔註 133〕等等，這些作品雖似「隱」，更似「謎」，因其更為推重文人天才的構思、細膩的情感和嫻熟的技巧，使得作品飽滿且韻味十足。

謎語作為一種文字遊戲，其最大的特點就是充滿娛樂性、諧趣十足。諧趣，

〔註 129〕（南朝梁）劉勰著，范文瀾注：《文心雕龍注》，北京：人民文學出版社，1962 年版，第 273 頁。

〔註 130〕（宋）李昉等：《太平廣記》（全十冊），北京：中華書局，1961 年版，第 433 頁。

〔註 131〕（西晉）張華：《鷦鷯賦》，（梁）昭明太子著，（清）胡紹煐箋證：《昭明文選箋證》（第 10 冊），揚州：江蘇廣陵古籍刻印社，1982 年版，第 23 頁。

〔註 132〕（北周）庾信著，倪璠、魯玉注釋：《庾子山集》（卷一），上海：商務印書館，1935 年版，第 56～58 頁。

〔註 133〕（唐）杜甫著，仇兆鰲注：《杜少陵集詳注》（五）：上海：商務印書館，1930 年版，第 65 頁。

就是詼諧、風趣，讓人開心發笑。李耀宗說：「從漢魏以來，謎語表現出三大功能：拐個彎子說主張、誇耀才智和講求開心娛樂（自娛和他娛）。」〔註134〕寓莊於諧，把莊嚴的「寓」藏在詼諧、風趣之中。「可以說，沒有『諧趣性』，就沒有謎語。」〔註135〕如有的謎語「寓莊於諧」，表現為「葷面素猜」，雖以葷面逗樂，實無淫穢之嫌。如下述謎語：

一物生在腰，有皮又有毛，長短兩三寸，子孫裏面包。（打一物）

該謎謎底為棒子、玉米。該謎乍一看謎面，似乎言語粗俗、不堪入耳，其實這正是謎語諧趣性的體現，讓你初見葷面為之不齒，最後揭開素淨的謎底方徹悟大樂。

先秦隱語，多用「以字取義」的喻義法。而魏晉南北朝以來，離合體得以盛行，這與漢魏兩晉時期讖語離合大盛的社會風氣是不無關係的。離合，亦隱語之一種也。《文心雕龍・明詩》曰：「離合之發，則明於圖讖。」〔註136〕漢末孔融（字文舉）的《郡姓名字詩》被錢南揚稱之為「離合之所自始」〔註137〕，也是離合體隱語的代表作。其文如下：

漁父屈節，水潛匿方；（漁離水為魚）
與時（時）進止，出寺馳張。（時離寺為日；魚日合為「魯」字）
呂公磯釣，闔口渭旁；（呂離口為口）
九域有聖，無土不王。（域離土為或；口或合為國，即今「國」字）
好是正直，女回於匡；（好離女為子）
海外有截，隼逝鷹揚。（截離隼為乚，子乚合為「孔」字）
六翮將奮，羽儀未彰；（翮離羽為鬲）
虵龍之蟄，俾它可忘；（蛇離它為蟲字，鬲、蟲合成「融」字）
玟璿隱曜，美玉韜光。（玟離王為文）
無名無譽，放言深藏；（譽離言為與）
按轡安行，誰謂路長。（按離安為「扌」，與、扌合成「舉」字）

〔註134〕李耀宗：《民間諺語謎語》，北京：中國社會文獻出版社，2008年版，第165頁。

〔註135〕李耀宗：《民間諺語謎語》，北京：中國社會文獻出版社，2008年版，第165頁。

〔註136〕（南朝梁）劉勰著，范文瀾注：《文心雕龍注》，北京：人民文學出版社，1962年版，第122頁。

〔註137〕錢南揚：《謎史》，上海：上海文藝出版社，1986年版，第7頁。

該詩隱「魯國孔融文舉」六字，此謎中「離合體」之祖也。所謂「離合」，就是利用漢字的特殊構造，將其筆劃重新拆離組合，以別隱新意。以此為標誌，作為「謎語」前身的隱語，豁然大盛開來。這是隱語之二變，即文體構造方式的變化，由過去的「以字取義」的喻義法一變為筆劃拆分組合的「離合法」。與此同時還出現了增損體、會意體、風人體、實物謎、詩謎、字謎等，內容極為豐富。《世說新語》記載有這樣一則隱語故事：

> 魏武嘗過曹娥碑下，楊脩從，碑背上見題作「黃絹幼婦，外孫齏臼」八字。魏武謂修曰：「解不？」答曰：「解。」魏武曰：「卿未可言，待我思之。」行三十里，魏武乃曰：「吾已得。」令修別記所知。修曰：「黃絹，色絲也，於字為『絕』；幼婦，少女也，於字為『妙』；外孫，女子也，於字為『好』；齏臼，受辛也，於字為『辭』。所謂『絕妙好辭』也。」魏武亦記之，與修同，乃歎曰：「我才不及卿，乃覺三十里。」〔註 138〕

楊脩所猜的就是「離合隱語」。它已不止於單一離合字形，還進而追求「字義相扣」，使隱語向著完全意義上的「謎語」過渡。「這是劃時代的創舉，要比『卯金刀』合為『劉』、『千里草』合為『董』高明得多了。它離而見奇，曲折有徑，兩千年來，盛傳不衰。」〔註 139〕因此，不少學者把曹娥碑隱語推崇為「文義謎」之源，成為謎語發展史上的一座里程碑。「曹娥碑隱語」幾個字組成一個「謎底」；而南朝宋人鮑照別生創意，用駢體文形式，以離合的手法首創「井」「龜」「土」3 個字謎，並以《字謎三首》為題名篇，並收在他的詩集《鮑參軍集》裏。從此，才有了「謎」這個字。如「井」字謎寫道：「二形一體，四支八頭，一八五八，飛泉仰流。」〔註 140〕前三句離合兼象形，後一句融會字義，總括謎底，這不就是面目一新的「字謎」嗎？至此，隱語的最後形式離合從「字」進入了謎，這才是文義謎的真正開始。

綜上所述，之所以稱謎語為隱語的變體，其變有二：一為性質與功能之變，謎語擺脫了先秦隱語或被用於巫卜、讖言預測吉凶，或被用於宮廷外交場合的

〔註 138〕（南朝宋）劉義慶著，（清）徐震堮校箋：《世說新語校箋》，北京：中華書局，1984 年版，第 318 頁。

〔註 139〕李敬信主編：《中國的謎語》，北京：中國國際廣播出版社，2011 年版，第 19 頁。

〔註 140〕（南朝宋）鮑照著，（清）錢振倫注，錢仲聯補注：《鮑參軍集注》（10 卷），北京：中華書局，1958 年版，第 176 頁。

譎諫、博弈，政治性極強；二為文體構造方式的變化，由先秦的「以字取義」法到變為「離合」法。但之所以稱謎語為隱語的變體，更重要的是兩者之間不可分割的密切關係，萬變不離其宗，隱語即謎之宗，因為它們最本質也最共同的特質是一致的，即「遁詞以隱意，譎譬以指事」的隱義藏用的目的和手法的高度相似性。李耀宗在《民間諺語謎語》中將「隱喻性」作為謎語的本質特徵，也是與生俱來的特性，就是考慮到謎語與隱語的這種天然相似性來立論的。無論是圖像品物、鋪陳謎面的事物謎還是體目文字、高雅深邃的文義謎，其本質特徵都不外乎「回互其辭，使昏迷也」，這是兩者質的一致性。

第三章　中國古代隱語的詩學研究

中國古典詩學研究的範圍極其廣泛，涵蓋上至詩學體系的建構、文藝創作與批評的種種觀念與規律、詩學範疇與研究範式，下至具體的作家作品風格與審美特色、詩學斷代史研究、中西詩學比較研究等，不一而足。單就中國古代隱語開展詩學研究，筆者本章主要嘗試從古代隱語的生成機制——隱喻化思維與中國古典詩歌的創作及批評傳統、「詩言志」觀念的時代更迭與古代隱語發展的相關性以及中國古代隱語對趣、味、境、象等中國古典詩學審美藝術追求的影響三個角度切入，開展「隱」與古典詩歌之間的互動關係研究。如果說隱喻化思維與中國古典詩歌的創作及批評傳統是將論述的重點聚焦於隱語何以介入中國古典詩歌的創作與批評層面的話，接續兩節則更加側重從古典詩歌觀念與詩風的演進與變化視角，進一步窺測、考索隱語與古代「詩言志」觀，隱語與古典詩風、詩學範疇之間存在的千絲萬縷的關係。

第一節　隱喻化思維與中國古典詩歌的創作及批評傳統

隱喻化思維決定隱喻語言表達，其結果便是隱語的大量生成，隱語的生成過程亦即隱喻化思維發揮作用的過程。隱喻化思維可以說體現在古典詩歌創作與批評的方方面面。古人作詩，有「賦、比、興」三種表現手法，其中比興二義尤以興義，實為隱喻化思維的典型應用。《詩經》《楚辭》中諸多篇什，假自然物象或是隱喻男女愛情，或是隱射統治階級的不勞而獲，或是隱寓創作者的政治理想，或是暗示男女求偶、婚配、生育等不便明言的隱秘之事，比興之發用俯拾即是，或假象寓義，或託物比事，隱喻化思維貫穿終始。在中國歷代詩話庫存中也蘊藏著古典詩歌批評妙用隱喻化思維的典型例證。如《滄浪詩話》評盛唐詩之風格如「羚羊掛角」〔註1〕，又如「空中之音，相中之色，水中之月，鏡中之象」〔註2〕，將盛唐詩之妙處、盛唐詩人詩作的風格特點與上述種種意象作以巧妙類比，生動形象，充滿想象力。《二十四詩品》亦是處處設譬，假象傳意，如論「清奇」風格有：「娟娟群松，下有漪流。晴雪滿汀，隔溪漁舟。可人如玉，步屧尋幽。載瞻載止；空碧悠悠。神出古異，澹不可收。如月之曙，如氣之秋」〔註3〕語，寥寥數語，「群松」「漪流」「晴雪」「溪水」「漁舟」「可人尋幽」「載瞻載止」等意象頻出、情態活現，種種意象與情態糅合成一種「清奇」的意境而全不說破，讓讀者自己去咀嚼、體悟、揣摩，正所謂「不著一字，盡得風流」〔註4〕，其中隱喻化思維的妙用更是自不待言。可以說，中國古典詩歌就是隱喻化的，也正因此，才會讀來含蓄蘊藉，餘味嫋嫋，宛如讀一首首詩化的隱語。

一、隱與作詩：創作過程中的隱喻化思維

詩歌的創作過程是充滿隱喻化思維的，隱喻就是詩歌的生命原則，是詩歌的實質，此論早已成為學界共識。隱喻有廣義與狹義之分，狹義的隱喻是眾多辭格中的一種，與比擬、象徵、雙關等辭格有類似之處；廣義的隱喻則是指創造語言「偏離現象」的方式是隱喻性的，即大多數修辭手法都是隱喻性的，都是「隱喻的某種特殊形式」〔註5〕。考察中國古典詩歌創作的過程，有人把隱喻看作是「詩歌語言中創造性的核心」〔註6〕。在這裡，隱喻是作為一種廣義的各種修辭手法的集合而普遍存在的，它不再僅僅是一種簡單的創作技巧手法，而是已經內化為一種形象思維，而詩歌正是這種隱喻化思維的產物。

（一）隱與「神思」：藝術構思過程中的隱喻化思維

南朝蕭子顯《南齊書・文學傳論》看重「神思」，將其看作「屬文之道」，

〔註1〕（宋）嚴羽：《滄浪詩話》，北京：中華書局，1985年版，第7頁。
〔註2〕（宋）嚴羽：《滄浪詩話》，北京：中華書局，1985年版，第7頁。
〔註3〕（唐）司空圖：《詩品二十四則》，北京：中華書局，1985年版，第9頁。
〔註4〕（唐）司空圖：《詩品二十四則》，北京：中華書局，1985年版，第6頁。
〔註5〕劉芳：《詩歌意象語言研究》，上海：上海譯文出版社，2012年版，第122頁。
〔註6〕林秀君：《從語言文化看中國古典詩歌的隱喻特徵》，《韓山師範學院學報》，2006年第4期，第40頁。

認為神思之用，可以「感召無象，變化不窮。俱五聲之音響，而出言異句；等萬物之情狀，而下筆殊形。」〔註7〕《文心雕龍》單列《神思》篇，且被置於創作論之首，劉勰將它看作「馭文之首術，謀篇之大端」，足見其對「神思」的重視。該篇首段即開宗明義：

> 古人云，形在江海之上，心存魏闕之下：神思之謂也。……故思理為妙，神與物遊。神居胸臆，而志氣統其關鍵；物沿耳目，而辭令管其樞機。樞機方通，則物無隱貌。關鍵將塞，則神有遁心。〔註8〕

在這裡，《神思》篇其實是帶有創作總綱性質的。劉永濟在《文心雕龍校釋》中認為「此篇最要者二義：一論內心與外境交融而後文生之理，次論修養心神乃為文要術之故。」〔註9〕在論及「內心與外物交融而後文生之理」之要義時，劉氏引入相關圖示闡明內中義理。見圖 8：

圖 8：引劉永濟《文心雕龍校釋》釋「神思」圖例

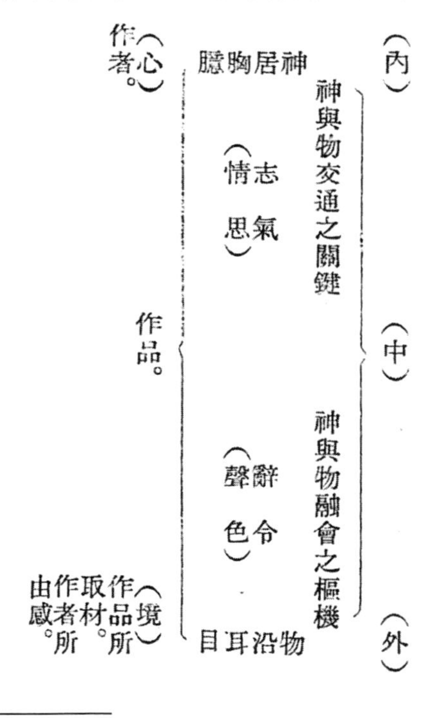

〔註 7〕（南朝）蕭子顯：《南齊書》，點校本《二十四史》，北京：中華書局，1962 年版，第 1509 頁。

〔註 8〕（南朝梁）劉勰著，范文瀾注：《文心雕龍注》，北京：人民文學出版社，1962 年版，第 493 頁。

〔註 9〕（南朝梁）劉勰著，劉永濟校釋：《文心雕龍校釋》，北京：中華書局，1962 年版，第 100 頁。

由劉氏圖釋可知，神思作為一種創作思維，主要涉及詩文創作過程中的「心與物」「言與意」之關係。劉永濟認為「神與物交通之關鍵」在於志氣，而「神與物融會之樞機」則在於辭令。物沿耳目，與神會而後成「興象」，而辭令則是興象之府，故曰「管其樞機」。志氣與辭令，亦即心與物、言與意，劉永濟將二者之於文事的重要性釋之曰「若兩輪之於車焉。」〔註10〕心由物感，興象生焉，以言表之，此乃神思運發之理。隱喻化思維之發用亦即由己及物、由內而外、由已知表達未知的過程，其與古典詩歌創作之構思過程實在無異。

牟世金在《文心雕龍研究》中將《神思》篇看作「藝術構思的專論」〔註11〕。也有研究者把「神思」解釋為藝術想象活動和形象思維等等。從劉勰定義「神思」「『形在江海之上，心存魏闕之下』，神思之謂也」以及全篇的內容來看，把「神思」理解為創作中的精神思維活動和藝術構思活動，比較符合劉勰的原意。那麼，詩歌創作中的藝術構思和想象的規則又是什麼呢？劉勰提到一個觀點叫「神與物遊」，此可謂其「神思」論的一個核心觀念。「神與物遊」也就是講情和物相結合的問題，是一種心物交感活動，在這個構思活動中，客觀物象和主觀情志相結合而形成審美意象，繼而把審美意象表達出來。而將物象與情感嫁接起來得以形成審美意象的那座橋樑就是想象。想象對於詩歌創作的重要性自然不言而喻。對此劉勰說：

> 文之思也，其神遠矣。故寂然凝慮，思接千載；悄焉動容，視通萬里。吟詠之間，吐納珠玉之聲；眉睫之前，卷舒風雲之色：其思理之致乎！〔註12〕

藝術想象既可以「思接千載」，也可以「視通萬里」；既可以「吐納珠玉之聲」，也可以「卷舒風雲之色」，這就是藝術想象的魅力之所在——融匯古今、交融物我、縱橫馳騁，打破時空界限，藝術創作思維的自由性展露無遺。這一方面與隱語創作過程中的隱喻化思維無異，另一方面，隱語在詩歌創作中的大量運用、隱喻化思維潛移默化的影響，也成為中國古典詩歌極富想象力的催化劑，故此聞一多才把隱語看作「易與詩的魔力的泉源」〔註13〕，朱光潛也將隱

〔註10〕（南朝梁）劉勰著，劉永濟校釋：《文心雕龍校釋》，北京：中華書局，1962年版，第101頁。

〔註11〕牟世金：《〈文心雕龍〉研究》，北京：人民文學出版社，1995年版，第316頁。

〔註12〕（南朝梁）劉勰著，范文瀾注：《文心雕龍注》，北京：人民文學出版社，1962年版，第493頁。

〔註13〕聞一多：《聞一多全集》，北京：生活·讀書·新知三聯書店，1982年版，第118頁。

語的好處闡發為能夠「見出事物不尋常的關係」〔註 14〕，因而可以顯現「詩的想象力」〔註 15〕，可謂異曲同工，彼此合觀當可互文見義，從中不難見出，隱語正是古典詩歌創作中「比喻」格的基礎。古詩中這樣的示例不勝枚舉，如駱賓王的身陷囹圄之作《在獄詠蟬》「露重飛難進，風多響易沉」，即是以蟬比己，隱喻生存環境之險惡難測；王安石的「遙知不是雪，為有暗香來」說的是梅；岑參的「忽如一夜春風來，千樹萬樹梨花開」指的卻是雪；蘇軾的《飲湖上初晴後雨》「水光瀲灩晴偏好，山色空蒙雨亦奇。欲把西湖比西子，淡妝濃抹總相宜。」巧用大家所熟知的千古美人西子來作比，寫西湖風景之美；李白的「桃花潭水深千尺，不及汪倫送我情」，賀鑄的「試問閒愁都幾許？一川煙草，滿城風絮，梅子黃時雨」，李煜的「問君能有幾多愁，恰似一江春水向東流。」……都是作者通過藝術想象，見出了兩事物間，或客觀事物與主體情志間，在某種外在貌相或內在特質的奇妙相似處，再以隱喻出之，讓讀詩之人好似猜謎語，好奇心被激發，意欲揭開暗藏的「謎底」，但又不得不經過一番耐人尋味的懸揣，最終破解作詩中的藝術想象，伴隨著審美的持續延宕，故而形成了中國詩歌含蓄蘊藉、意味悠長的審美氣質。

（二）隱與「用典」：歷史化隱喻在詩文創作中的顯現

用典，是古人作詩時一種常用的修辭方式，陳望道在《修辭學發凡》中把這種方式稱作「引用」，「文中夾插先前的成語或故事，謂之引用。引用故事成語，約有兩種方式：第一，說出它是何處成語故事的，是明引法；第二，並不說明，單將成語故事編入自己文中的，是暗用法。」〔註 16〕至於用典的方式，明代高琦在《文章一貫》中將其細分為正用、歷用、反用、藏用等 14 類，用典方式之多令人眼界頓開。中國古代文人如此樂於使事用典，蓋源於中國古典文學一貫講究文字精練、言簡意賅，善用比喻、隱射等手法的風格傳統。尤其對於詩詞歌賦而言，用典甚至被看作是「拐杖」〔註 17〕，一旦丟了這根「拐杖」，便步履維艱。古代如「江西詩派」便極力標榜用典的好處，強調「無一字無來歷」和「點鐵成金」，因為典故最適於抽象、概括，表達千言萬語所不易表達的情感寄託和故事來歷。但也不能用典過濫，典故用得太多或過於生

〔註 14〕朱光潛：《詩論》，北京：生活・讀書・新知三聯書店，1984 年版，第 34 頁。
〔註 15〕朱光潛：《詩論》，北京：生活・讀書・新知三聯書店，1984 年版，第 34 頁。
〔註 16〕陳望道：《修辭學發凡》，上海：復旦大學出版社，2008 年版，第 85 頁。
〔註 17〕周采泉：《文史博議》，廣州：廣東人民出版社，1986 年版，第 80 頁。

僻，就會泥古不化、晦澀難懂，讓人讀了雲裏霧裏不知所云，那反倒失了作詩的真意，變成毫無性情的「掉書袋」了。

古人用典的好處，與詩經「六藝」的「興」多有類同之處，都是借物事起情言志，言在此而意在彼，別有深意和寄託，其思維方式也是隱喻化的。錢鍾書說：「隸事運典，實即『婉曲語』（periphrasis）之一種。吾國作者於茲擅勝，規模宏遠，花樣繁多。駢文之外，詩詞亦尚。用意無他，曰不『直說破』（nommer un objet），俾耐尋味而已。」〔註 18〕不直說破，以曲筆言之，用些典故成語，「彷彿屋子裏安些曲屏小幾，陳設些古玩字畫。」〔註 19〕都是強調詩文用典所帶來的含蓄、暗示和耐人尋味的效果，以達到「不著一字，盡得風流」的詩學境界。如辛棄疾的《八聲甘州》：

> 故將軍飲罷夜歸來，長亭解雕鞍。恨灞陵醉尉，匆匆未識，桃李無言。射虎山橫一騎，裂石響驚弦。落魄封侯事，歲晚田間。
>
> 誰向桑麻杜曲？要短衣匹馬，移住南山。看風流慷慨，談笑過殘年。漢開邊，功名萬里，甚當時健者也曾閒？紗窗外，斜風細雨，一陣輕寒。〔註 20〕

詩人以漢朝李廣抗擊匈奴卻勞而無功自況，暗喻對朝廷之不滿；晚唐李商隱也是個隸事運典的高手，他的詩歌常常大量運用與當時政治現象有某些相似之處的歷史典故，來隱喻指謫現實政治之弊。如其詩作《富平少候》：

> 七國三邊未到憂，十三身襲富平侯。不收金彈拋林外，卻惜銀床在井頭。彩樹轉燈珠錯落，繡檀回枕玉雕鎪。當關不報侵晨客，新得佳人字莫愁。〔註 21〕

整首詩看似寫的是漢代富平少候張放少年襲位當憂不憂，荒淫奢靡，實際上卻諷喻當朝統治者不思國事。首聯中的「七國」也並非漢景帝時發動叛亂的「七國」，「三邊」也並非戰國時與匈奴統治區域相鄰接的燕、趙、秦三國，而是隱喻唐代的藩鎮割據和吐蕃、回鶻、党項等邊患。此類詩文借古諷今，不便直言多隱言曲筆，半吞半吐，欲說還休。對此葛兆光說：「作為藝術符號的典故，

〔註 18〕錢鍾書：《管錐編》，北京：中華書局，1996 年版，第 1474 頁。

〔註 19〕錢鍾書：《宋詩選注》，北京：人民文學出版社，1989 年版，第 43 頁。

〔註 20〕（宋）辛棄疾著，徐漢明編校：《稼軒集》，武漢：長江文藝出版社，1990 年版，第 77 頁。

〔註 21〕（清）彭定求等編：《全唐詩》（全 25 冊），北京：中華書局，1960 年版，第 655 頁。

乃是一個具有哲理或美感內涵的故事凝聚形態，它被人們反覆使用、加工、轉述，而在這種使用、加工、轉述過程中，它又融攝與積澱了新的意蘊，因此它是一些很有藝術感染力的符號。它用在詩歌裏，能使詩歌在簡練的形式中包含豐富的、多層次的內涵，而且使詩歌顯得精緻、富贍而含蓄。」〔註22〕季廣茂在《隱喻理論與文學傳統》論及用典時，指出其與隱喻之間的內在關聯在於它是一種「歷史化的隱喻」，認為「隱喻是在彼類事物的暗示之下把握此類事物的文化行為；典故是在神話或歷史的暗示之下，把握當下情境的文化行為。」〔註23〕古人作詩熱衷隸事用典，其隱喻化思維的典型表現還在於，它可以調動主體對於過往歷史或個體的記憶，聯類無窮，觸發無限遐思。如《紅樓夢》就有大量描述小說中人物吟詩賦詞的場景，其中第二十三回《〈西廂記〉妙詞通戲語〈牡丹亭〉豔曲警芳心》，寫林黛玉回瀟湘館的路上，路經梨香院牆角處，聽聞那十二個女子演習戲文，偶有兩句傳入耳內，「如花美眷，似水流年」八字戲詞的纏綿悱惻激發了林黛玉對於過往詩詞閱讀的記憶和對自身身世的哀憐，各種複雜情緒和記憶湊聚一處，讓她不禁心痛神癡，潸然淚下。這正印證了《圍城》中「小胖子人詩人曹元郎」和方鴻漸論詩時說的那番話：「詩有出典，給識貨人看了，愈覺得滋味濃厚，讀著一首詩就聯想到無數詩來烘雲托月。」〔註24〕

在中國古典詩歌創作比興傳統的影響下，無論是想象力的勃發還是情感寄託的耐人尋味，都是植根於抒情肥沃土壤上的中國古典詩歌對隱喻性的不懈追求，從而形成了一種獨具中國特色的詩歌話語體系——隱喻系統，影響所及，不僅中國古典詩歌的創作，包括詩學批評都呈現出強烈的隱喻化特徵。

二、隱與古典詩歌批評：隱喻化的解詩傳統

隱喻化思維對中國古典詩歌的影響是深刻而全面的，它不僅表現在古典詩歌的創作上，也體現在古典詩歌的闡釋、接受過程中，與「比興」的作詩傳統相對應，中國古代同樣形成了隱喻化的解詩傳統。

（一）中國古典詩詞曲話的隱喻化批評

一般而言，文學批評與創作是涇渭分明的兩種思維創造活動，一重感性一

〔註22〕葛兆光：《論典故》，《文學評論》，1989年第5期，第32頁。

〔註23〕季廣茂：《隱喻理論與文學傳統》，北京：北京師範大學出版社，2002年版，第91頁。

〔註24〕錢鍾書：《圍城》，北京：人民文學出版社，1980年版，第79頁。

偏理性；一付諸形象思維，一強調抽象概括。文學創作更擅長以情動人，而文學批評則更愛以理服人。但中國古代文學批評的整體風格卻不盡然，它的創作與批評並非涇渭分明，而且批評也往往以詩化的面目示人，形成中國古代獨具一格的詩化批評文體。

季廣茂在《隱喻視野中的詩性傳統》中針對中國詩學對隱喻的直接體認時說過這樣一段話：

> 縱觀中國詩學史，我們會發現，以一當十、以少總多、以小見大、以簡寫繁、以用知體、以局部代整體，是中國古代文學憲法中的總綱，也是對隱喻和轉喻的間接訴求，因為要達到以一當十的藝術效果，無論從理論還是從現實上講，都離不開轉喻和隱喻，而轉喻和隱喻在古詩中常常珠聯璧合融為一體，相互滲透相互轉化。〔註25〕

季廣茂實在所言非虛，中國古典詩歌的隱喻化特徵的確不僅表現在詩歌創作的言簡意賅、含蓄蘊藉上，以隻言片語抒難狀複雜之情；同樣也表現在中國古代大量詩詞曲話的隱喻化批評上，寥寥數語，就總結出了中國古典詩歌創作的各種流派、思潮和作家作品風格的迥異和變化。古人解詩論藝一步也離不開隱喻，在浩如煙海的古代詩詞曲話中，以隱喻說明、闡釋複雜文學現象的例子可謂不勝枚舉，試舉幾例如下：

> （1）孫興公云：「潘文爛若披錦，無處不善。陸文若排沙簡金，往往見寶。」〔註26〕（劉義慶《世說新語．文學第四》）
>
> （2）嗟乎！陳思之於文章也，譬人倫之有周、孔，鱗羽之有龍鳳，音樂之有琴笙，女工之有黼黻。〔註27〕（鍾嶸《詩品》）
>
> （3）文章當以理致為心腎，氣調為筋骨，事義為皮膚，華麗為冠冕。〔註28〕（顏之推《顏氏家訓》）
>
> （4）玉壺買春，賞雨茅屋。坐中佳士，左右修竹。白雲初晴，幽鳥相逐。眠琴綠陰，上有飛瀑。落花無言，人淡如菊。書之歲華，

〔註25〕季廣茂：《隱喻視野中的詩性傳統》，北京：高等教育出版社，1998年版，第106頁。

〔註26〕（南朝宋）劉義慶著，（清）徐震堮校箋：《世說新語校箋》，北京：中華書局，1984年版，第143頁。

〔註27〕（清）何文煥：《歷代詩話》，北京：中華書局，1981年版，第4頁。

〔註28〕（北齊）顏之推著，（清）趙曦明注：《顏氏家訓》，北京：中華書局，1985年版，第103頁。

其曰可讀。〔註29〕（司空圖《二十四詩品・典雅》）

（5）柳子厚詩，在陶淵明下，韋蘇州上。退之豪放奇險則過之，而溫麗靖深不及也。所貴乎枯淡者，謂其外枯而中膏，似淡而實美，淵明、子厚之流是也。若中邊皆枯淡，亦何足道。佛云：「如人食蜜，中邊皆甜。」人食五味，知其甘枯者皆是；能分別其中邊者，百無一二也。〔註30〕（蘇軾《評韓柳詩》）

（6）盛唐諸人惟在興趣，羚羊掛角，無跡可求。故其妙處透徹玲瓏，不可湊泊，如空中之音，相中之色，水中之月，鏡中之象，言有盡而意無窮。」〔註31〕（嚴羽《滄浪詩話》）

上述諸例或以人之「骨」「體」「精、氣、神」論詩，或以自然物象類比詩之範疇，又或者以禪喻詩、以味喻詩，其詩化般的語言，皆巧言設譬，不直說出，更多的是運用形形色色的隱喻形象表達創作者自身的強烈感受，讀者必得費一番揣摩與思量才能體味其中的真味和意境，這顯然與西方文學批評重視概念判斷、推理、分析、綜合、抽象演繹等科學性的思維大異其趣，讓中國古代詩文批評蒙上了一層強烈的隱喻化色彩。這種情形在宋代敖陶孫的《敖器之詩話》中發展到了極致：「魏武帝如幽燕老將，氣韻沉雄。曹子建如三河少年，風流自賞。鮑明遠如饑鷹獨出，奇矯無前。謝康樂如東海揚帆，風日流麗……韓子倉如梨園按樂，排比得倫。呂居仁如散聖安禪，自能奇逸。其他作者，未易殫陳。獨唐杜工部，如周公制作，後世莫能擬議。」〔註32〕文章通篇使用隱喻，逐一評論了自魏晉以來的諸位名人詩，季廣茂把這種批評的隱喻化看成是「中國古代文論的宿命」〔註33〕。在這裡，隱喻已經不僅僅是闡明複雜文學現象的工具，它已經成為文學理論的重要組成部分。

（二）隱與詩讖：以讖解詩

讖就是一種預決未來吉凶的隱語。《說文解字》云：「『讖，驗也。』有徵

〔註29〕（唐）司空圖：《詩品二十四則》，北京：中華書局，1985年版，第4頁。

〔註30〕（宋）蘇軾：《評韓柳詩》，郭紹虞主編：《中國歷代文論選》（全四冊），上海：上海古籍出版社，2001年版，第304頁。

〔註31〕（宋）嚴羽：《滄浪詩話》，北京：中華書局，1985年版，第7頁。

〔註32〕（宋）敖陶孫：《敖器之詩話》，蔣祖怡、陳志椿主編：《中國詩話辭典》，北京：北京出版社，1996年版，第544頁。

〔註33〕季廣茂：《隱喻理論與文學傳統》，北京：北京師範大學出版社，2002年版，第108頁。

驗之書。河洛所出書曰讖。」〔註34〕《四庫全書總目提要》亦曰：「讖者，詭為隱語，預決吉凶。」〔註35〕近人顧頡剛的解讀則更為簡潔明瞭：「有一種預言，說是上帝傳給人們的，叫做讖。」〔註36〕由上論可見，讖是一種預言、寓言，是「上天告人」，言說中充滿主觀、象徵和暗示色彩，其隱語化表達的意味濃厚。而隱與詩評的結合，則產生了中國古代一種十分特殊的文學現象即詩讖，以讖解詩，它將讖，一種神秘的帶有預言和寓言性質的隱語，附會運用於文人的詩作中，即增加了詩歌的朦朧、不可捉摸性，亦應驗了讖言的神秘性、預言性和寓言性。研究者孫蓉蓉認為：「詩讖以句式整齊的詩歌形式，昭示或暗合了詩人的生死年壽和仕途窮達，成為中國古代詩歌的一種類型，在宋代的詩話和筆記中被歸為專門的一類。詩讖的出現，同古代詩歌的解讀、闡釋密切相關，而詩讖現象的背後，又有著中國古代思想意識、文化心態的深層積澱。」〔註37〕此言不虛，詩讖，是詩與讖的結合，其中既有詩的意味，又有讖的神秘性，其主要特徵是「立言於前，有徵於後。」〔註38〕與把詩歌作為時代政治興衰的謠讖相比，詩讖則呈現出更多個人化的色彩。在研究者吳承學看來，「謠讖所反映的是社會普遍的情緒與心態，與時代的現實政治關係極其密切，從謠讖可以考察出時代社會尤其是下層社會的集體意識；而詩讖則只反映出文人階層的某種心態，所關切的是某一個體的命運，基本上沒有什麼政治色彩。」〔註39〕由此可見，詩讖只是接受者在解詩的過程中人為創造的一種隱語，是說詩者於詩歌的本義之外人為地以某些詩句來暗合、附會創作者本人命運的天命學別解。即如《王直方詩話》所云：「人謂富貴不得言貧賤事，少壯不得言衰老，康強不得言疾病死亡，或犯之，謂之詩讖。」〔註40〕《世說新語・仇隙》中記載潘岳的「投分寄石友，白手同所歸」為詩讖比較早期的例證：

> 孫秀既恨石崇不與綠珠，又憾潘岳昔遇之不以禮。後秀為中書

〔註34〕（漢）許慎：《說文解字》，北京：中華書局，1963年版，第54頁。

〔註35〕（清）永瑢等：《四庫全書總目提要》，上海：商務印書館，1935年版，第655頁。

〔註36〕顧頡剛：《秦漢的方士與儒生》，上海：上海古籍出版社，2005年版，第88頁。

〔註37〕孫蓉蓉：《詩歌寫作與詩人的命運——論古代詩讖》，《學術月刊》，2010年5月，第104頁。

〔註38〕（南朝）范曄：《後漢書》，北京：中華書局，1965年版，第1912頁。

〔註39〕吳承學：《論謠讖與詩讖》，《文學評論》，1996年第2期，第108頁。

〔註40〕（宋）王直方：《王直方詩話》，郭紹虞主編：《中國歷代文論選》（全四冊），上海：上海古籍出版社，2001年版，第841頁。

令，岳省內見之，因喚曰：「孫令，憶疇昔周旋不？」秀曰：「中心藏之，何日忘之！」岳於是始知必不免。後收石崇、歐陽堅石，同日收岳。石先送市，亦不相知。潘後至，石謂潘曰：「安仁，卿亦復爾邪？」潘曰：「可謂『白首同所歸』！」潘《金谷詩集》云：「投分寄石友，白首同所歸。」〔註41〕

《世說新語》認為「乃成其讖」，即把此語作為潘岳與石崇最終共同走向刑場的詩讖。詩讖其實就是一種隱語，其最大的特點便是具有神秘性、預言性和寓言性，背後體現出的是中國傳統的天命論思想、語言禁忌觀念和「微言大義」的解詩傳統的深層影響，這種情況普遍存在於漫長的中國古代文學批評史上。

詩讖是運用特殊的語言文字符號來製作的，需要用盡可能模糊、含蓄、隱蔽的手法，對事物的發展趨勢作出預測。因此，詩讖大多根據語言文字的特點，挖空心思地把預測的結果鑲嵌在謠諺、詩詞韻語之中，似乎在冥冥之中已是命定，以造成一種神秘感。如在《紅樓夢》中，運用詩讖把天命、神靈、先知的預言文學化，更給整個作品塗上了一層神秘的傳奇色彩。《紅樓夢》第五回中《金陵十二釵》正冊、副冊的判詞都是對於小說中人物命運概括暗示的預言性詩讖；《紅樓夢》中一些人物所寫的詩或自製的謎語，如林黛玉所寫的《葬花吟》《秋窗風雨夕》等都似乎在隱射著人物自身的悲劇命運。總之，詩讖站在「天道」或「神道」角度，用讖學方法闡釋詩歌及其相關人物命運，摻雜進了超越詩歌本意而成為說詩者穿鑿附會後所津津樂道的「言外之意」，大大增強了詩論本身的內在蘊涵和餘味，因此我們說其在品詩論藝方面的隱喻性特質是不言而喻的。

第二節　「詩言志」觀與古代隱語流變的雙關性

一、「詩言志」觀的內涵及流變

「詩言志」不僅是中國詩學的核心內容，甚至也可看作中國文學的元命題之一。朱自清《詩言志辨·序》即把「詩言志」作為中國詩學「開山的綱領」〔註42〕來看待，足見其在中國古典詩學研究中的分量之重。古代關於「詩言志」的表述最早可追溯至《尚書·堯典》：

〔註41〕（南朝宋）劉義慶著，（清）徐震堮校箋：《世說新語校箋》，北京：中華書局，1984年版，第493頁。

〔註42〕朱自清：《詩言志辨》，南京：鳳凰出版社，2008年版，第6頁。

帝（舜）曰：「夔，命汝典樂，教冑子。直而溫，寬而栗，剛而無虐，簡而無傲。詩言志，歌永言，聲依永，律和聲。八音克諧，無相奪倫，神人以和。」夔曰：「於，予擊石拊石，百獸率舞。」〔註 43〕

《尚書》之真偽聚散極其複雜曲折，據顧頡剛等考證，《堯典》最早也是戰國時才有的書。據此，「詩言志」觀的出現當不晚於戰國時期。《左傳．襄公二十七年》有「詩以言志」〔註 44〕的說法，《莊子．天下篇》曰：「《詩》以道志」〔註 45〕，《荀子．儒效篇》亦曰：「《詩》言是，其志也。」〔註 46〕，孟子倡導「以意逆志」〔註 47〕，彼時較為流行的賦詩言志、陳詩獻志、采詩引志等，皆意在強調詩的社會功能。這裡的「志」雖然包涵一定的情感內容，但這情感卻逃不掉服從政治需要。以政教之用角度論詩在漢代風氣尤甚。《詩大序》云：

詩者，志之所之也。在心為志，發言為詩。情動於中，而形於言。言之不足，故嗟歎之；嗟歎之不足，故永歌之；永歌之不足，不知手之舞之，足之蹈之也。〔註 48〕

《詩大序》主張「在心為志」，認識到了「志」乃創作者「心中所藏」的性質，這豐富的內心世界裏自然也包涵著情感的因素，以至於「情動於中，而形於言。」《詩大序》還提出詩具有「吟詠情性」的特徵，可以說在中國古代文學理論史上第一次把傳統的「詩言志」說與詩的抒情性質統一起來。但《詩大序》同時強調詩歌必須「發乎情，止乎禮義」〔註 49〕，強調「以詩言志」達到「經夫婦，成孝敬，厚人倫，美教化，移風俗」〔註 50〕的政教之用。這種重

〔註 43〕（清）阮元校刻：《十三經注疏．尚書正義》，北京：中華書局，1980 年版，第 119 頁。

〔註 44〕（清）阮元校刻：《十三經注疏．春秋左傳正義》，北京：中華書局，1980 年版，第 1995 頁。

〔註 45〕（戰國）莊子著，（清）王夫之解：《莊子解》，北京：中華書局，1964 年版，第 15 頁。

〔註 46〕（戰國）荀卿著，（清）王先謙集解：《荀子集解》，北京：中華書局，1981 年版，第 43 頁。

〔註 47〕（清）阮元校刻：《十三經注疏．孟子正義》，北京：中華書局，1980 年版，第 2710 頁。

〔註 48〕（清）阮元校刻：《十三經注疏．毛詩正義》，北京：中華書局，1980 年版，第 261 頁。

〔註 49〕（清）阮元校刻：《十三經注疏．毛詩正義》，北京：中華書局，1980 年版，第 262 頁。

〔註 50〕（清）阮元校刻：《十三經注疏．毛詩正義》，北京：中華書局，1980 年版，第 262 頁。

文學的政治教化之用是儒家思想一以貫之的顯著特點。朱光潛對此評價說：「就大體說，全部中國文學後面都有中國人看重實用和道德的這個偏向做骨子。這是中國文學的短處所在，也是它的長處所在；短處所在，因為它箝制想象，阻礙純文學的儘量發展；長處所在，因為它把文學和現實人生的關係結得非常緊密，所以中國文學比西方文學較淺近、平易、親切。」〔註 51〕劉若愚則評說得更為徹底：「從公元二世紀儒學在中國意識形態中正統地位的確立直到二十世紀初，實用的文學觀念一直是神聖不可侵犯的，甚至於那些本來信奉其他觀念的批評家都很少有人敢公開對它加以否定，他們只能一方面在口頭上擁戴它，一方面在實際上將注意力集中於其他文學觀念，或者對孔子的話另作解釋以為自己的非實用理論提供依據，再不然就乾脆在發展其他觀念時對實用主義保持沉默。」〔註 52〕過分強調「詩言志」的詩歌教化功能，對詩歌的審美功能有意無意地加以忽略或「保持沉默」，一直是古代研究者對「詩言志」觀的慣常闡釋策略甚至發展成為一種傳統。

在崇尚文學自覺的魏晉南北朝時期，陸機《文賦》提出「詩緣情而綺靡」〔註 53〕說，開啟了詩的審美世界。此一時期，詩歌的文學本體特性得以被重視，以至於此時產生的諸多評文論詩的觀念恐怕已非一個「詩言志」就能簡單涵蓋。如嵇康《與山巨源絕交書》中的「目送飛鴻」「遊心太玄」的恬淡意趣恐怕很難用「言志」來概括；陶淵明《飲酒・五》「此中有真意，欲辨已忘言」的詩風，更非一個志或情所能盡其涵義。曹丕、劉勰、鍾嶸等一大批詩論家及其「文以氣為主」〔註 54〕「神與物遊」〔註 55〕「滋味」論詩等觀念詩學的更新以及一大批詩人個性化的詩歌創作交匯成流，沖決了儒家政教詩學觀築就的大堤。從漢代「詩言志」觀到魏晉南北朝的「詩緣情」說，從政治教化到人性解放、文學獨立、審美自在，人們對詩的特性的認識也在不斷深化。

唐代是中國政治、經濟、文化發展的一個高峰。這一時期，既不乏「黃

〔註 51〕朱光潛：《朱光潛全集》，合肥：安徽教育出版社，1987 年版，第 297 頁。

〔註 52〕（美）劉若愚著，田守真、饒曙光譯：《中國的文學理論》，成都：四川人民出版社，1987 年版，第 162～163 頁。

〔註 53〕（晉）陸機：《文賦》，郭紹虞主編：《中國歷代文論選》（一），上海：上海古籍出版社，2001 年版，第 171 頁。

〔註 54〕（魏）曹丕：《典論・論文》，郭紹虞主編：《中國歷代文論選》（一），上海：上海古籍出版社，2001 年版，第 158 頁。

〔註 55〕（南朝梁）劉勰著，范文瀾注：《文心雕龍注》，北京：人民文學出版社，1962 年版，第 493 頁。

河之水天上來，奔流到海不復還」的豪情與浪漫，也多有「明月松間照，清泉石上流」的恬淡意境和韻外之致，從初唐到盛唐再到中晚唐，有唐一代儒釋道思想在不同時期的相融與對衝，讓唐代的文藝思潮和詩學理論走向了截然有別又各領風騷的兩條道路：一派重興寄、主風骨，承繼的是《詩經》、漢樂府以來的儒家現實主義詩教傳統，以陳子昂、殷璠、杜甫、韓愈、柳宗元、元稹、白居易、皮日休等為代表，是「為人生而藝術」的一派；一派受佛老思想浸潤，重興象、主神韻，為文賦詩講究「韻外之致」「言外之意」「味外之旨」「象外之象」，以王昌齡、王維、釋皎然、司空圖等為代表，是「為藝術而藝術」的一派。由此而言，有唐一代，「詩言志」觀與「詩緣情」說，各有其繼續生發存在的基礎，並且兩者之間也並非各不相干、獨立發展，而是在相互影響之下，共同把詩歌言志抒情的特性更加發揚光大了。唐代孔穎達主張將情、志合而為一，「在己為情，情動為志，情、志一也」〔註 56〕。隨著儒釋道思想的相互融合和影響，即便是作為儒家詩教的「詩言志」已並非是單純的道德倫理的教化，而更注重審美原則基礎上的情感性陶冶與淨化。尤其是隨著佛老思想的傳播與繁盛，晚唐「以禪論詩」長足發展，使中國詩歌別具特色。司空圖在《詩品二十四則．雄渾》中開宗明義地提出「超以象外，得其環中」〔註 57〕的詩學觀念，其在《與極浦書》中說：「戴容州云：『詩家之景，如藍田日暖，良玉生煙，可望而不可置於眉睫之前也。』象外之象，景外之景，豈容易可談哉！然題紀之作，目擊可圖，體勢自別，不可廢也。」〔註 58〕主張作詩要追求「象外之象」「景外之景」的境界；其在《與李生論詩書》中又提出詩家要追求「韻外之致」〔註 59〕，都是希望詩人不要直露感情，而是要通過創造各種意象，讓人通過意象起興引發聯想，從而領會詩的意味，進一步豐富了「詩言志」的美學內涵。

隨著宋元以來商品經濟的發展，娛樂、消遣、市民情趣的勃興，「詩緣情」說得以充分張揚，相較而言「詩言志」說則更為趨向黯淡、在文壇失去

〔註 56〕（清）阮元校刻：《十三經注疏．毛詩正義》，北京：中華書局，1980 年版，第 265 頁。

〔註 57〕（唐）司空圖：《詩品二十四則》，北京：中華書局，1985 年版，第 1 頁。

〔註 58〕（唐）司空圖：《與極浦書》，郭紹虞主編：《中國歷代文論選》（二），上海：上海古籍出版社，2001 年版，第 201 頁。

〔註 59〕（唐）司空圖：《與李生論詩書》，郭紹虞主編：《中國歷代文論選》（二），上海：上海古籍出版社，2001 年版，第 196 頁。

擁躉。湯顯祖《牡丹亭・題詞》大力張揚性情，提出「情不知所以，一往情深」〔註60〕說，認為「情」既可以由生到死，亦可由死而生，被賦予了至高無上的魔力。李贄的「童心說」、湯顯祖的「唯情說」、公安派的「性靈說」，以及「情」「趣」「真心」「靈氣」「膽」等美學範疇，衝破了儒家詩教觀的藩籬，溫柔敦厚的「詩言志」被熱情飽滿的「情」所代替，「理」難盛「情」，「詩言志」失去了最後的底線。

合觀中國歷代研究者之於「詩言志」觀的闡釋可見，「詩言志」觀與「詩緣情」說相對而立，呈現出高低起伏的波浪式發展。「詩言志」多與懷抱相關，是儒家政治哲學的文學化表達，而「懷抱」與「禮」多具有不可分性，即同古代社會政教人倫相關聯的特定情意指向，故「言志」實與「載道」無異。朱自清在《文學的標準與尺度》一文中將此觀點闡述得更為直截明瞭：「載道或言志的文學以『儒雅』為標準，緣情與隱逸的文學以『風流』為標準。有的人『達則兼濟天下，窮則獨善其身』，表現這種情志的是載道或言志。……有的人縱情於醇酒婦人，或寄情於田園山水，表現這種種情志的是緣情或隱逸之風。」〔註61〕再者，「……但是看歷代文學的發展，中間還有許多變化。即如詩本是『言志』的，陸機卻說『詩緣情而綺靡』。『言志』其實就是『載道』，與『緣情』大不相同。陸機實在是用了新的尺度。」〔註62〕朱自清將「詩言志」與「詩緣情」界定為中國古代詩學中前後興起的新老兩個傳統，並明確指出「言志」跟「緣情」的截然不同，不能混為一談，可謂有識之見。因為，只有將「志」同泛漫的「情」劃分開來，才能確切地把握中國詩學的主導精神。對於這一點，筆者也是當信無疑的。

二、「詩言志」觀的時代更迭與古代隱語流變的互應

正如中國古代歷史發展的長河並非直線流淌一樣，這中間總有高峰有低谷，有激湍亦有緩流，「詩言志」觀在古代亦經歷了高低起伏的曲線發展，當它成為時代主流時，為這種時代語境所籠罩的整個文壇都呈現出強烈的詩教意味；而當它成為時代支流時，詩教意味趨淡，各種文體的本體特色和審美功能則愈發彰顯。受「詩言志」觀時代更迭的影響，古代隱語發展在不同的時代

〔註60〕（明）湯顯祖著，徐朔方、楊笑梅校注：《牡丹亭》，上海：古典文學出版社，1958年版，第1頁。

〔註61〕朱自清：《詩言志辨》，南京：鳳凰出版社，2008年版，第194頁。

〔註62〕朱自清：《詩言志辨》，南京：鳳凰出版社，2008年版，第194頁。

語境下也變異出了風格迥異的個性化特色。為呈現這種內在關聯，筆者特截取先秦兩漢、魏晉南北朝和晚明時期等幾處關鍵時間節點為例進行考察。見表 3：

表 3：「詩言志」觀流變與隱語類型的對應關係圖

時　段	「詩言志」觀的流變	對應的隱語特徵與類型
先秦兩漢時期	強調「詩以言志」 「發乎情，止乎禮義」 達到「經夫婦，成孝敬，厚人倫，美教化，移風俗」的政教之用	凸顯上層建築的政教之用。 密言型、測智型、諧謔型和譎諫型四類，其中最為普遍且為數眾多的當為譎諫類隱語。
魏晉六朝時期	強調「詩以緣情」 從政治教化到人性解放、文學獨立、審美自在。	古代隱語的審美、娛樂功能轉換。
	陸機「詩緣情而綺靡」說 鍾嶸以「滋味」論詩 曹丕「文以氣為主」論	謎語的產生。
晚明時期	強調反「志」抗「理」 溫柔敦厚的「詩言志」被熱情飽滿的「情」所代替，「理」難盛「情」，「詩言志」失去了最後的底線。	輯錄隱語行話的專集盛行。隱語表現出從廟堂到在民間的大量應用。
	李贄的「童心說」 湯顯祖的「唯情說」 公安派的「性靈說」 湯顯祖「志也者，情也」說	新的隱語類型，如行話、黑話、市井生活隱語等的大量湧現。

（一）「詩言志」觀對先秦兩漢隱語的影響：凸顯上層建築的政教之用。

先秦兩漢時期，是「詩言志」觀的形成和定型時期。孔子是「詩言志」觀的極力倡導者。他在編訂《詩經》時即提出「詩三百，一言以蔽之，曰思無邪」〔註 63〕的觀點，朱熹將「思無邪」解讀為「此詩之立教如此，可以感發人之善心，可以懲創人之逸志。」〔註 64〕孔子的詩論觀呈現出強烈的政教意味，而且直接影響了漢代對《詩經》的解讀風氣。朱自清說：

> 孔子以「無邪」論詩，影響後世極大。《詩大序》所謂「正得失」，

〔註 63〕（清）阮元校刻：《十三經注疏．論語注疏》，北京：中華書局，1980 年版，第 2461 頁。

〔註 64〕（宋）黎靖德編，王星賢點校：《朱子語類》（第二冊），北京：中華書局，1986 年版，第 538 頁。

所謂「先王以是經夫婦，成孝敬，厚人倫，美教化，移風俗」，所謂「發乎情，止乎禮義」，都是「無邪」一語的注腳。《毛詩》、《鄭箋》的基石，可以說便是這個意念。〔註 65〕

自漢武帝「罷黜百家、獨尊儒術」之後，「詩言志」的儒家政教思想在漢代獲得了空前地位，成為當時文人士子們自覺的創作規範和批評準繩，成為那個時代一股獨領風騷的強大文學創作風氣。受此影響，先秦兩漢時期的隱語也凸顯出了濃烈的政教意味。縱觀古代典籍記載，此一時期的隱語主要可分為密言型、測智型、諧謔型和諷諫型四類。其中最為普遍且為數眾多的當為諷諫類隱語。《文心雕龍・諧隱》篇歷舉「華元棄甲，城者發『睅目』之謳」、「臧紇喪師，國人造『侏儒』之歌」、「還社求拯於楚師，喻眢井而稱麥麴」、「叔儀乞糧於魯人，歌佩玉而呼庚癸」、「伍舉刺荊王以大鳥」、「齊客譏薛公以海魚」、「莊姬託辭於龍尾」、「臧文謬書於羊裘」等廣為流傳的多個早期隱語故事，這八則隱語中，其中「睅目之謳」「侏儒之歌」「還社求拯於楚師」「叔儀乞糧於魯人」四則隱語當為密言型隱語，而其餘四則是諷諫型隱語。八則隱語密言與諷諫類各占半壁江山，可見密言型與諷諫類隱語或是那個時候較為主流的隱語類型。縱觀四則密言型隱語，幾乎都與軍國或外交大事相關，可推見隱語在當時上層建築的廣泛應用當是毋庸置疑的事實。而四則諷諫型隱語，更是非常生動地記錄了當時宮廷裏臣子們進諫大王的具體情況，這在當時是非常流行的。近世學者錢南揚在《謎史》中即一針見血地指出：「蓋古人隱語，大都意在諷諫。」〔註 66〕陸滋源在《中華燈謎研究》中認為，之所以諷諫類隱語在當時較為流行，是因為「當時列國諸侯多暴戾乖舛，親讒佞，好遊宴，立邪偽，拒忠諫，直諫者往往被處死，因而諫者不得不在進諫的方式上下工夫。用隱語進諫，是比較好的一種方式，至少對進諫時的緊張氣氛可起一些緩和作用。」〔註 67〕漢儒解《詩經》可以「正得失」，其「詩言志」觀亦即「頌和諷」，亦即後世之「美刺」說，宣上德（上言下）為美，抒下情（下言上）為刺，諷諫類隱語即是下言上之過，是為諷或刺，其政教意味不言自明。

《文心雕龍・諧隱》云：「至東方曼倩，尤巧辭述。」〔註 68〕錢南揚亦云：

〔註 65〕朱自清：《詩言志辨》，南京：鳳凰出版社，2008 年版，第 77 頁。

〔註 66〕錢南揚：《謎史》，上海：上海文藝出版社，1986 年版，第 6 頁。

〔註 67〕陸滋源編：《中華燈謎研究》，南京：江蘇科技出版社，1986 年版，第 9 頁。

〔註 68〕（南朝梁）劉勰著，范文瀾注：《文心雕龍注》，北京：人民文學出版社，1962 年版，第 273 頁。

「至漢東方朔，漸開後世諧讔之端矣。」〔註 69〕二人所指不外當時的諧讔類隱語。東方朔何許人也，他在漢武帝時期官拜太中大夫，以近侍身份與漢武帝君臣相伴多年。劉勰雖評價其「謬辭詆戲，無益規補」，但據《漢書・東方朔傳》記載，東方朔其實經常利用其接近漢武帝的機會，察言觀色，一有機會便婉言進諫。在修上林苑之事上諫武帝戒奢恤民，在昭平君殺人之事上諫武帝公正執法，在主人翁事件上諫武帝矯枉風化。諸如此類，不一而足。所以說，即便是諧讔類隱語，亦不乏譎諫之意，正如朱光潛在《詩論》中所言：「隱常與諧合……諧都有幾分惡意，隱與文字遊戲可以遮蓋起這點惡意，同時要叫人發現嵌合的巧妙，發生驚贊。不把注意力專注在所嘲笑的醜陋乖訛上面。」〔註 70〕其實在朱光潛看來，諧讔的最終目的並非嘲笑醜陋乖訛，而在於隱，把諷喻之義藏於詼諧的言辭當中。測智類隱語，用陸滋源的話說，是密言型隱語應用於軍國以後出現的一種新的形式。《國語・晉語五》所載「秦客廋詞於朝」的故事就是歷史上典型的測智類隱語：

> 范文子暮退於朝。武子曰：「何暮也？」對曰：「有秦客廋辭於朝，大夫莫之能對也，吾知三焉。」武子怒曰：「大夫非不能也，讓父兄也。」……擊之以杖，折委笄。〔註 71〕

令人遺憾的是，作者在文中並沒有正面描述當時鬥智的熱鬧場面，只是簡單地記錄了「秦客廋詞於朝」這回事以及范文子與其對弈的結果，這就是國與國在外交領域的政治博弈，在這裡隱語並不僅僅是作為一種簡單的測智工具，其中更包含著鬥智雙方隱秘詭譎的政治角力。難怪朱光潛說：「一個國家有會隱語的臣子，在壇坫樽俎間便可取得外交勝利，范文子猜中了秦客的三個謎話，史官便把它大書特書。」〔註 72〕

綜上所述，無論是密言型、譎諫型、諧讔型還是測智型隱語在先秦時期，被過度強調其政教之用當是毫無異議的。

殆至兩漢，在詩學方面一個十分引人注目的現象，即早期用於巫卜的預言讖語，也可看作初期隱語的存在形態，且多以詩歌形式出現的謠讖、詩讖，在讖緯之學的影響下，變得更為流行。吳承學在《中國古代文體形態研究》一書

〔註 69〕錢南揚：《謎史》，上海：上海文藝出版社，1986 年版，第 6 頁。

〔註 70〕朱光潛：《詩論》，北京：生活・讀書・新知三聯書店，1984 年版，第 33 頁。

〔註 71〕（春秋）左丘明著，（吳）韋昭注：《國語》，上海：商務印書館，1935 年版，第 118 頁。

〔註 72〕朱光潛：《詩論》，北京：生活・讀書・新知三聯書店，1984 年版，第 31 頁。

中將讖緯之學的哲學基礎歸源於戰國後期的陰陽五行之學，其主要目的亦即文體功能主要在於「用五行思想對於政權更迭、改朝換代的歷史現象作出神秘主義的解釋。」〔註 73〕而以詩歌形式出現的謠讖，因為便於傳播影響也最大，它們往往假託天命或神意，預示著上天對於未來國家、政治乃至人事的安排，其本身就是一種對於未來帶有應驗性質的隱語。漢代的謠讖，作為隱語的一種重要的時代樣式，因其能夠被非常巧妙地運用於國家政治舞臺，且頗具神秘主義色彩而產生蠱惑人心的力量，在有漢一代可謂大行其道。這一方面可以看作隱語與詩歌之間存在較強內在關聯性的明證，同時也再次凸顯出先秦兩漢時期隱語強烈的政教之用。

（二）「詩緣情」對魏晉南北朝謎語的影響：古代隱語的審美、娛樂功能轉換。

魏晉南北朝時期，中國古代詩學為之一變。在此之前，中國詩學可以說是「詩言志」觀的大一統，尤其及至漢代董仲舒「罷黜百家、獨尊儒術」之後，「詩言志」的儒家治經思維獲得了空前的官方認可，趨於一尊。但到了東漢末年的社會政治大變亂，統一國家開始分崩離析，個人的努力和作用變得重要，這是一個「亂世出梟雄」的時代。朱自清說：「漢末，社會上個人地位漸高。文學上，作者地位高，作者的個別性被人注意。」〔註 74〕其實不但作者個性得以彰顯，連文體的分別也被注意到，用魯迅的話說，這是一個「文學的自覺時代，或如近代所說是為藝術而藝術的一派。」〔註 75〕這是他在評價曹丕「詩賦欲麗」「文以氣為主」等觀念時而生發出來的主張。受這一新的創作觀念澤被，其直接導致的結果就是，作品漸多，作者也多，而文學批評也隨之出現。朱自清說：「作者的生活是多方面的，他們除政治活動外，仍發展其他生活，而且自覺地去發展。在文學作品上有所表現，而在文學批評上亦有『緣情說』的興起。還有因不能在政治上有所發展而發展其他方面的，如清談等。『緣情說』就是在這個背景下產生的。」〔註 76〕

〔註 73〕吳承學：《中國古代文體形態研究》，廣州：中山大學出版社，2000 年版，第 25 頁。

〔註 74〕朱自清著，劉晶雯整理：《朱自清中國文學批評研究講義》，天津：天津古籍出版社，2004 年版，第 37 頁。

〔註 75〕魯迅：《而已集》，北京：人民文學出版社，1973 年版，第 84 頁。

〔註 76〕朱自清著，劉晶雯整理：《朱自清中國文學批評研究講義》，天津：天津古籍出版社，2004 年版，第 37 頁。

「緣情說」出自陸機《文賦》「詩緣情而綺靡，賦體物而瀏亮。」〔註 77〕其實曹丕的「詩賦欲麗」已經透出了新的氣息，他主張詩賦不必寓教訓，反對當時那些寓訓勉於詩賦的見解，這與先秦兩漢一貫主張的「詩言志」說已呈現出迥然不同的風貌了。這一時期的人們已經開始注意從審美的，而不再主要是從政教的、倫理的、道德的角度來體察文學的性質和存在的意義。

與此風氣相呼應，此一時的隱語也一改從前過分強調政教之用的功利性論調，開始向本體的審美和娛樂功能轉換。其中最鮮明的標誌即作為隱語之變體——謎語的產生，並與當時之文學深度融合，這與隱語開始時用於密言和測智，一度為仕宦所必讀，因而格調嚴肅是大為迥異的。此時的謎語或是「體目文字」或是「圖像品物」，崇尚「纖巧以弄思，淺察以衒辭」，連蕭統《昭明文選》論及文章之取捨標準亦主張「事出於沉思，義歸乎翰藻」〔註 78〕，這類文字自然可供娛玩之用。朱自清分析這種「娛玩之用」當包括「入耳悅目」「妍巧」和「情靈搖盪」〔註 79〕三個方面，言涉的皆不外乎文章之審美和娛樂功能。廣義的文章是這樣，謎語自然也不例外。此時的謎語一方面與文學深度融合，一方面也開始摻進諧的成分，「隱與諧合」，使得謎語先天就帶有娛樂性、趣味性的內在因子。關於謎語的娛樂性，前述章節已多有論及，在此不贅。

謎語與文學的深度融合，體現出了謎語的審美特質，最直接的表現當是對文字技巧的高度重視。這時，文字技巧已經不再從屬於某種外在的功能或目的，其本身即對象和目的。李敬信在《中國的謎語》中認為，隱語到魏晉南北朝時逐漸發展出了賦體隱和離合兩支，「隱語經過賦體和離合的分流，再過渡到謎，一開始就孕育著『事物』與『文義』的雙胎。」〔註 80〕此時無論是賦體隱，亦即事物謎的鋪采文字、巧設謎面，抑或是文義謎的基本取法於離合與諧音，都離不開對文字技巧的高度依賴，字形、聲音、意義都成為了一種可供獨立欣賞和玩味的對象。較有代表性的有樂府詩迷《槁砧今何在》、

〔註 77〕（晉）陸機：《文賦》，郭紹虞主編：《中國歷代文論選》，（全四冊），上海：上海古籍出版社，2001 年版，第 171 頁。

〔註 78〕（南朝梁）蕭統著，（清）胡紹煐箋證：《昭明文選箋證》（第 3 冊），揚州：江蘇廣陵古籍刻印社，1982 年版，第 12 頁。

〔註 79〕朱自清著，劉晶雯整理：《朱自清中國文學批評研究講義》，天津：天津古籍出版社，2004 年版，第 39～40 頁。

〔註 80〕李敬信主編：《中國的謎語》，北京：中國國際廣播出版社，2011 年版，第 24 頁。

孔融的《郡姓名字詩》、「曹娥碑題詞」、鮑參軍的「井」「龜」「土」三字謎和「箸謎」等。其中樂府詩迷《槁砧今何在》巧用離合與諧音雙關兩種製謎方式，描寫的是妻子思念遠出丈夫的心情，全詩隱「夫出半月還」五字，為謎中典範。此謎言民間男女相思之情，這樣的例子在魏晉六朝時期舉不勝舉，與先秦兩漢隱語多言陳國政大事迥然有別，倒有些「此時精神不在馬背在人心」的感覺了。

（三）唐宋以後兩股力量異軍突起並波及文學領域，一是商品經濟的發展，行市繁盛，傳奇、話本小說、雜劇、曲辭等民間文學呈現勃勃生機；二是禪宗思想的興起，導致以比喻論文評詩的意象批評漸次流行，「詩言志」觀遭遇波峰與低谷：新的隱語類型（行話、黑話）的湧現，隱語呈現出從廟堂到在民間的大量應用。

晚唐時代，以惠能為代表的禪宗崛起，幾乎取代了佛教其他宗派。禪宗傳播佛學，多以比喻為尚，使先秦以降中國文學理論批評中的意象批評又從佛教象喻之中獲得新的激素而得以發揚光大。唐人如皇甫湜《諭業》之論文，舊題司空圖《二十四詩品》等之論詩，皆以形象化的比喻出之，成為意象批評的典範之作。宋人又以禪喻詩，以禪論詩，形成一代風尚。

晚明時期，不僅是中國詩學觀念大變革的一個特殊時段，也是中國古代農業社會的一大反轉，資本主義的萌芽，商品經濟的頗為發達和市民階層的逐漸壯大。此時文學、思想界的潮流湧動，劉文忠把它描述為「程朱理學日益失去桎梏人心的作用。王陽明的『心學』已與程朱理學形成對抗……要求衝破封建禮教的羅網和孔孟之道的束縛，向著個性解放的道路上迅跑，他們充分肯定自我，肯定人情物慾，這是一股不可遏制的新思潮，明代後期文學上要求『新變』的呼聲，正是這種新思潮在文學批評領域的反映。」〔註81〕

如此，導致此一時期文藝呈現出最重要的兩大特點，李澤厚在《美的歷程》裏概括得十分透徹明瞭：一是市民文藝的勃興，表現的是日常世俗的現實主義；二是表現為反抗偽古典主義的浪漫主義的洪流。無論是市民文藝的勃興還是浪漫主義的洪流，都是對「詩言志」觀的沖決，「情」在晚明對「志」形成了壓倒性的優勢，被推崇抬高到了無以復加的至尊地位。無論是徐渭在批判復古模擬的基礎上主張「真情」「自得」與獨創，還是李贄的「童心說」、湯顯祖

〔註81〕劉文忠：《正變．通變．新變》，南昌：百花洲文藝出版社，2005年版，第323頁。

的「至情說」、公安派的「獨抒性靈」，都是以對「詩言志」傳統詩論觀念的反叛者姿態而出現在晚明文壇並產生重要影響的。

這股思潮當然也影響到這一時期隱語出現的兩個重要變化：隱語出現了從廟堂到在民間的大量應用，在當時流行的古典小說、戲曲中多有反映，此其一；產生了一些新的隱語類型，行話、黑話大量湧現，此其二。

縱觀此一時期的作品，無論小說抑或戲曲，諸如「三言兩拍」、《古今奇觀》、《金瓶梅》、《水滸傳》、《西廂記》等，都是「極摹人情世態之歧，備寫悲歡離合之致」。其中一個流行而突出的主題，則是對世俗男女之間性愛關係描寫的不吝筆墨。自然，關於男女性愛的隱語在明代的文學作品中也就琳琅滿目、舉不勝舉。在被譽為整個作品裏充溢著相當強烈的現實氣息的明代最優秀的作品《金瓶梅》中，此類性質的隱語堪稱一大奇觀。比如：用「扒灰」隱指亂倫；用隱語「挨光」暗指男女調情，「怎的是挨光？如俗呼偷情就是了」（第三回），用隱語「放羊拾柴」指任妻子偷漢的人，「誰不知他漢子是個明忘八，又放羊，又拾柴」（第六十一回），其中男女生殖隱語更是花樣迭出。這種極富世俗性的市井隱語在其他同類小說中也很常見。如在《醒世恒言》中，就把男女調情稱作「研光」，「若只如此空研光，眼飽肚饑，有何用處」（卷一十六），而在《古今小說》中則被稱為「調光」，「為甚的做如此模樣？元來調光的人，只在初見之時，就便使個手段」（卷二十三）。除了與世俗男女性愛相關的隱語以外，明代的小說、戲曲中，頗具生活氣息的市井行話更是一大特色。此時輯錄隱語行話的專集多了起來，如由明代風月友撰輯的《金陵六院市語》即以生動流暢的文辭輯釋了大量當時青樓常用隱語，而《六院匯選江湖方語》更是明代社會諸行百業的市語、行話、江湖黑話的大彙集，從儒家正統的眼光來看，這些隱語都存在「本體不雅」的弊病，但在市井街巷、勾欄瓦舍縱橫的晚明社會，這裡的思想、意念、主題、人物、故事，早已不同於上層文人士大夫的雅逸傳統，它是雅俗共賞甚至是以俗為能事的，而這正是它的價值之所在。正如李澤厚所言：「儘管這裡充滿了小市民種種庸俗、低級，淺薄無聊，儘管這遠不及上層文人士大大藝術趣味那麼高級、純粹和優雅，但它們倒是有生命活力的新生意識，是對長期封建王國和儒學正統的侵襲破壞。它們有如《十日談》之類的作品出現於歐洲文藝復興時代一樣。」〔註 82〕

〔註 82〕李澤厚：《美的歷程》，天津：天津社會科學院出版社，2001 年版，第 310 頁。

第三節　隱語與趣、味、境、象的詩學追求

中國古典詩歌之所以呈現出含蓄蘊藉、寓意婆娑的審美特質，實與古代詩人對趣、味、境、象等詩風的執著追求密切相關，亦造就了「趣」「味」「境」「象」「韻」等獨具中國文化特色的審美範疇，各種範疇歷時發展，相互補充，相互影響，共同構築起了中國古典詩歌歷時發展的內在演進軌跡。歷數這些詩歌範疇的前後演進及其相互生發與影響，我們不難發現：古代隱語對其影響是一以貫之的，作為一種內在作用力，亦造就了中國古典詩風追求強烈的隱語化特色。

一、隱語與詩之「意象」

自古至今，不乏研究者把意象和聲律看作是中國古典詩歌最基本的審美單元，認為中國古典詩歌是由意象與聲律組成的有意味的、充滿韻律感的一種藝術形式。《文心雕龍·神思》篇云：「使玄解之宰，尋聲律而定墨；獨照之匠，窺意象而運斤：此蓋馭文之首術，謀篇之大端。」〔註 83〕劉勰把「尋聲律而定墨」和「窺意象而運斤」作為馭文謀篇的首要準則，意象與聲律在詩歌創作中的重要意義不言而喻。明代王世懋《藝圃擷餘》在論盛唐詩時也說：

> 予謂學于鱗不如學老杜，學老杜尚不如學盛唐。何者？老杜結構自為一家言，盛唐散漫無宗，人各自以意象、聲響得之。〔註 84〕

詩歌講求意象、聲響與劉勰主張詩歌創作要「尋聲律而定墨」和「窺意象而運斤」不謀而合。而對於詩歌意象與聲律兩者關係研究最多的莫過於明代的胡應麟。他在《詩藪》中反覆論及「興象風神」與「格律聲調」之要義，「興象」實即「意象」之謂。如：

> （1）古詩之妙，專求意象。（《詩藪》內編卷一）〔註 85〕
>
> （2）作詩大要不過二端，體格聲調、興象風神而已。體格聲調有則可循，興象風神無方可執。……譬則鏡花水月，體格聲調，水與鏡也；興象風神，月與花也。必水澄鏡朗，然後花月宛然。詎容昏鑒濁流，求睹二者？！《詩藪》內編卷五）〔註 86〕

〔註 83〕（南朝梁）劉勰著，范文瀾注：《文心雕龍注》，北京：人民文學出版社，1962 年版，第 493 頁。

〔註 84〕（明）王世懋：《藝圃擷餘》，（清）何文煥輯：《歷代詩話》，北京：中華書局，1981 年版，第 778 頁。

〔註 85〕（明）胡應麟：《詩藪》，北京：中華書局，1958 年版，第 1 頁。

〔註 86〕（明）胡應麟：《詩藪》，北京：中華書局，1958 年版，第 82 頁。

（3）蓋作詩大法，不過興象風神、格律聲調。格律卑陬，音調乖舛，風神興象，無一可觀，乃詩家大病。（《詩藪》外編卷一）〔註87〕

（4）詩家借景立言，惟在聲律之調、興象之合，區區事實，彼豈暇計？（《詩藪》外編卷四）〔註88〕

胡應麟將「興象」與「聲律」作為古人作詩大要之二端，頗有識見，縱觀中國古典詩歌在審美上的主要特色，不外有二，一是追求以象寫意，作用於視覺，於有限的象傳遞無限的蘊意；二是注重押韻合轍，著力於聽覺，讀中國詩宛如聽像一曲曲流動的音樂。中國古代最早關注意、象關係的有「言象意之辨」，語出《易經·繫辭上》：子曰：「書不盡言，言不盡意。然則聖人之意，其不可見乎？」子曰：「聖人立象以盡意，設卦以盡情偽，繫辭焉以盡其言。」〔註89〕之後的王弼《周易略例·明象篇》又云：「夫象者，出意者也；言者，明象者也。盡意莫若象，盡象莫若言。」〔註90〕關於詩歌創作中「言象意」的關係，清代袁枚《遣興》一詩說得更加明瞭：

但肯尋詩便有詩，靈犀一點是吾師。夕陽芳草尋常物，解用都為絕妙詞。〔註91〕

此處「靈犀一點」代指詩人之「心」，也就是「意」，「夕陽芳草」則概指具體的「象」，「意」「象」到了詩歌作品裏面也就有了「絕妙詞」。以意象論詩在中國古代詩學的長河中可謂代不乏人，傳衍賡續，成為一種極有影響力的論詩傳統。如：宋代劉克莊的《後村詩話》以「音節聱牙，意象迫切」〔註92〕批評當時江西詩派的拗戾詩風；金人元好問讚揚蘇軾的詞「真有『一洗萬古凡馬空』意象」〔註93〕；明代李東陽贊晚唐詩人溫庭筠的《早行》詩中的名句「雞聲茅店月，人跡板橋霜」「意象具足」〔註94〕；明末清初陸時雍《詩鏡總論》

〔註87〕（明）胡應麟：《詩藪》，北京：中華書局，1958年版，第125頁。

〔註88〕（明）胡應麟：《詩藪》，北京：中華書局，1958年版，第182頁。

〔註89〕（清）阮元校刻：《十三經注疏·周易正義》，北京：中華書局，1980年版，第78頁。

〔註90〕（清）阮元校刻：《十三經注疏·周易正義》，北京：中華書局，1980年版，第80頁。

〔註91〕（清）袁枚：《小倉山房文集》（下），上海：廣文書局，1971年版，第68頁。

〔註92〕（宋）劉克莊：《後村詩話》，北京：中華書局，1983年版，第103頁。

〔註93〕（金）元好問：《論詩三十首》，郭紹虞主編：《中國歷代文論選》（二），北京：中華書局，1963年版，第458頁。

〔註94〕（明）李東陽：《懷麓堂詩話》，郭紹虞主編：《中國歷代文論選》（三），北京：中華書局，1963年版，第30頁。

以「意象」論唐詩，認為王昌齡「意象深矣」〔註 95〕；清代沈德潛《說詩晬語》則以「意象孤峻」〔註 96〕褒揚孟郊的詩……某種程度上，即便嚴羽的境界說、王國維的意境說，都可看成意象論詩的化衍。以意象作詩與解詩，詩歌意象的主觀性、朦朧性、多義性、不確定性，意象疊加、組合方式的複雜性，不禁讓中國古典詩歌變成了一個個充滿語義層深結構的謎語，變成了一則則假借客觀外在物象傳達主觀情志的隱語。每首詩的背後都潛藏著一個需要讓人費一番揣摩和思量才能揭開的謎底，真可謂「讀許多中國詩都好像猜謎語」〔註 97〕（朱光潛語）。

之所以說「意象」是一種隱語，是因為以意象作詩本身就是在創造一個深層的語義「金字塔」，而要進入這語義的金字塔尖，必須經過層層闖關，亦即經過逐層釋義，對深層語義逐一進行破解，最終才能體味到詩歌背後那個由各種外在之「象」所表徵的內在「意蘊」。而這個過程就是一個隱語創造和賦予意義的過程。我們或許可以從以下幾個角度逐次遞進地來理解這種「制隱」的過程：首先，「象」本身就是一個個指稱世界的隱語，是高度抽象化的形而上的概念的統稱，這在古代早期占卜的卦象中就已經有十分普遍的體現。《易經》有云：「易有太極，是生兩儀，兩儀生四象，四象生八卦，八卦定吉凶，吉凶生大業。」〔註 98〕這就是古人以少總多，以「象」化稱萬物的思維體現。錢穆對此深有體會：「《易經》的卦象，卻用幾個極簡單極空靈的符號，來代表著天地間自然界乃至人事界種種的複雜情形，而且就在這幾個極簡單極空靈的符號上面，中國的古人想要即此把握到宇宙人生之內祕的中心，用來指示人類種種方面避凶趨吉的條理。」〔註 99〕《易經》這種用簡約之「象」把握繁複意蘊的思維、表達方式，不僅對中國古典詩歌的意象創造具有十分重要的啟示作用，甚至成為了中國古典詩歌創作的一個基本準則。這是「意象」的第一層隱義——「象」的高度統括性。

〔註 95〕（明）陸時雍著，李子廣注：《詩鏡總論》，北京：中華書局，2014 年版，第 113 頁。

〔註 96〕（清）沈德潛：《說詩晬語》，郭紹虞主編：《中國歷代文論選》（三），北京：中華書局，1963 年版，第 423 頁。

〔註 97〕朱光潛：《詩論》，北京：生活·讀書·新知三聯書店，1984 年版，第 50 頁。

〔註 98〕（清）阮元校刻：《十三經注疏·周易正義》，北京：中華書局，1980 年版，第 78 頁。

〔註 99〕錢穆：《中國文化史導論》（修訂本），北京：商務印書館，1994 年版，第 68～69 頁。

其次，從「象」到「心象」，「意象」的生成機制也是一個隱語化的過程。「意象」不同於客觀外在的「物象」，它是自然界的物象經過詩人的主觀化認知之後生成的，浸潤著複雜主體情志的新的形象，這又是在「象」的高度統括性基礎之上的更深一層的隱語化過程。馬致遠的那首著名的《天淨沙·秋思》：「枯藤老樹昏鴉，小橋流水人家，古道西風瘦馬，夕陽西下，斷腸人在天涯。」作者在這首詩中一連使用了枯藤、老樹、昏鴉、小橋、流水、人家、古道、西風、瘦馬、夕陽、斷腸人等十多個客觀物象，如果把這些物象加以連綴成篇，一幅充滿深秋肅殺之氣、人在羈旅的淒涼圖景立馬便映現在讀者的腦海裏。但這種表層之象的疊加、連綴、組合而成的客觀外在景象，儘管能讓我們產生一種深秋時分自然界慘淡變化的既視感，但這種強烈的視覺感受並非這首詩的全部，對於詩人來說，直接的視覺衝擊也不過是一種觸發內心漣漪的藝術手段，正所謂「氣之動物，物之感人，故搖盪性情，形諸舞詠」〔註100〕。「物之感人」只是為了「搖盪性情」而已，這才是詩人最在意和看重的。

縱觀中國古典詩歌，外在物象的背後總是滲透著作者的深層寓意，看似簡潔明瞭的謎面其實暗藏有更深的「謎底」；因為這些客觀世界的「象」灌注進了詩人的主觀情志，讓外在的「物象」變成了充滿主體情感色彩的「意象」，只有經過這一重隱語化的過程，才能讓中國古典詩歌變得更加詩意盎然、別有寄託和耐人尋味。瞭解了「意象」的生成機制，再來回味《天淨沙·秋思》，自然就會產生更為婆娑、淒迷、複雜的審美感受，於平淡無奇的客觀景物中讀出一位漂泊天涯的游子的無限愁思，更讀出了詩人懷才不遇的悲涼情懷。慨歎自身身世命運的多舛才是這首詩的真正主題，而它卻是隱在文字和語境之後的，只有破解了這層隱語，才能把握詩歌繽紛多彩的意象身後所傳達的真實而豐富的內在意蘊。諸如此類的例子還有很多，像柳宗元的《江雪》，溫庭筠的《商山早行》等，也都是用豐富的意象來言志抒情的，有表層之義，有深層內涵，這就是一個隱語化的過程。

再次，中國古典詩歌的一個十分重要的特徵便是對「象外之象」「韻外之旨」的過度偏愛。從「意象」到「象外之象」，又是更深一層的隱語化。古典詩學認為意象要意味深長，「邈哉遠矣」。詩歌要追求以象傳意，更要追求以象傳不盡之意，也就是「象外之象」「景外之景」「不盡之意」。唐人司空圖在《與極浦書》中有一段話，對此深有感觸：

〔註100〕（清）何文煥：《歷代詩話》，北京：中華書局，1981年版，第2頁。

> 戴容州云：「詩家之景，如藍田日暖，良玉生煙，可望而不可置於眉睫之前也。」象外之象，景外之景，豈容易可譚哉！〔註 101〕

藍田日暖玉生煙，一語道出了詩歌意象世界的婉約、朦朧之美——雖真實可感卻並非生活本身，以至於可望而不可置於眉睫之前。只有借助藝術想象，才能尋得它的蛛絲馬蹟，這段話切中肯綮地指出了詩歌充滿藝術美特點的緣來。從客觀物象轉化為主體的審美意象，離不開藝術想象的參與。《易傳》有觀物取象一說，詩歌創作雖始於主體的觀物「而擬諸其形容，象其物宜」〔註 102〕，但是真正的審美創造的完成，其極致程度，卻必須廣用神思，超越實存之事物存在，在藝術思維中創造成為審美意象。早在西晉陸機《文賦》中描繪這個過程狀態是：「精騖八極，心遊萬仞」，「觀古今於須臾，撫四海於一瞬」，「課虛無以責有，叩寂寞而求音，函綿邈於尺素，吐滂沛乎寸心」〔註 103〕。這就是要在藝術思維過程裏，把客觀實存的轉化為主體意象的，本質性的變化越是徹底，則越是藝術的創造，藝術本質的實現程度取決於審美意象化的實現程度。

詩人對於「象外之象」的追求，可以說是審美意象化的極致反映，是藝術想象力的極致噴發，像決口的江堤，滔滔汩汩，不可遏止。而這裡所說的第一個「象」，是指詩人用語言描繪出來的、為欣賞者的藝術思維所還原的象；第二個「象」，是指欣賞者在第一個象的激活、啟發下，聯想到的更豐富的象。這個象，在詩歌文本的語言符號系統中是沒有直接寫到的，所以說是「象外之象」，但它與第一個象又密切地關聯著。「我們可以把第一個象稱為顯意象，把象外之象稱為隱意象或潛意象。顯意象與潛意象，相輔相成，構成了意象世界的又一個二重機制。」〔註 104〕這個道理，清代文藝理論家葉燮在《原詩》中以指點迷津的口吻說：「子但知有是事之為事，而抑知無是事之為凡事之所出乎？可言之理，人人能言之，又安在詩人之言之！可徵之事，人人能述之，又安在詩人之述之！必有不可言之理，不可述之事，遇之於默會意象之表，而理與事無不燦

〔註 101〕（唐）司空圖：《與極浦書》，郭紹虞主編：《中國歷代文論選》（二），上海：上海古籍出版社，2001 年版，第 201 頁。

〔註 102〕（清）阮元校刻：《十三經注疏·周易正義》，北京：中華書局，1980 年版，第 95 頁。

〔註 103〕（晉）陸機：《文賦》，郭紹虞主編：《中國歷代文論選》（一），上海：上海古籍出版社，2001 年版，第 171～174 頁。

〔註 104〕嚴雲受：《詩詞意象的魅力》，合肥：安徽教育出版社，2003 年版，第 34 頁。

然於前者也。」〔註 105〕葉燮繼以杜甫《玄元皇帝廟作》「碧瓦初寒外」句為例逐字論之，說明真正的意象創造當是「呈於象，感於目，會於心。意中之言，而口不能言；口能言之，而意又不可解。劃然示我以默會相像之表，竟若有內有外，有寒有初寒，特借『碧瓦』一實相發之。有中間，有邊際，虛實相成，有無互立，取之當前而自得，其理昭然，其事的然也。」〔註 106〕葉燮的「虛實相成，有無互立」的主體意象創造理論，深得劉勰以來意象思想的真諦。

除了意象有顯隱之分，中國古典詩歌中的很多意象還是多義性的，這一重隱又大大增加了詩歌的深層蘊涵和審美品格。劉勰《文心雕龍·隱秀》篇有云：「隱也者，文外之重旨者也。……隱以複意為工。……夫隱之為體，義主文外，秘響傍通，伏采潛發，譬爻象之變互體，川瀆之韞珠玉也。」〔註 107〕「重旨」「複意」，就是指多重含義。中國古典詩歌形成「複意」的主要原因之一，就在於意象的多義性特徵。中國古典詩歌十分重視詩句的複意之美，蘇軾曾言：「論畫以形似，見與兒童鄰。賦詩必此詩，定非知詩人。」所謂「賦詩必此詩」，也就是說作詩缺少多重蘊涵，蘇軾認為這樣的詩人是不懂得詩的審美特徵與創作規律的。

綜上所述，從外在之「象」到心中之「象」的「意象」，從「意象」再到「象外之象」，這是中國古典詩歌創作的一條大道通途，甚至可以擴展上升為中國古代藝術創作的不二法門。清人鄭板橋的《題畫》中寥寥數語或可與此可對照參看，他說：

> 凡吾畫竹，無所師承，多得於紙窗粉壁日光月影中耳。……其實胸中之竹，並不是眼中之竹也。因而磨墨展紙，落筆倏作變相，手中之竹又不是胸中之竹也。總之，意在筆先者，定則也；趣在法外者，化機也。獨畫云乎哉！〔註 108〕

鄭板橋自認為其畫竹無所師承，多從紙窗、粉壁上竹子被日光月色照出的

〔註 105〕（清）葉燮：《原詩》，郭紹虞主編：《中國歷代文論選》（四），上海：上海古籍出版社，2001 年版，第 28 頁。

〔註 106〕（清）葉燮：《原詩》，郭紹虞主編：《中國歷代文論選》（四），上海：上海古籍出版社，2001 年版，第 32 頁。

〔註 107〕（南朝梁）劉勰著，范文瀾注：《文心雕龍注》，北京：人民文學出版社，1962 年版，第 632 頁。

〔註 108〕（清）鄭燮：《題畫》，郭紹虞主編：《中國歷代文論選》（四），上海：上海古籍出版社，2001 年版，第 425 頁。

婆娑疏影中悟得畫竹的師承自然之道，這與明代徐渭主張「萬物貴取影，寫竹更宜然。」的理念多有相通之處，由此也可見得明清時期的繪畫藝術更加注重主觀情感的表達。鄭板橋強調「意在筆先」「趣在法外」不就是對這種藝術追求的形象表述嗎？而他關於「眼中之竹」「胸中之竹」和「手中之竹」藝術創作三階段之間辯證關係的論述，與詩中的「言象意」之辨，與作詩務求意象和象外之象的藝術追求不是有異曲同工之妙嗎？

二、隱語與詩之「趣」與「味」

「趣」與「味」也是中國古典詩論的重要審美範疇，二者在古代實可互發其義、相互參酌，與「韻」「象」「境」等範疇一起，多被人們用來標識中國古典詩歌獨特的審美特質。

古人以「趣」言詩，興於唐。王昌齡《詩中密旨》謂「詩有三格，一曰得趣」〔註 109〕，首次將「趣」與「理」「勢」一起，作為詩歌審美的三種質性要求。進入宋代，「趣」逐漸成了重要的審美標尺而被人們大力提倡。蘇軾有「詩以奇趣為宗，反常合道為趣」〔註 110〕說，惠洪《天廚禁臠》提出詩分「奇趣、天趣、勝趣」〔註 111〕等三種類型的趣一說，嚴羽提出「興趣」說，將「趣」與「興」連用並置，暢言「趣」與詩之「興」的生發互動關係，清代賀貽孫承繼嚴羽之「興趣」說並推而廣之，其《詩筏》言：「詩以興趣為主，興到故能豪，趣到故能宕。」〔註 112〕因之「興」與「隱」密不可分，故「趣」與「隱」亦必當存在某種密切相關性，這種相關性最鮮明地體現在「趣」這一審美範疇的審美特質中，以下諸論從不同層面對「趣」之審美特徵多有揭示：

（1）明代屠隆《文論》云：「古詩多在興趣，微辭隱義，有足感人。宋人多好以詩議論，夫以詩議論，即奚不為文而詩哉？」〔註 113〕

（2）明代謝榛《四溟詩話》言：「貫休曰：『庭濛濛水泠泠，小

〔註 109〕（唐）王昌齡：《詩中密旨》，郭紹虞主編：《中國歷代文論選》（二），上海：上海古籍出版社，2001 年版，第 213 頁。

〔註 110〕（宋）魏慶之：《詩人玉屑》，上海：古典文學出版社，1958 年版，第 203 頁。

〔註 111〕（宋）釋惠洪：《石門洪覺範天廚禁臠》，北京：中華書局，1958 年版，第 22 頁。

〔註 112〕（清）賀貽孫：《詩筏》，郭紹虞主編：《中國歷代文論選》（三），上海：上海古籍出版社，2001 年版，第 232 頁。

〔註 113〕（明）屠隆：《文論》，郭紹虞主編：《中國歷代文論選》（三），上海：上海古籍出版社，2001 年版，第 139 頁。

兒啼索樹上鶯。』景實而無趣。太白曰：『燕山雪花大如席，片片吹落軒轅臺。』景虛而有味。」〔註 114〕

（3）明代袁宏道《序陳正甫會心集》云：「世人所難得者惟趣。趣如山上之色，水中之味，花中之光，女中之態，雖善說者不能下一語，惟會心者知之。……夫趣得之自然者深，得之學問者淺。當其為童子也，不知有趣，然無往而非趣也。……人理愈深，然其去趣愈遠矣。」〔註 115〕

（4）清代王夫之《古詩評選》評謝靈運《田南樹園激流植援》一詩時有云：「亦理亦情亦趣，透逃而下，多取象外，不失圜中。」〔註 116〕

（5）清代袁枚《隨園詩話》有云：「熊掌豹胎，食之至珍貴者也，生吞活剝，不如一蔬一筍矣；牡丹芍藥，花之至富麗者也，剪採為之，不如野蘿山葵矣。味欲其鮮，趣欲其真，人必知此，而後可與論詩。」〔註 117〕

如上所舉，屠隆亦將「興趣」連用，並釋「趣」之特質為「微辭隱義」。謝榛則通過「景實無趣」與「景虛有味」相互對比參照，認為「趣」與「味」皆從虛景而來，實則無趣亦無味，強調化實入虛才是生「趣」的有效途徑。袁宏道則以「山上之色」「水中之味」「花中之光」「女中之態」等譬喻出之，將「趣」與「不能下一語」「會心知之」聯繫在一起，在「趣」這一審美範疇引入作者主觀之「心」這一維度，景與心遇，象與意會，會心思之，方得其趣。王夫之則釋「趣」為「多取象外，不失圜中」，袁枚鮮明地提出了「味鮮」、「趣真」的命題，且其所論「趣」與「味」是互文見義的。合觀以上諸論可推見，「趣」作為一種審美範疇，其審美特質或是「微辭隱義」，或是「景虛則有味」，又或是「景與心遇，象與意會」，「多取象外」等，凡此種種，強調的無非都是一個「隱」字，不可實言，不能直言，委婉出之，遁詞隱義，這不正是古代隱

〔註 114〕（明）謝榛：《四溟詩話》，郭紹虞主編：《中國歷代文論選》（三），上海：上海古籍出版社，2001 年版，第 114 頁。

〔註 115〕（明）袁宏道：《序陳正甫會心集》，郭紹虞主編：《中國歷代文論選》（三），上海：上海古籍出版社，2001 年版，第 121 頁。

〔註 116〕（明）王夫之：《古詩評選》，上海：上海古籍出版社，2011 年版，第 64 頁。

〔註 117〕（清）袁枚：《隨園詩話》，郭紹虞主編：《中國歷代文論選》（三），上海：上海古籍出版社，2001 年版，第 484 頁。

語的生成機制與風格特質嗎？

詩「味」說則以鍾嶸的「滋味」說與司空圖的「韻味說」為代表，兩者之間前後承傳且同中有異。鍾嶸明確提出了「滋味」說，其《詩品》云：「五言居文詞之要，是眾作之有滋味者也，故云會於流俗。豈不以指事造形，窮情寫物，最為詳切者邪！故詩有六義焉：一曰興，二曰比，三曰賦。文已盡而意有餘，興也；因物喻志，比也；直書其事，寓言寫物，賦也；宏斯三義，酌而用之，幹之以風力，潤之以丹采，使詠之者無極，聞之者動心，是詩之至也。」〔註 118〕鍾嶸從詩歌藝術構成的角度論及詩味，強調詩之至在於「文已盡而意有餘」即有餘味，在於「因物喻志」，推重不直言而出的譬喻且深有所寄即要有餘意，在於「寓言寫物」即詠物賦或可稱之為事物「隱」。無論「有餘味」「有餘意」抑或事物「隱」，都與古代隱語之特質緊密相關，從內在意蘊以及外在形式層面將「味」豐富的理論內涵與「隱」聯繫在了一起。

司空圖《與李生論詩書》云：「文之難，而詩之難尤難。古今之喻多矣，而愚以為辨於味，而後可以言詩也」〔註 119〕，明確提出辨詩要從辨「味」入手，進一步將「味」標舉為詩歌審美的本質所在。司空圖著意強調詩歌要有「韻外之致」「味外之旨」，即在詩歌表層結構中要蘊含深層的藝術意味，追求多向、複義、涵詠特徵的詩之餘味，這都與中國古代隱語注重多重複義的特點別無二致。這一點與西方現代闡釋學家赫斯的理論頗為近似，他認為作品有兩種意義，一種是作品所表現的「客觀意義」(meaning)，相當於司空圖所指的「味內味」，一種是經由欣賞者對作品的審美判斷和評價而得來的「意味」(significance)，相當於司空圖所言的「味外之旨」和「韻外之致」。

「滋味說」「韻味說」肇始在前，經劉勰、魏泰、歐陽修、蘇東坡、范德機、郝經、揭傒斯、陸時雍、沈德潛等人濫觴其後，古人論詩常常強調味厚、有餘味、味長諸說，在歷朝歷代不乏擁躉。《文心雕龍．宗經》云：「至於根柢盤深，枝葉峻茂，辭約而旨豐，事近而喻遠。是以往者雖舊，餘味日新。」〔註 120〕《隱秀》篇又云：「文隱深蔚，餘味曲包」〔註 121〕。宋代魏泰《臨漢隱居詩話》認為好

〔註 118〕（清）何文煥：《歷代詩話》，北京：中華書局，1981 年版，第 3 頁。

〔註 119〕（唐）司空圖：《與李生論詩書》，郭紹虞主編：《中國歷代文論選》（二），上海：上海古籍出版社，2001 年版，第 198 頁。

〔註 120〕（南朝梁）劉勰著，范文瀾注：《文心雕龍注》，北京：人民文學出版社，1962 年版，第 22 頁。

〔註 121〕（南朝梁）劉勰著，范文瀾注：《文心雕龍注》，北京：人民文學出版社，1962 年版，第 633 頁。

的詩歌要「咀之味愈長」，提出「無餘味，則感人也淺。」〔註 122〕歐陽修強調詩歌要有「真味」和「言外之意」〔註 123〕，蘇東坡推崇「至味」〔註 124〕，即詩歌要淡泊含蓄蘊藉，嚴羽《滄浪詩話》云：「語忌直，意忌淺，脈忌露，味忌短，音韻忌散緩，亦忌迫促。」〔註 125〕嚴羽在繼承前人以「味」論詩的基礎上，將「味」視為了詩歌審美的一個有機要素，他也提出了要有永長之味的要求。元人范德機、郝經、揭傒斯等人亦皆強調詩歌要有「言外之味」的主張，尤其注重詩人在託物寓懷中要有不盡的意味。明代陸時雍《詩鏡總論》云：「古人善於言情，轉意象於虛圓之中，故覺其味之長而言之美也。」〔註 126〕其又云：「少陵七言律，蘊藉最深。有餘地，有餘情。情中有景，景外含情。一詠三諷，味之不盡。」〔註 127〕他特別強調詩歌運用要務虛去實，言在此而意在彼，如此，詩歌才可能具有永長的意味。清人沈德潛《說詩晬語》云：「七言絕句，以語近情遙，含吐不露為主。隻眼前景、口頭語，而有弦外音、味外味，使人神遠。」〔註 128〕清人葉燮《原詩》云：「境皆獨得，意自天成，能令人永言三歎，尋味無窮。」〔註 129〕以上諸論，無論是「餘味曲包」還是「語忌直，意忌淺，脈忌露，味忌短」，無論是「辭簡意味長，言語不可明白說盡，含糊則有餘味」還是「託物寓懷，有言外之意，意外之味，味外之韻」，無論是「語少意多，意外生意，境外見境」還是「一詠三諷，味之不盡」「弦外音，味外味」「永言三歎，尋味無窮」，等等，凡此種種，皆意在強調言外之意、弦外之音、味外之味，其在表達方式上必然重視婉言曲語，在語義風格上必然追求「言有盡而意無窮」。因此，其隱語化的特徵自然是顯而易見的。

〔註 122〕（宋）魏泰：《臨漢隱居詩話》，（清）何文煥：《歷代詩話》，北京：中華書局，1981 年版，第 326 頁。

〔註 123〕（宋）歐陽修：《六一詩話》，（清）何文煥：《歷代詩話》，北京：中華書局，1981 年版，第 268 頁。

〔註 124〕（宋）蘇軾：《書黄子思集後》，郭紹虞主編：《中國歷代文論選》（二），上海：上海古籍出版社，2001 年版，第 301 頁。

〔註 125〕（宋）嚴羽：《滄浪詩話》，北京：中華書局，1985 年版，第 62 頁。

〔註 126〕（明）陸時雍著，李子廣注：《詩鏡總論》，北京：中華書局，2014 年版，第 236 頁。

〔註 127〕（明）陸時雍著，李子廣注：《詩鏡總論》，北京：中華書局，2014 年版，第 237 頁。

〔註 128〕（清）沈德潛：《說詩晬語》，郭紹虞主編：《中國歷代文論選》（三），北京：中華書局，1963 年版，第 425 頁。

〔註 129〕（清）葉燮：《原詩》，郭紹虞主編：《中國歷代文論選》（四），上海：上海古籍出版社，2001 年版，第 30 頁。

三、隱語與詩之「境」

「詩境」說正式發端於王昌齡的《詩格》，在皎然《詩式》中有進一步的變化與拓展，並為中晚唐眾多詩家所繼承和發揮，它可以說是縱貫唐代詩歌美學的一大觀念。《詩格》提出「詩有三境」之論：

> 詩有三境：一曰物境。欲為山水詩，則張泉石雲峰之境，極麗絕秀者，神之於心。處身於境，視境於心、瑩然掌中，然後用思，了然境象，故得似形。二曰情境。娛樂愁包怨，皆張於意而處於身，然後弛思，深得其情。三曰意境。亦張之於意，而思之於心，則得其真矣。〔註 130〕

王昌齡論詩不僅將「境」分為物、情、意三種，而且尤為重視情景交融，開啟中唐「以境論詩」之風，也為後來發展起來的詩歌創作的「意境說」，奠定了良好的基礎。劉禹錫提出「境生象外」的觀點，強調詩貴含蓄，注重體現作品中的「言外之意」。劉氏指出，好的詩歌往往含蘊深遠，精微要妙，意境出於形象之外。權德輿《左武衛冑曹許君集序》有云：「凡所賦詩，皆意與境會，疏導情性，含寫飛動，得之於靜，故所趣皆遠」〔註 131〕，提出論詩要「意與境會」。皎然《詩式》推重為詩要「情在言外」、「旨冥句中」，肯定「一篇之中，雖詞歸一旨，而興乃多端」，均以「意餘言外」、「含蓄不盡」〔註 132〕作為詩美的表徵，可見對言辭本來之意的超越早已成為詩家共識。

綜上所述，與古人論畫一樣，中國古典詩歌就在這樣一重又一重隱語化的過程中，在隱與顯所構成的矛盾張力中，詩之大旨、詩之趣味、詩之境界就隱含在這個由隱語化所構成的層深結構中，昭示著古人對詩歌趣、味、境、象、意的特殊偏愛與追求。古人論詩所推重的諸多觀念如興趣說、滋味說、神韻說、氣韻說、韻味說、興象說、意境說等等，都主張詩歌要有「言有盡而意無窮」的詩性追求，正是建基於這種崇尚隱語化表達的詩歌理念的影響，才最終孕育出中國古典詩歌空靈含蓄、言近旨遠、令人回味無窮的審美特色和藝術本質。

〔註 130〕（唐）王昌齡：《詩格》，郭紹虞主編：《中國歷代文論選》（二），上海：上海古籍出版社，2001 年版，第 92 頁。

〔註 131〕（唐）權德輿：《左武衛冑曹許君集序》，郭紹虞主編：《中國歷代文論選》（二），上海：上海古籍出版社，2001 年版，第 89 頁。

〔註 132〕（唐）釋皎然：《詩式》，（清）何文煥：《歷代詩話》，北京：中華書局，1981 年版，第 35 頁。

第四章　中國古代隱語的哲學研究

隱語長期以來被視為一種單純的文學文體，而事實上它不僅表現為一個詞彙、一種句法、一段語篇、一種修辭，從哲學的意義上講，隱語已經上升為一種具有中華民族文化特徵的思維範式，並最終影響到國人的審美習慣和文化接受心理的生成與質性。

「隱」的思維傳統在中國有著悠久的歷史淵源，《周易》開創的隱語哲學體系是隱語發展史上的重要里程碑。所謂「易」，即「彰往而察來，而微顯闡幽」〔註1〕，是設法從事物的表面現象，去探尋其內部的變化規律。《周易》中以如此精準的文字表述出來，既反映出索「隱」的思維在當時歷史狀況下的成熟，同時對我們更好地理解其是如何作用於後世之歷史、文學以及主流哲學思想亦大有助益。

早期隱語，無論是被用來傳遞信息、表情達意，抑或是出於某種語言禁忌、政治避諱而不得不採取隱語化表達，其背後都有著一整套可複製、可遷移的生成、運作機制，它不是一時一地個別的、即興的語用現象，而是一種原始先民普遍的把握世界的方式，具有某種形而上的共通性，原始先民就是這樣思維的。而其實質則為類比式思維，一種往往按照「設喻」的形式來表現其意義內容的思維方式，由此及彼的映像則是隱語的完成過程。由於早期人類理性智慧的缺乏，主、客體意識的淡漠，以及身體經驗在認知過程中的基礎地位，類比式思維必然成為人類最早的思維方式，它決定了早期人類只能以人的身體經驗和身體結構為參照物展開對世界類比推演式的認識，決定了人們只能以整

〔註1〕（清）阮元校刻：《十三經注疏·周易正義》，北京：中華書局，1980年版，第169頁。

體、感性的眼光看待事物，也決定了早期人類擬人和移情的認知特徵。在這種思維方式的影響下，早期人類眼中的世界必然是一個天地人同構一體的世界，整個世界不過是一個巨人身體的放大與化成，構成世界的萬物無不與人體各部分存在一一對應的關係，人的情感、生命、意志諸特徵無不在萬物身上得以再現，把人類的內心世界與外在世界在「天人合一」的文化基礎上聯結成一個有機整體，人類由對自身的認識和理解推知外部客觀世界，這本身就是一個絕大的隱語。

從中國古代思想主流——儒、道、釋的之於隱語的態度看，儒家思想提倡溫柔敦厚、微言大義，對中國古典文藝追求婉約含蓄、複義性表達影響極深；道家認為外部世界具有不可知和不可言說性，只能假託隱喻或寓言來暗示，表現出對含蓄、隱寓之美的極致追求；佛陀的「拈花微笑」，要在「不立文字、以心傳心」，所以佛家倡導「不在文字，不離文字」〔註2〕。儒、道、釋三家都承認語言的有限性和不確定性，但又無法摒棄語言，「隱」這一獨特的言語處理方式成為了他們共同的選擇。

第一節　隱語是類比式思維的結果

隱語在中國古代，無論在語用實踐抑或理論研究層面，長期以來，往往或是被作為一種語言修辭手段而存在，或是被視作一種文體，涉及的不外乎古代修辭學、文體學研究的範疇。但實際上，隱語並不單純是一種語用的客觀結果，其背後有著一整套生成及運作機制，而且這種生成或運作機制又是可無限複製遷移的，它超越了族群、地域和階層的差異，是早期先民認識世界、把握自身與世界關係共有的一種方式。這種方式總是被普遍運用，具體體現在諸如《詩經》裏的「比」，《易經》裏的「象」，又或是先秦諸子的「引譬連類」……總之，隱語已不再單純作為一種工具或語言修飾的手段，而是一種本體存在，它的本體性意義就在於「不僅能折射出人類詩性智慧的光輝，也能揭示出人類認識世界、改造世界的哲學睿智；不僅是人類改造世界的橋樑，也是人類認知自身的途徑。」〔註3〕

〔註2〕（金）元好問：《陶然集詩序》，郭紹虞主編：《中國歷代文論選》（二），上海：上海古籍出版社，2001年版，第465頁。

〔註3〕季廣茂：《隱喻視野中的詩性傳統》，北京：高等教育出版社，1998年版，第1頁。

一、作為一種認知思維方式的隱語

原始人何以認知周圍的世界，其中玄妙一直為學界所關注。神話和宗教是原始人在對世界進行解釋和認知時的最初衍生物。一個普遍的現實是，世界各地的神話或宗教原型往往具有跨越地域、族群、文化種種差異的某種內在共通性，這一點恰恰反映了人類的天性和某種共有的心理特徵。

神話、宗教，作為早期隱語的典型代表，其以己度物的思維特徵，以自身作為萬物尺度的認知觀念，具有某種形而上的普遍性、高度統括性和混沌整一性，人的身體成為命名、認識和理解其他事物的唯一媒介，於是世界就變成了他的身體，變成了龐大的「人體式」大地。這與中國古代原始先民物我不分的思維觀念是分不開的。如我國古代神話中有很多人首蛇身的形象。《山海經，北山經》有「自單狐之山至於隄山，凡二十五山，五千四百九十里，其神皆人面蛇身」〔註 4〕的記載。伏羲、女媧……很多都是人首蛇身的形象；王延壽《魯靈光殿賦》有「伏羲鱗身，女蝸蛇軀」〔註 5〕。除此之外，人們還以人為出發點來思考自然，如盤古在死亡時，血液成為江河，皮毛化為草木，肌肉成為土地，頭髮成為星星……這些神話中無一不存在著隱語——自然成為人以及人的生活的隱語。

神話世界之所以是一個擬人化的世界，與神話時代人們根深蒂固的「萬物有靈觀念」息息相關，即由於原始人把人所具有的靈魂觀念擴大到一切具有生長和活動性的自然對象上而產生的一種較早的原始信仰。根據這種信仰，動物、植物、日月星辰、風雨雷電、泉源河流……無不像人一樣是具有靈魂或個體精靈的活的生物。人們用身體來理解世界、為世界命名，這種「人體式」大地最初出現在語言的創制中，山有『腰」、有「首」、有「腳」，針或土豆都可以有「眼」，杯或壺都可以有「嘴」，耙、銀或梳都可以有「齒」，任何空隙或洞都可以叫「口」，麥穗有「鬚」，河有「咽喉」，任何事物都有「心」……這種以己度物的命名方式將一切對象物擬人化了，賦予了無生命物以人的生命特征和靈性。這種將世界神聖化的生命衝動到了神話時代，則進一步系統化、擴大化，發展到整個宇宙世界的人格化。於是，宇宙天地就成了一座萬神殿。

〔註 4〕（清）郝懿行箋疏：《山海經箋疏》，北京：中國書店，1991 年版，第 133 頁。

〔註 5〕（漢）王延壽：《魯靈光殿賦》，（南朝梁）蕭統：《昭明文選》，（清）胡紹煐箋證：《昭明文選箋證》（12 冊），揚州：江蘇廣陵古籍刻印社，1982 年版，第 38 頁。

在這裡，以己度物儼然已經成為一種認知範式，具有了思維的普遍特徵。

之所以說隱語是一種思維認知方式，除了體現在早期神話和宗教中，還有一個十分顯然的證據，存在於中國古代先民所創造的大量的民間歌謠中。中國古代先民總是用隱語的方式來表情達意，用隱語的方式來傳遞信息，而且作為一種思維，它總是有共通性的。既然如此，當我們翻閱古代典籍時，這樣例證自然就會不勝枚舉。如用隱語來表情達意的：

（1）鳥何萃兮蘋中，罾何為兮木上？（《楚辭·湘夫人》）〔註6〕

（2）黄鳥黄鳥，無集於穀，無啄我粟。此邦之人，不我肯穀。言旋言歸，復我邦族。（《詩經·黄鳥》）〔註7〕

（3）桃之夭夭，灼灼其華。之子于歸，宜其室家。（《詩經·桃夭》）〔註8〕

（4）貫魚，以宮人寵，无不利。（《易·剝》六五爻）〔註9〕

諸如上述示例中提到的「黃鳥」、「桃」「魚」之類的動植物性意象，在早期民間歌謠中大量存在，作為一種動植物性隱語，都是發現了動植物某個方面的特徵與人類情緒、情感的高度契合性，這種表達特色也是一種典型的以己度物的方式。作為宗教符號的八卦則通過觀物取象的方式「以類萬物之情」，由卦來解釋象，完成對宇宙萬物的體察。在這裡，天地山澤雷風水火，為八卦之大象。說卦則以類比的方式觸類引申廣被世界萬物萬象。在中國的文化傳統中，隱語這種以己度物的認識、闡釋外在對象的認知習慣，作為一種無所不在的思維方式，表現在中國文化的方方面面。如中國古典文論中的「以禪喻詩」、「以味說詩」，皆是如此。我國自齊梁時起，以味說詩即蔚然成風，形形色色的「詩味」說紛紛出籠。鍾嶸的「滋味」說，司空圖的「韻味」說，梅堯臣、歐陽修、蘇軾的「平淡有味」說，張戒、楊萬里、姜夔的「含蓄有味」說，王夫之的「風味」說……莫不如是。由此可見，不僅神話、宗教、民間歌謠，而

〔註6〕（戰國）屈原著，（宋）洪興祖補注：《楚辭補注》，北京：中華書局，1983年版，第55頁。

〔註7〕（清）阮元校刻：《十三經注疏·毛詩正義》，北京：中華書局，1980年版，第373頁。

〔註8〕（清）阮元校刻：《十三經注疏·毛詩正義》，北京：中華書局，1980年版，第279頁。

〔註9〕（清）阮元校刻：《十三經注疏·周易正義》，北京：中華書局，1980年版，第38頁。

且整個中國文化傳統都充滿著隱語化思維，隱語首先是一種形而上的思維的哲學行為，其次才是語言行為和詩學行為，隱語雖然直接表現為語言文字，卻暗示著深層的實踐行為和認知模式。

二、隱語的本質：類比式思維

隱語作為一種思維認知方式，在原始先民那裏，尤其在古代神話、宗教和大量民間歌謠中，是通過以己度物的方式來認知外在世界、把握自身與外在世界關係的，這種以己度物的認知方式，其內在的邏輯思維法則即類比式思維。這也是中國古代隱語的本質所在。在古代神話故事中，俞建章和葉舒憲先生曾通過比較「共工怒觸不周山」、「蛇與太陽神」、「月亮、死與復活」、「巨人化生世界」、「祖先的來歷」等來自中國、古埃及、現代澳洲原始氏族人、古代北歐、美洲印第安鄂吉布瓦族鶴氏族等五則流傳在世界各地的神話故事，深入細緻地揭示出神話思維的這一突出特徵。以上五則神話雖然內容意義各不相同，但明顯具有相同的形式，即面對問題情境都採取了類比推演的解釋方法：「第一，通過類比建立了本體（被解釋的現象）與徵體（用作解釋的現象）之間的因果關係，構成神話的內在結構。第二，類比的一般模式是以已知事物或現象的特徵來說明未知事物或現象的特徵，從身體經驗出發，從小的、近的、日常的經驗事實出發解釋大的、遠的、神秘的非經驗事實。第三，類比解釋是一種意指性活動，它給無意義的事物賦予意義，根據有限的經驗來重新組織世界，為無限的現象找出原因，提供證明，從而不斷地把主體對象化到客體之中，把客體同化於主體自身之中。」〔註 10〕古代神話中的這種類比思維其實並不僅僅限於虛無縹緲的神話世界中，在原始先民的現實世界中也同樣是普遍存在的，他們就是以這樣的方式看待周圍的世界的，即習慣於以直觀的方式認識世界，這種思維方式具有鮮明的具象性特徵。在漢語共同語的詞彙構成中，直觀具象思維從古至今一直佔有普遍的主導地位，體現在隱語命名上，突出地表現為「形象構詞」，古代隱語中眾多由修辭構詞法命名的詞語，絕大多數都是直觀具象思維的產物。

在古代隱語構詞中，最有代表性的當屬類比式構詞。比較常見的有：稱毛筆為「毛錐子」，因其狀如錐；稱臉為「桃花」「盤子」，取其外部形（神）態

〔註 10〕俞建章，葉舒憲：《符號：語言與藝術》，上海：上海人民出版社，1988 年版，第 129 頁。

的相似處；以「櫻桃」稱嘴，有櫻桃小嘴之說；以「秋波」「秋水」喻女子的眼睛，以「無腳蟹」喻寡婦、孤苦無依之人，《水滸傳》《醒世恒言》對此多處有證，《水滸傳》第二十六回云:「我又是個無腳蟹，不是這乾娘，鄰舍家誰肯來幫我？」《醒世恒言·賣油郎獨佔花魁》載:「你是個孤身女兒，無腳蟹。」《醒世恒言·徐老僕義憤成家》又載:「(顏氏)哭道:『二位伯伯，我是個孤孀婦人，兒女又小，就是沒腳蟹一般。」……凡此種種，都是古人對相關事物進行隱語化稱名時，在修辭構詞方面凸顯直觀具象思維的典型表徵，這些隱語詞彙無一不是古人以直觀體悟的方式，以自身作為認知外部世界的尺度，以「近取諸身，遠取諸物」的命名方式而構成的。

中國古代隱語的類比式思維本質不僅體現在對事物的命名上，更體現在物物相似性的發掘上。南唐李煜的《相見歡》中有「無言獨上西樓，月如鉤，寂寞梧桐深院鎖清秋」的詞句，其中「月如鉤」就是一個相似性的隱語。如果排除其他語句的干涉，僅僅就「月如鉤」這句話而言，它實際上就是一個從事物特徵而言的隱語，通過比較，人們會發現缺月與鉤在外形上有其相似之處，這種比較同時符合人們普遍的觀察習慣。

如果說從事物的形態特徵進行比較還是一種比較初級的方式的話，那麼，從代表事物的語義角度出發就是一種較為高級的比較方式，它同樣能夠體現出類比的意義。還以《相見歡》為例從意義上分析，就會發現這個隱語遠不是只有單純「月如鉤」這樣一句話的表面特徵所顯示出來的內涵。如果把「月如鉤」與前後的句子放在一起，就會展現出更加豐富的意義。從外形上看，月亮如鉤，這就形成了第一層的相似——形狀特徵之間的相似。如鉤的月亮一旦與後面的「寂寞梧桐」相比，一種新意就產生了。深院中的梧桐是寂寞孤獨的，但是高高在上的月亮不也是同樣的「起舞弄清影」？只不過一個是無限廣闊天空中的唯一存在，一個是咫尺深院中的囚客，從它們與外界的形式關係來看都是孤單的。更進一步，「寂寞梧桐」在這裡實際上是寂寞的人的代稱，這裡形成的對比雙方實際上是寂寞的人與月亮之間的對比，寂寞是兩者之間的相似處，也正是寂寞把人與月這兩個原本不相干的事物聯繫在了一起。月亮本身是沒有情感的，但是在這裡為什麼被賦予寂寞之意而不是快樂之意呢？這就必須與第一個對比中的形狀特徵相聯繫。「月如鉤」，說明月亮是不完全的，殘缺的，並沒有圓滿地出現，這是從形狀上而言的。

而寂寞則同樣是在一種不完滿的情感狀態下出現的，二者都是不完滿的，所以這種不完滿構成了月亮的形式與人的情感之間的相似點，這是第二層的相似——形式特徵與情感（意義）之間的過渡與相似。但是這只是月亮的形式與人的情感之間的對比，並不能說明月亮與情感的直接關係。我們可以做進一步分析，這高高在上的如鉤的月經歷了無數次的陰晴圓缺，經歷了數不清的年代，見證了人世間眾多的悲歡離合。因此，月亮成為了人們情感變化的永恆見證，月亮因此就被著上了情感色彩，成為世代人們情感的載體，進而其自身也就成為一種情感的一部分，形成了月亮所承載的情感與人的情感之間的對比，這就形成了第三個層次之間的相似——情感（意義）與情感（意義）之間的相似。

事實上，我們還可以通過比較發現出另外一種相似。當人們把月亮與人放在一起進行比較時，就會發現，月是永恆的，因而其所承載的寂寞情感也是永恆的。人們也經常遭遇寂寞，寂寞情懷對人本身而言，也是揮之不去的。於是人們有理由得出這樣的結論，寂寞是月亮的，也是人生的，寂寞是人世間一個永恆的存在。這樣一來就不僅僅是情感上的相似了，而是具有某種形而上的哲學意味的相似了。

隱語有本體有喻體，有眼前之物有象中之意，二者從表面的外部相似，到內在的情感、精神的暗合與共鳴，由外而內，由近及遠，層層類比，「超以象外，得其環中」，由實入虛，得以來之無窮。因此說，隱語之生成庶幾不離類比式思維，其正是古人類比式思維不斷發用結出的累累碩果。

第二節　《周易》開創的中國古代哲學隱語體系

《周易》，在當時本是一部用來占卜人事吉凶的書，但中國古代哲學思想的孕育與衍生發展卻濫觴於此。作為中國思想歷史的起點，它不僅被儒家奉為「五經」之首，亦被道家奉為「三玄」之尊。《周易》分經、傳兩部分，其中經文部分由卦爻象和卦爻辭組成，傳文部分則包括《文言》《彖傳》（上下）《象傳》（上下）《繫辭傳》（上下）《說卦傳》《序卦傳》《雜卦傳》等七種十篇，總稱「十翼」，是對《周易》經文、占卜原理與功用的注解，對理解《周易》之義理，通曉其發用，較有助益。對此，孔穎達《周易正義》釋之有「因象明義」〔註 11〕「取象論義」〔註 12〕「以物象而明人事」〔註 13〕「因天象以教人事」〔註 14〕云云，即以卦象這一隱喻性符號來隱喻人世間萬事萬物的種種變化，或者說以卦象所隱含的種種變化來表達古人對周圍大千世界的體認。通觀《周易》卜筮之條理，有「觀物取象」、「取象比類」與「立象盡意」諸說，從「觀物取象」到「取象比類」，從「取象比類」再到「立象盡意」，換言之，即從自然物象到各類卦爻象，又從卦爻象到卦爻辭，繼而從卦爻象、卦爻辭再到比類人世間萬事萬物之變化生生，其隱語化的表達不言而喻，「隱」之程度亦是愈益深化。可以說，《周易》本身就構成了一個邏輯極為嚴密而又圓融化通的隱喻化哲學表達體系。

一、《周易》本身構成一個巨大的哲學隱語體系

《周易》之「易」，漢代鄭玄作《易贊》及《易論》云：「易一名而含三義：易簡一也，變易二也，不易三也。」〔註 15〕《周易・繫辭下》云：「為道也屢遷，變動不居，……不可為典要，唯變所適」〔註 16〕，變易之謂也；又云「初率其辭，而揆其方，既有典常」〔註 17〕，不易與簡易之謂也。由是觀之，周易之「易」，其意指或是「變易」或是「不易」又或是「簡易」，早已成為公論。「易一名而含三義」，僅從其名而觀，其所指之多，隱語化、多義性、通適性之特點即足以顯見。

《周易》在古時本為卜筮之書，是以卦象、卦辭來預判人事吉凶。觀《周易》之卦象，六十四卦象之基礎在八卦，八卦之基礎又在別陰陽、男女、剛柔、

〔註 11〕（清）阮元校刻：《十三經注疏・周易正義》，北京：中華書局，1980 年版，第 18 頁。
〔註 12〕（清）阮元校刻：《十三經注疏・周易正義》，北京：中華書局，1980 年版，第 17 頁。
〔註 13〕（清）阮元校刻：《十三經注疏・周易正義》，北京：中華書局，1980 年版，第 17 頁。
〔註 14〕（清）阮元校刻：《十三經注疏・周易正義》，北京：中華書局，1980 年版，第 13 頁。
〔註 15〕（清）阮元校刻：《十三經注疏・周易正義》，北京：中華書局，1980 年版，第 7 頁。
〔註 16〕（清）阮元校刻：《十三經注疏・周易正義》，北京：中華書局，1980 年版，第 89 頁。
〔註 17〕（清）阮元校刻：《十三經注疏・周易正義》，北京：中華書局，1980 年版，第 89 頁。

進退等的二分世界，其總體邏輯推演原則不外乎以簡總繁、以少代多，用錢穆的話說是：「易經的卦象，卻用幾個極簡單極空靈的符號，來代表著天地間自然界乃至人事界種種的複雜情形，而且就在這幾個極簡單極空靈的符號上面，中國的古人想要即此把握到宇宙人生之內秘的中心，而用來指示人類種種方面避凶趨吉的條理。」〔註 18〕中國哲學一般注重實際，極富實踐品格，但同時又想擺脫外部種種糾纏得以超脫，惟有採用空靈淵微的方式才可直入深處。而這正是《周易》以少總多、以簡代繁、以簡易之卦象闡明豐富深微之義諸多特點的鮮明體現，也是中國國民性與中國文化的一大重要特徵。具體而言，人事盡可能的繁複，但探微解繁，不外乎兩大系統，一陰一陽，亦即一男一女。《周易》之卦象即建基於此觀念。其中「⚊」代表男性，「⚋」代表女性，這是卦象最基本的一個分別。但二者的對比尚過於簡單，於是又把「⚊」三疊而為「☰」，把「⚋」三疊而為「☷」，代表一種純男性與純女性，而「☶、☵、☳」則代表偏男性，「☱、☲、☴」代表偏女性，如此八卦始成。由此再進一步，把八卦重疊為六十四卦，則其錯綜變化，可以象徵隱喻之事物，當為無窮。由此可見，《周易》發用之最基本的原理即先有「觀物取象」，而後再「以象見義」，以此來隱喻吉凶並指示求占之人趨吉避凶，其哲學表達的隱語化特色是顯而易見的。正因此，錢穆斷言《周易》：「雖是一種卜筮之書，主意在教人避凶趨吉，幾近迷信，但其實際根據，則絕不再鬼神的意志上，而只在於從人生複雜的環境和其深微的內性上面找出一恰當無迕的道路或條理來。」〔註 19〕觀錢穆此斷，其要或有二，一是意在強調《周易》之用有一個前後變化的過程，從最初被用於巫卜預判吉凶禍福到後來的應用於政治、社會、人事種種的指點與教訓，有一個宗教性到被全面倫理化、世俗化的過程；二是以外在可觀的卦象去探微萬事萬物內在的潛在的演變趨勢或規律。由是觀之，在當時，無論是人事界抑或超脫凡間的宗教界，人世間的種種都被隱喻其中，《周易》雖簡卻包納萬物，《周易》之「易」是變化生生且綿延不盡。

《周易》之「易」，亦即《周易》之「隱」。《周易．繫辭下》總結其特點為：「其言曲而中，其事肆而隱。」〔註 20〕《文心雕龍．隱秀》釋之更為透徹：

〔註 18〕錢穆：《中國文化史導論》，北京：商務印書館，1994 年版，第 68 頁。

〔註 19〕錢穆：《中國文化史導論》，北京：商務印書館，1994 年版，第 71 頁。

〔註 20〕（清）阮元校刻：《十三經注疏．周易正義》，北京：中華書局，1980 年版，第 92 頁。

「夫隱之為體，義生文外，秘響旁通，伏采潛發，譬爻象之變互體，川瀆之韞珠玉也。故互體變文，而化成四象；珠玉潛水，而瀾表方圓。」〔註21〕無論「言曲事隱」抑或「義生文外」、「秘響旁通」、「伏采潛發」，都將《周易》之特色與隱喻之關聯剖析得一目了然。通觀《周易》，無論其邏輯建構的基礎範疇還是具體的推演論證方式，都具有強烈的隱喻性，都是借助於外在客觀物象之情狀或變化來闡釋內在抽象的哲理，都是在形而下的暗示之下傳遞形而上的「言外之意」「象外之旨」。因此，以《周易》之「象」為代表的整個哲學體系，究其本質就是一種「象」思維，亦即隱喻思維。《管錐編》論其內中條理時可謂一語中的：

> 理賾義玄，說理陳義者取譬於近，假象於實，以為研幾探微之津逮，釋氏所謂權宜方便也。古今說理，比比皆然。……《易》之有象，取譬明理也，……求道之能喻而理之能明，初不拘泥於某象，變其象也可；及道之既喻而理之既明，亦不戀著於象，捨象也可。」〔註22〕

錢氏之說進一步闡明，《周易》之條理當不外乎「以象明義」與「取譬明理」。無論是「以象」還是「取譬」，要皆不直言出之，將言外之意蘊含於「象」或「譬」之中，其目的在於「闡明義理」，義理既明，假以象、變其象、捨棄象皆可，如《周易》之《困》卦是事物處於窘迫、窮困之時的象徵。自然物象是下為水、上為澤，水在澤下，是澤水下漏，澤有乾涸危險的意象，藉此來象征人生遭遇的種種困境。其卦辭云：「困，亨，貞，大人吉，无咎。有言不信。」而爻辭則以「困於株木」、「困於酒食」、「困於石」、「困於金車」、「困於赤紱」、「困於葛藟」六種事物來喻示人生各種困境及其解脫辦法。其中「株木」、「石」、「葛藟」是自然物象，其實就是某種具體困境的象徵；「酒食」、「金車」、「赤紱」則分別代表享受、地位、權力等人事意象。再如《小畜》卦辭云：「亨。密雲不雨，自我西郊。」其卦象是乾下巽上，有蓄積之意，引申又有蓄養和停頓之意。此卦為乾剛健而處下，有上進之心，但因力量不足而暫時受阻之象，卦辭便以「密雲不雨，自我西郊」即來自西郊的濃密烏雲正蓄積尚未落雨之象象之。縱觀《周易》之整體系統和推演規律，《周易》之「易」重在以象求義，義在象外，其與道家「得意忘象」「得魚忘筌」所謂實在並無二致。

〔註21〕（南朝梁）劉勰著，范文瀾注：《文心雕龍注》，北京：人民文學出版社，1962年版，第632頁。

〔註22〕錢鍾書：《管錐編》（第一冊）北京：中華書局，1986年版，第11、12頁。

二、「易」之本質：「象喻」思維

作為中國「哲學之哲學」的《周易》，在思維方式上，無論其總體思想體系抑或具體易理的發微，無不貫穿著類比思維，這也鑄就了其思維方式的主要特徵在於它的詩性品質。之於中國文學創作，《周易》可謂開啟了一種隱喻創作的歷史傳統。這一點無論在敘事傳統還是抒情傳統中都有極為突出的表現。就前者而言，中國文學中「立象以盡意」的傳統即從《周易》開始。例如飛龍在天、枯楊生華、困於株木等詞語中就包含著豐富的意象。「一個意象可能被轉換成一個隱喻一次，但如果它作為呈現與再現不斷重複，那就變成了一個象徵，甚至是一個象徵（或者神話）系統的一部分。」〔註23〕如《周易》中的爻象「潛龍」可謂意象，它在多次使用後即成為隱逸君子的象徵。又如「大江東去」與「曉風殘月」本來分別喻指蘇軾和柳永的詞風，但用得多了，就泛化為豪放與婉約兩種詞風的代稱了。再如「清水芙蓉」與「錯彩鏤金」本來分別喻指謝靈運和顏延之的詩風，但用得久了，便成為自然天成與人工雕琢兩種詩風的象徵了。

再就後者言，中國古代抒情詩遠比敘事詩發達，但情感是摸不著看不見的，要使這摸不著看不見的抽象情感化為具體可感的形象表徵，最簡捷有效的方式就是大量運用象喻。如就一個「愁」字而論，中國古代詩文就有無數的象喻方式。如《詩經．柏舟》：「心之憂兮，如匪澣衣。」李白《秋浦歌》：「白髮三千丈，緣愁似個長。」李煜《虞美人》：「問君能有幾多愁，恰似一江春水向東流。」秦觀《千秋歲》：「春去也，落紅萬點愁如海。」李清照《武陵春》：「只恐雙溪舴艋舟，載不動許多愁。」賀鑄《青玉案》：「試問閒愁都幾許，一川煙草，滿城風絮，梅子黃時雨。」所有這些都充分證明了中國抒情傳統就是使用象喻思維進行表達的傳統。從這個視角來看，誠如錢穆所言：「《易經》可說和《詩經》是一樣的，又著實而又空靈的，指示出中國人藝術天才的特徵。因此《易經》雖是中國一部哲學書，但同時亦可說是中國的一件藝術或文學作品。」〔註24〕《周易》的「觀物取象」說，就是這種類比思維的典型體現：

> 聖人有以見天下之賾，而擬諸其形容，象其物宜，是故謂之象。（《周易．繫辭上》）〔註25〕

〔註23〕（美）韋勒克，沃倫：《文學理論》，劉象愚譯，北京：三聯書店，1984 年版，第 204 頁。

〔註24〕錢穆：《中國文化史導論》，北京：商務印書館，1994 年版，第 68 頁。

〔註25〕（清）阮元校刻：《十三經注疏．周易正義》，北京：中華書局，1980 年版，第 86 頁。

古者包羲氏之王天下也，仰則觀象於天，俯則觀法於地，觀鳥獸之文，與地之宜，近取諸身，遠取諸物，於是作八卦，以通神明之德，以類萬物之情。(《周易．繫辭上》)〔註26〕

這兩段話明確指出，「象」來源於客觀世界，必須觀察自然、社會的紛繁多樣的事物，「近取諸身，遠取諸物」「擬諸其形容」，才能創造象，從而體現「天下之賾」「通神明之德」，即深賾難明的至理和與神明相接近的品德。「象」之創制，首在觀物，觀天地之法理、鳥獸之文與地之宜，由對客觀物事的省察、體悟而形成主觀體驗，繼而進行取象，亦即通過「近取諸身、遠取諸物」的類比思維方式，在外，觀天地萬物，在內，察自身奧妙，以具體個別的「象」暗示、指向幽深玄奧之理，是中華民族自古以來「天人合一」思想的一貫反映。《周易．繫辭下》對此作了這樣的說明：

子曰：「其稱名也小，其取類也大。其旨遠，其辭文，其言曲而中，其事肆而隱。」〔註27〕

「稱名」，意為指稱個別的事物，它聯結著鮮明、生動的「象」，如龍、井、枯楊，既然是個別，所以是「小」；「取類」，指象所隱寓、指向的事、理，它有一般性、普遍性，所以是「大」。如清潔的井水隱喻懷才修德的君子，亢龍比喻君主脫離臣民。對於《易》「象」的理解，要由小及大，循象求義。既要重視、把握個別、具體的象，又要超越它，把它當作通向彼岸義理的橋樑。《周易》首開類比推理的先河，由此以往，類比成為人們闡發事理、認知世界更為自覺的一種思維方式。

具體而言，《周易》思維方式的「類」性思維特質首先表現在以「類」屬物的事物分類原則上。《周易》以「乾、坤、震、巽、坎、離、艮、兌」八卦為基礎，每卦又以類屬物，《周易．繫辭上》有云：「方以類聚，物以群分。」〔註29〕《說卦傳》亦將乾、坤、震、巽、坎、離、艮、兌八卦的功能屬性分別類同於健、順、動、入、陷、麗、止、說，凡具有以上八種功能屬性之一的事物即可歸為相應的一類。如此比附推演，八個卦象既可比擬家庭，則有父、母、

〔註26〕（清）阮元校刻：《十三經注疏．周易正義》，北京：中華書局，1980年版，第86頁。

〔註27〕（清）阮元校刻：《十三經注疏．周易正義》，北京：中華書局，1980年版，第92頁。

〔註28〕（清）阮元校刻：《十三經注疏．周易正義》，北京：中華書局，1980年版，第78頁。

長男、中男、少男、長女、中女、少女等卦象之分；若比擬自然界，則有天、地、雷、水、山、風、火、澤等卦象之別；若比擬動物，則有馬、牛、龍、豬、狗、雞、雉、羊等卦象之不同，如此「引而伸之，觸類而長之」〔註 29〕，則天地間一切事事物物、有形無形，都可用八卦來象徵。

之所以說《周易》的類性思維充滿隱語化特徵，原因即在於其類性思維典型的認知形式就是「譬」，亦即「象」喻。《周易．繫辭下》云：「易者，象也；象也者，像也。」〔註 30〕王弼《周易略例．明象》篇又云：「夫象者，出意者也。言者，明象者也。盡意莫若象，盡象莫若言。言生於象，故可尋言以觀象；象生於意，故可尋象以觀意。意以象盡，象以言著。」〔註 31〕「象」這一範疇是中國傳統思維隱喻特質的總概括。《周易》：「象曰：天行健」〔註 32〕，孔穎達《周易正義》解：「或有實象，或有假象。實象者，若地上有水、地中生木是也；皆非虛言，故言實也。假象者，若天在山中、風自火出；如此之類，實無此象，假而為義，故謂之假也？」〔註 33〕由是觀之，《周易》之「象」，有「實象」與「假象」二分，實即自然物象與主觀心象之別。陳騤《文則》卷上丙云：「《易》之有象，以盡其意；《詩》之有比，以達其情。文之作也，可無喻乎？」〔註 34〕故《周易》之象思維，實與詩之比、文之喻相若，是假譬寓義，義隱象中，崇尚不直言表達，「易」之「象」實即「易」之「隱」。

《周易》通過符號化來進行隱喻表達的思維在西方世界同樣可以找到理論共鳴。德裔美籍學者卡西爾（1874～1945）在其文化哲學名著《人論》中曾指出人類世界的本質在於符號化：「人在適應環境方面發現了一種新的方法。除了具備其他物種都有的接收繫統和操作系統外，人還多了一種可稱之為符號系統的第三鏈條，這個新的鏈條徹底改變了人類生活。……人不再生活在一

〔註 29〕（清）阮元校刻：《十三經注疏．周易正義》，北京：中華書局，1980 年版，第 78 頁。

〔註 30〕（清）阮元校刻：《十三經注疏．周易正義》，北京：中華書局，1980 年版，第 88 頁。

〔註 31〕（清）阮元校刻：《十三經注疏．周易正義》，北京：中華書局，1980 年版，第 88 頁。

〔註 32〕（清）阮元校刻：《十三經注疏．周易正義》，北京：中華書局，1980 年版，第 14 頁。

〔註 33〕（清）阮元校刻：《十三經注疏．周易正義》，北京：中華書局，1980 年版，第 16 頁。

〔註 34〕（宋）陳騤：《文則》，北京：中華書局，1985 年版，第 6 頁。

個單純的物理世界中，而且生活在一個符號世界裏。語言、藝術、神話和宗教組成了這個世界，他們共同編織了人類經驗的符號之網。」〔註35〕簡而言之，符號就是意義的載體，只要是承載意義的東西或者說被人賦予意義的東西都可以成為符號。所以符號不同於信號，信號是物理世界的一部分，而符號則是意義世界的一部分。也就是說，信號雖然是以某種物理的或實體性的存在出現的，但這些只有承載意義才能成為真正的符號。也正因如此，信號是直接性的操作者或刺激物，而符號則是間接性的能指或者意義載體。符號的間接性表現在人類文化的意義表達上就是一種隱喻思維的體現，也就是物質實體和其所代表的意義之間間接地存在一種可供理解的表達方式，而這種方式是通過符號來表達的。從這種意義上說我們可以發展一下卡西爾的文化哲學觀念。那就是說符號的能指與所指之間存在一定張力，這種張力就是隱喻的力量，也正是由於這種隱喻思維的存在才構成了這個隱喻的世界。整個世界就是符號化的，由此推知，「易」之卦象正正是大千世界簡約化、符號化、隱語化的變相表達，其最大特色就在於依託「象喻」符號來傳達信息，以不同的卦象符號隱喻世界萬物和變化生生，用抽象的符號傳遞廣博深邃的意義，卦象本身也就成了一種內涵豐富、寄託遙深的符號隱語。

三、「象喻」思維發用的內在邏輯與三重「隱」

具體而言，《周易》象喻思維就是一個由象到象的過程，經歷了從物象到卦爻象、從卦爻象到文字象再到意象（主觀心象）的三重轉變，這就是其發用的內在邏輯，而三重「隱」則是其邏輯發用的客觀結果。直觀《周易》，其中存在著兩種類型的「象」。第一種是卦爻象。《周易》所有六十四卦都是以陰爻和陽爻為基本要素組合構成的，易之六十四卦就是六十四個以爻的形式繪製的圖像（符號）系統，這個圖像（符號）系統是對天地自然形貌的模擬，也是當時人們形象地認知天地自然和社會人事的最初起點。無論是八經卦還是六十四別卦之卦象和爻象，都是以「象」的方式標示事物的功能屬性的，因此如前所述，這個「象」不是個別的事物的「象」，而是一類具有共同功能屬性的事物的「類」象。第二種是文字象。卦爻辭中以文字形式形象化地描述物、人、事的圖像就是文字象。文字象相比於卦爻象，其具體生動的特點更加突出，加

〔註35〕（德）恩斯特·卡西爾，甘陽譯：《人論》，上海：上海譯文出版社，1985年版，第33頁。

之文字象由文字（即語言）組成，因此其意義的把握就更加直接而容易，文字象構成了對卦爻象的象喻。

還是以《困》卦（䷮）為例，其卦象為坎下兌上，《困．象》云為「澤無水」之象，其卦辭直接作出判斷而沒有立象，但其初爻至上爻則分別繫上了「臀困於株木，入於幽谷，三歲不覿」、「困於酒食，朱紱方來」、「困於石，據於蒺藜，入於其宮，不見其妻」、「來徐徐，困於金車」、「劓刖，困於赤紱，乃徐有說」和「困於葛藟，於臲卼」的文字象，六個文字象分別喻示著：在窮困中，必須明智，極端隱忍，不可浮躁；在過度紛繁的困擾中不可得意忘形；僥倖妄進會造成困境；解救窮困，不可操之過急，應當量力，審慎行動；在困境中，手段要正當，並及時反省。合卦辭和爻辭之意，《困》卦闡明了應對困境的原則。象喻的例子在《周易》中可謂俯拾皆是，幾乎所有的爻辭都是以這種認知方式進行類比推理和演繹，六十四卦卦辭中亦有相當部分，以象傳遞背後隱喻之意，憑藉他物而非直言出之，是為一隱；而象背後的隱喻之意又非簡單的「一對一」而是「一對多」甚至於無窮，一象隱寓多義的情況在《周易》中不僅非常普遍而且自成體系，是為二隱，其思維方式的隱語化特徵即彰顯在這兩種可以稱之為結構性「隱」的過程的始終。

與橫向結構性的「隱」相應，《周易》還存在一個歷時性、過程性的「隱」。簡而言之，《周易》之生成與象喻思維之發用，實不離「象」，從自然物象到卦爻像是為「觀物取象」又「取象比類」，從卦爻象到文字象再到主觀心象是為「立象盡意」「得意忘言」。由自然物象到卦爻象，是對天地自然萬物的隱語化表達，而從卦爻象再到文字象，又是對卦爻象的象喻表達，最後從文字象到主觀心象又是對象外之意的隱語化表達。由此可見，其象喻思維發用之隱語性質在歷時層面自然是一重深過一重。經由這三重轉變，《周易》之「易」理隱於其中。若抽絲剝繭，反向而求之，《周易》這一邏輯謹嚴的哲學隱語體系也就「撥開雲霧」，澄明自見了。

第三節　儒、釋、道的哲學思想與中國古代隱語

一、中國古代哲思中蘊涵的隱語

隱語作為一種思維認知方式，受中國古代哲學之影響並與其發生必要的關聯當然是自不待言的。馮友蘭《中國哲學簡史》談及中國哲學家表達自己思

想的方式時，對中西哲學表達方式之別以及隱語與中國哲學思想之間的關係有過特別精到的闡釋。他說：

> 有些哲學著作，像孟子的和荀子的，還是有系統的推理和論證。但是與西方哲學著作相比，它們還是不夠明晰。這是由於中國哲學家慣於用名言雋語、比喻例證的形式表達自己的思想。《老子》全書都是名言雋語，《莊子》各篇大都充滿比喻例證。這是很明顯的。〔註36〕

從馮友蘭的闡釋中不難見出，習慣於用名言雋語、比喻例證的形式來表達思想正是中國傳統哲學的思維表達方式，其帶來的直接效果不外有二：一是簡短，寥寥數語；二是語義不夠明晰，富於暗示和言外之意，故此才能於寥寥數語中傳達綿綿不盡之意，這正是「隱」的思維，是「隱」大有可為的地方。

其實，縱觀整個中國古代哲學，不僅思想的表達方式像一則則隱語，而且哲學的闡釋內容也同樣是隱語化的。馮友蘭即認為，「中國古代哲學的傳統不在於增加積極的知識，也就是實際的信息，而在於提高心靈的境界，達到超乎現世的境界，獲得高於道德價值的價值」。〔註 37〕增加知識或許可視作形而下的信息累積、技能訓練，是量變，是細部；而提升心靈的境界則是一種形而上的精神活動，是質變，是整體。就彷彿我們讀東晉詩人陶淵明的《飲酒》一詩：

> 結廬在人境，而無車馬喧。問君何能爾，心遠地自偏。採菊東籬下，悠然見南山。山氣日夕佳，飛鳥相與還。此中有真意，欲辨已忘言。〔註38〕

品讀此詩，我們首先注意到的當是詩的格律和意象，也就是詩的平仄押韻和意象的捕捉、構建、組合，讀來朗朗上口，菊花、飛鳥、東籬、南山種種意象的營構同樣富有機巧，但這只是第一層的「技」；而當我們通過旋律和意象的導引，進而感受到詩歌的神韻和意境，體味到詩人內心深處的所思所想，甚至與宇宙萬物合為一體的那種「此中有真意，欲辨已忘言」的人生境界時，則是由技而進乎道的範疇了。「已忘言」說得再恰切不過，這就是中國哲學追求的一種境界，崇尚不言之言、難言之言，追求言外不盡之意，和那個可遇而不

〔註36〕馮友蘭：《中國哲學簡史》，北京：北京大學出版社，2010 年版，第 9 頁。
〔註37〕馮友蘭：《中國哲學簡史》，北京：北京大學出版社，2010 年版，第 4 頁。
〔註38〕（晉）陶潛著，龔斌校箋：《陶淵明集校箋》，上海：上海古籍出版社，2011 年版，第 302 頁。

可求、可玩味卻又難以言傳的被稱之為「道」的東西。「重了悟不重論證」、「重人生不重知識」「重整體直覺把握不重細節描摹探求」，這不正是中國古代隱語的思維方式和把握對象的過程寫照嗎？它不僅貫穿於中國古代哲學發展史的始終，同時也照進了中國古代文藝理想探索追求的歷史與現實。馮友蘭說：

> 富於暗示，而不是明晰得一覽無遺，是一切中國藝術的理想，詩歌、繪畫以及其他無不如此。拿詩來說，詩人想要傳達的往往不是詩中直接說了的，而是詩中沒有說的。照中國的傳統，好詩「言有盡而意無窮」。所以聰明的讀者能讀出詩的言外之意，能讀出書的行間之意。中國藝術這樣的理想，也反映在中國哲學家表達自己思想的方式裏。〔註39〕

一切文藝作品只有以暗示來言傳不可道之道，如此以來，語言的複義、不可解處才能讓「道」變得更加撲朔迷離、耐人尋味。這是中國古代文藝和哲學的妙處，也正是中國古代隱語的發力處。

一部中國哲學史，煌煌幾千年，其中思想、流派紛呈，但最終被時代風雲大浪淘沙後仍屹立不倒或佔有一席之地，或對中國政局、社會和歷史發生長期影響的思想恐不出儒、釋、道三家。陳寅恪說：「故自晉至今，言中國之思想，可以儒釋道三教代表之。此雖通俗之談，然稽之舊史之事實，驗以今世之人情，則三教之說，要為不易之論。」〔註40〕中國學人在概括中國傳統思想文化的主流時常常以儒、釋、道「三教」作為顯例。這裡就存在一個問題，儒釋道三教是否都是作為宗教來看，還是指三家學派，抑或另有所指？對此，陳寅恪在《陶淵明之思想與清談之關係》一文中明確寫道：「中國自來號稱儒釋道三教，其實儒家非真正之宗教，決不能與釋道二家並論。」〔註41〕其態度斷然而決絕，不能容忍把儒家和釋、道二家同以宗教視之。馮友蘭在此基礎上則更進一步，他不僅認為儒家不是宗教，同時指出了作為哲學學派的道家、佛學，與作為宗教的道教與佛教的區別。他說：「至於道家，它是一個哲學的學派；而道教才是宗教，二者有其區別。道家與道教的教義不僅不同，甚至相反。道家教人順乎自然，而道教教人反乎自然。……作為哲學的佛學與作為宗教的佛教，也有

〔註39〕馮友蘭：《中國哲學簡史》，北京：北京大學出版社，2010年版，第9～10頁。
〔註40〕陳寅恪：《金明館叢稿二編》，上海：上海古籍出版社，1980年版，第250～252頁。
〔註41〕陳寅恪：《金明館叢稿初編》，上海：上海古籍出版社，1980年版，第219頁。

區別。受過教育的中國人，對佛學比對佛教感興趣得多。中國的喪祭，和尚和道士一起參加，這是很常見的。中國人即使信奉宗教，也是有哲學意味的。」〔註 42〕馮友蘭的觀點還是比較中肯而全面的，應該說宗教尤其是大的宗教的核心都有一種哲學，但不能就此把宗教與哲學相提並論，因為宗教中還同時摻雜一些迷信、教條、儀式和組織。故此，我們文中所言的儒、釋、道三家思想，皆從與中國古代哲學研究相關的派別而言。

二、儒、釋、道三家對待隱語的態度及其影響

（一）儒家倫理化的言語觀對隱語的催生

儒家對語言和隱語的態度充滿著自相矛盾之處，其立場往往游移不定。孔子是儒家學說的開山宗師，其對於語言的態度是以兩個看似矛盾的主張組成：一方面他主張積極運用語言，認為「言之無文，行而不遠」「情慾信，辭欲巧」「能近取譬」「文質彬彬，然後君子」，另一方面他對語言又有所警惕，主張慎用語言，反對「巧言令色」，追求「辭達而已矣」。儒家的語言觀看似矛盾，但仔細分析即會發現其背後的邏輯所在。其實，儒家對於語言的態度，都是完全服務於其倫理思想的。在語言內部，由於「邏輯性」的缺席，儒家不再追求語言內部意義的完全固化和精準，他們所鍾情的是微言大義、言近旨遠的「春秋筆法」。孔子提倡要「文質彬彬」，孟子提出善言的標準在於「言近而指遠」，都可以被理解為是對這一結論的佐證。

觀儒家思想，無論是於微言中寓大義的倫理化訴求，抑或對「言近旨遠」言語表達效果的孜孜以求，從語言本體和功能層面，皆展示出了對言語之「隱」的策略和效果的高度認同和踐行。如孔子編《六經》，無論是《詩經》的「思無邪」，《春秋經》的「春秋筆法」，《樂經》的「樂以象德」說，都是以其言語的文之「隱」傳其政治倫理深蘊大義之質。

孔子編訂六經，增刪取捨之間，真實意圖隱寓其中。清人王夫之《周易外傳》評孔子六經時云：「乃盈天下而皆象矣。《詩》之比興，《書》之政事，《春秋》之名分，《禮》之儀，《樂》之律，莫非象也。而《易》統會其理。」〔註 43〕由是觀六經之統要，無非一個「象」字，而「象」即「隱」也，孔子對待隱語之態度亦可見一斑。近人胡適在《中國哲學史大綱》中亦認為，「孔

〔註 42〕馮友蘭：《中國哲學簡史》，北京：北京大學出版社，2010 年版，第 3 頁。
〔註 43〕（清）王夫之：《周易外傳》，北京：中華書局，1977 年版，第 213 頁。

子學說的一切根本，依我看來，都在一部《易經》。」〔註44〕《易經》的哲學，前人有種種議論解讀，如河圖、洛書、讖緯術數、先天太極等等，胡適認為這種種議論皆未得《易經》的真意。在他看來，一部《易經》可以概括為三個基本觀念：「易」、「象」、「辭」。這裡的「易」就是變易之易，喻天地萬物無窮之變也。子曰：「逝者如斯夫，不捨晝夜」，即是強調世間萬物之變的恒久性、普遍性，而推動這種常變的動力即在於「一陰一陽」「一剛一柔」，正所謂「一陰一陽之謂道」「剛柔相濟生變化」。「易」固然重要，因為它告訴世人一個充滿辯證法的普遍的事實和道理，外物之變且無時無刻不在變。但《易經》中更加重要的並非告訴世人這個「變」的道理，而是又祭出一個新的理念「象」。胡適說：「一部《易經》只是一個『象』字。」〔註45〕尤其是《易經》中提到的「易也者，象也。象也者，像也。」「象」真可謂一部《易經》的關鍵，萬物之「易」皆由「象」，「象」是「變」的載體和手段。而「象」就是對世界的隱語，就是對世間萬物高度抽象化、隱語化的概括和表達。這個隱語化的過程在《易經》中有清晰的邏輯表述，從物象到意象，從實在的器物到抽象的制度，以至於一切人生道德禮俗，這其實就是一個「天人合一」「天人合德」的過程，都可經由隱語化的這一思維過程得以生發出來。

由此看來，無論是語言表達的「比德」觀念還是語言表達的「比象」思維，都會帶來內涵之變動不居與隱寓多義，如此皆是儒家思想重視語言隱語化表達的顯例明證。

（二）道家語言表達的隱喻性特徵

道家對語言的態度同樣是模棱兩可、相互牴牾的。老子《道德經》開篇即言「道可道，非常道。名可名，非常名」〔註46〕。第五十六章又云：「知者不言，言者不知」「信言不美，美言不信。善言不辯，辯言不善。」〔註47〕第四十一章：「大音希聲，大象無形」〔註48〕。由此可見，道家一方面主張沉默，

〔註44〕胡適：《中國哲學史大綱》，北京：商務印書館，1987年版，第67頁。

〔註45〕胡適：《中國哲學史大綱》，北京：商務印書館，1987年版，第74頁。

〔註46〕（春秋）老子著，（魏）王弼注，樓宇烈校：《老子道德經注》，北京：中華書局，1980年版，第1頁。

〔註47〕（春秋）老子著，（魏）王弼注，樓宇烈校：《老子道德經注》，北京：中華書局，1980年版，第89頁。

〔註48〕（春秋）老子著，（魏）王弼注，樓宇烈校：《老子道德經注》，北京：中華書局，1980年版，第65頁。

一方面又疾聲高呼；一方面追求「吾欲無言」，一方面又滔滔不絕。劉勰在《文心雕龍》中一語道破老子的言行不一：「老子疾偽，故稱『美言不信』；而五千精妙，則非棄美矣。」〔註 49〕這正是老子自由觀的一種表現，由此可見，道家的語言觀堪稱中國最早的後現代主義的表演：解構邏輯性，擁抱隱喻。老子語言觀這一悖論本身其實正是關於人類邏輯性運用的一個隱喻，即邏輯的運用無力解決「道」的終極真理問題，語言和哲學最終的歸宿是隱喻而非邏輯。需要指出的是，道家的隱喻已經不僅僅局限於語句內部，因為它不再是僅僅利用某些單個字詞言此而意彼，而是利用整個語言系統製造了一個語言和真實世界之間的巨大隱喻。

在言說方式上，道家善於運用比喻、象徵、暗示、弔詭、反言等具有審美化、浪漫化精神的方式言說存在。老子常用樸、水、谷、嬰兒、玄牝等來喻「道」。莊子「以謬悠之說，荒唐之言，無端崖之辭，時恣縱而不儻，不以觭見之也」，尤善以「三言」論「道」：「以天下為沉濁，不可與莊語，以卮言為曼衍，以重言為真，以寓言為廣。」〔註 50〕「寓言十九，重言十七，卮言日出，和以天倪。寓言十九，藉外論之。……重言十七，所以已言也，是為耆艾。……卮言日出，和以天倪，因以曼衍，所以窮年。」〔註 51〕寓言指寄之他人之言，成玄英疏云「言出於己，俗多不受，故借外耳」〔註 52〕，「寓言十九」〔註 53〕，乃其主要的言說策略；重言指世之所重之言，即借老子、孔子、列子等年高德劭者之口而言說，實為寓言之一種。至於卮言，成玄英疏云：「卮，酒器也。……卮滿則傾，卮空則仰，空滿任物，傾仰隨人。無心之言，即卮言也，是以不言，言而無係傾仰，乃合於自然之分也。」〔註 54〕指如酒杯般曠然虛懷而無主觀成見的自然之言。「三言」分別側重莊子語言方式的不同側面，互相包容滲透。就

〔註 49〕（南朝梁）劉勰著，范文瀾注：《文心雕龍注》，北京：人民文學出版社，1962 年版，第 537 頁。

〔註 50〕（戰國）莊子著，（清）王夫之解：《莊子解》，北京：中華書局，1964 年版，第 105 頁。

〔註 51〕（戰國）莊子著，（清）王夫之解：《莊子解》，北京：中華書局，1964 年版，第 186 頁。

〔註 52〕（戰國）莊子著，（清）郭慶藩輯：《莊子集釋》，北京：中華書局，1961 年版，第 566 頁。

〔註 53〕（戰國）莊子著，（清）郭慶藩輯：《莊子集釋》，北京：中華書局，1961 年版，第 586 頁。

〔註 54〕（戰國）莊子著，（清）郭慶藩輯：《莊子集釋》，北京：中華書局，1961 年版，第 338 頁。

以自然為宗、以無心為旨的精神實質而言，整個道家語言皆為「卮言」式的隱喻。道家比喻、象徵、暗示等語言方式實質上正是使人與宇宙萬物得以溝通交流的詩性隱喻，破除了對世界的對象化理解，為人體認與世界同源同構、齊同平等的本真關係提供了可能。道家奇崛荒誕的言說顯示著存在的真理，實現了對人的存在的詩意喚醒。正如胡適所言：「老、莊道言的模糊性正是力圖保持語言對道的無限開放性，只有這樣才能使道成為貫穿古今、與物宛轉的『常道』、『大道』」〔註 55〕

老子哲學的基本範疇及其論證方式，都是隱語化的，都是借助於自然中具體存在的事物或情狀闡釋抽象晦澀的哲學道理，都是在「形而下」的暗示之下傳達「形而上」的感受、體驗與見解，道、氣、象、有、無、虛、實、美、味、虛靜、玄鑒……無不如此。《莊子．外物》篇說：「荃者所以在魚，得魚而忘荃；蹄者所以在兔，得兔而忘蹄；言者所以在意，得意而忘言。吾安得夫忘言之人而與之言哉！」〔註 56〕與忘言之人言，是不言之言。道家認為，道不可道，只可暗示。言透露道，是靠言的暗示，不是靠言的固定的外延和內涵。言一旦達到目的就沒有了存在的必要。既然如此，何必用言來自尋煩惱呢？同樣，孔子的「仁」，孟子的「義」，老子的「反」，雖然都是一個字，但表達的思想深度都是難以想象的。這都是寓萬於一，以一馭萬的極好範例。思想深刻又語言簡短，就得借助於暗示，也就是「隱」。陶黎銘、姚萱在《中國古代哲學》中將其具體表現歸納為三個方面：「它可以是一種影射，表面上陳述這一對象，實際上指的是另一個對象；可以是一種聯想，借助語境從這一思想進入到另一種思想；也可以是一種雙關語，用模糊的語言表達內心世界。」〔註 57〕隱語像無處不在的風一樣，它已經成為中國古人的一種思維方式。風只可意會不可言傳，風無處不在，具有強大的力量，卻沒有固定的形態，它能穿插深入、滲透到各種事物的內部，發出各種聲響，以無休止的運動在所到之處留下它的痕跡。

（三）「離言說」與隱語化傳經

禪家主張「離言說」，不立文字，但又最能夠活用語言。正像道家以及後

〔註 55〕胡適：《先秦名學史》，《胡適學術文集中國哲學史》，北京：中華書局，1991 年版，第 766 頁。

〔註 56〕（戰國）莊子著，（清）郭慶藩輯：《莊子集釋》，北京：中華書局，1961 年版，第 478 頁。

〔註 57〕陶黎銘，姚萱編著：《中國古代哲學》，北京：北京大學出版社，2010 年版，第 20 頁。

來的清談家一樣，他們都否定語言，可是都能識得語言的彈性，把握運用著，達成他們的活潑無礙的說教。不過道家以及清談家只說到「得意忘言」「言不盡意」，還只是部分的否定語言，禪家卻徹底地否定了它。此論在佛經中多有印證，《菩薩瓔珞本業經·因果品》曰：「一切言語道斷，心行處滅。」〔註58〕《維摩詰所說經·入不二法門品第九》曰：「乃至無有文字語言，是入不二法門。」〔註59〕《古尊宿語錄》卷二記百丈懷海禪師答僧問「祖宗密語」說：「無有密語，如來無有秘密藏。……但有語句，盡屬法之塵垢。但有語句，盡屬煩惱邊收。但有語句，盡屬不了義教。但有語句，盡不許也，了義教俱非也。更討什麼密語！」〔註60〕

這裡完全否定了語句，但同卷又云：

> 但是一切言教只如治病，為病不同，藥亦不同。所以有時說有佛，有時說無佛。實語治病，病若得瘥，個個是實語，病若不瘥，個個是虛妄語。實語是虛妄語，生見故。虛妄是實語，斷眾生顛倒故。為病是虛妄，只有虛妄藥相治。〔註61〕

接著又總結道：

> 世間譬喻是順喻，不了義教是順喻。了義教是逆喻，捨頭目髓腦是逆喻，如今不愛佛菩提等法是逆喻。〔註62〕

虛實順逆都是活用語言，否定是站在語言的高頭，活用是站在語言的中間，層次不同，說不到矛盾。我們以「何為祖師西來意」為例來說，《古尊宿語錄》卷十三載學人問「何為祖師西來意」？其回答或是「庭前柏樹子」或是「床腳是」，或是「東壁上掛葫蘆，多少時也」或是「板齒生毛」云云，不一而足。「即心即佛」「非心非佛」「祖師西來意」〔註63〕是不可說的。這裡卻說了，說得還很具體，「柏樹子」「床腳」「葫蘆」「板齒生毛」，就是對「何為祖

〔註58〕後秦釋竺佛念譯：光緒十八年江北刻經處刻本《菩薩瓔珞經》，第503頁。

〔註59〕鳩摩羅什法師譯：《維摩詰所說經》，香港寶蓮禪寺印，第102頁。

〔註60〕（宋）賾藏主編集，蕭萐父、呂有祥點校：《古尊宿語錄》（上），北京：中華書局，1994年版，第20頁。

〔註61〕（宋）賾藏主編集，蕭萐父、呂有祥點校：《古尊宿語錄》（上），北京：中華書局，1994年版，第27頁。

〔註62〕（宋）賾藏主編集，蕭萐父、呂有祥點校：《古尊宿語錄》（上），北京：中華書局，1994年版，第28～29頁。

〔註63〕（宋）賾藏主編集，蕭萐父、呂有祥點校：《古尊宿語錄》（上），北京：中華書局，1994年版，第213頁。

師西來意」的隱語化解答，諸物看似都和「西來意」了不相干，但又無不相干。所謂「逆喻」，是用肯定來否定，說了還跟沒有說一樣。同卷還記著：

問：「柏樹子還有佛性也無？」

師云：「有。」

云：「幾時成佛？」

師云：「待虛空落地。」

云：「虛空幾時落地？」

師云：「待柏樹子成佛。」〔註64〕

佛家「不在文字、不離文字」的語言觀充滿著機鋒，也造成了一則則玄之又玄、需要高嵩指點拆解以示迷津的神秘隱語。對於佛家這種獨具特色的語言表達方式，劉豔芬認為：「它既不是開門見山的說教，也不是直接了當的指導，而是用儘量省儉的詩性語言，負載儘量豐富的意蘊，或者以富有暗示性的語言、動作來『繞路說禪』，所以常常運用大量的平常語、矛盾語、象徵語、否定語、體勢語等隱語，以曲折、含蓄甚至莫名其妙的方式相互啟發，或者以連珠妙語將對方逼到『山窮水盡疑無路』的地步，從而在修行者面前設置起一面面語言的牆壁，使修行者神忠貫注，阻斷邏輯思維的路途，斬斷纏手纏腳的『情見』，引領修行者從『無明』狀態走出，這時就彷彿美麗的織錦突然翻轉，修行者將看到的是經緯分明的世界，又似桶底脫落，使天機瞬間得解。」〔註65〕總之，佛家語慣以有限的文字負載無限豐富的內涵，並常常通過語言的怪誕變形以造成陌生化，如此奠定了中國古代哲學追求「言外之意」、「味外之旨」的表意傳統。佛家這種語言觀不僅借鑒了中國傳統詩學的比興手法，而且對之又加以進一步發揮：它更加注重表達的整體性，不只體現在片言隻語中；它更加強調表達的隱蔽性，不是猶抱琵琶半遮面，而是藏而不露，因此其隱語化的表達以及藉此生成大量隱語的客觀現實當是在情理之中的。

李澤厚在《美的歷程》中談到中國哲學思想的特點時認為「其著眼點更多不是對象、實體，而是功能、關係、韻律。……作為反映，強調得更多的是內在生命意興的表達，而不在模擬的忠實、再現的可信。」〔註66〕由此可見，中

〔註64〕（宋）賾藏主編集，蕭萐父、呂有祥點校：《古尊宿語錄》（上），北京：中華書局，1994年版，第234頁。

〔註65〕劉豔芬：《中國傳統詩學話語與佛家話語》，《山東教育學院學報》，2002年第6期，第54頁。

〔註66〕李澤厚：《美的歷程》，天津：天津社會科學出版社，2001年版，第203頁。

國傳統哲學一開始就表現出了輕對象重關係、輕邏輯重隱喻的傾向，從儒家、道家到佛家，中國傳統哲學中語言隱喻化的傾向越來越明顯，範圍亦越來越大，以至於最後從語言內部的微隱喻走向了不僅僅局限於語言的宏隱喻。這種一貫的隱喻風格不僅是理解中國傳統哲學獨特語言觀之謎的一把鑰匙，同時也是造成中國傳統哲學輕視自然和科學，重視人倫政治這一特質的重要原因之一。

結　語

一

中國古代隱語是一個充滿魅力的學術課題。之所以這樣說，是因為「隱」不僅是中華文化的一種獨特氣質，也是中國人的一種個性化的思維方式。從日常生活到精神創作，從凡夫俗子到士子文人，從街頭巷陌到廟堂宮廷，隱語無時無處不在，它是炎黃子孫從先民那兒就繼承而來的文化基因，世代相傳，早已融進了我們的骨血。因此，以中國古代隱語作為研究的切入點，其實也就打開了一扇觀望中國古代文化獨特表徵乃至中國人精神特質的窗口。從這裡，我們不僅可以目見隱語在中國古代的各種言說語境、方式與語言變體，感受古代隱語在文藝創作中潛移默化的重要作用，也可以窺探隱語如何參與中國古代政治、影響民間以及地域文化的特質與生態，更能夠從中深刻體驗中國古人是如何進行天人溝通和認知周圍世界的。

中國古人素有好「隱」之習慣，中國古代隱語之使用亦呈現出頗具開放性之現實，傳統與現實如是，決定了我們開展中國古代隱語研究必不可偏於一時一域，而是要多方借力，縱橫相較，開展跨學科多元綜合研究，本文特別擇取修辭學、文體學、詩學、哲學等四種不同學科資源、研究手段和視角對中國古代隱語作一番關係研究，即是基於這樣的考慮。隱語在古代有多種身份標識與功能，但首先是作為一種為了更好表情達意的語言修辭手段而存在，這就涉及隱語的修辭學研究。中國古代極重文章修辭之學，詩、騷中的比興傳統，史書中寄寓微言大義的「春秋筆法」，詼諧譏刺的古代諧隱之風，以及譬喻、雙關、諷喻、婉轉、避諱、析字、藏詞等古漢語修辭格，都與中國古代隱語在語言修辭上存在著某種密不可分的「近親」關係，它們或是催生大量隱語，或是以隱語的方式參與內容表達，而其另有所指的複義性內涵才是表達者的真正意圖所在。

文章學研究也是中國古代的一門顯學，從文體溯源與歸類、作家作品風格到文體功能等方面，古人皆有述及，凡此種種，皆為本文考察中國古代隱語的文體學特質提供了重要資鑒。劉勰《文心雕龍．諧隱》篇即把隱語作為一種有韻的獨立文體來看待。早期隱語與民間信仰、巫卜等關係密切，其最初用以保存的載體則主要是神話、歌謠或卜辭，從文體溯源的角度來看，遠古神話、原始歌謠、民間謠諺、巫卜卦爻辭等皆與古代隱語淵源有自。殆至戰國末期，隱語才開始出現轉化。因其審美性，向賦轉化。荀子的《禮》、《知》、《雲》、《蠶》、《箴》五賦特別是《蠶》賦可為代表；因與占卜關係密切，向讖言轉化，於漢興起一代讖緯之學；因其娛樂性，向謎語、射覆轉化。漢魏以後，謎語大興，遂成文人逞才之雅好、民間農閒之遊戲，促進了離合、藏頭、連珠、回文詩等雜體詩的發展，諸如此類，共同構成了考察中國古代隱語文體學特質的細部。

中國古代是一個詩詞大國，而中國詩詞講究含蓄蘊藉，言在此而意在彼，隱語於此自是堪當大用。因此，從詩學角度研究中國古代隱語與中國詩的關係無可迴避，一方面隱語化的思維可謂貫穿於古人作詩、用詩、解詩的方方面面，以至於詩學思想發展與隱語文學盛衰之間的互動關係，成為一道無可迴避的複雜命題。另一方面，隱語的發展還促成了中國詩學對興、趣、境、象、意等風格的追求。「言—象—意」、「賦—比—興」、「氣—韻—味」、「譬—喻」、「隱秀」、「情景（境）」、「趣味」等重要的古典詩學範疇，無一不是由隱語及「隱」的方式來完成，廣大文論家們對於隱寓審美的不懈追求，催生了「隱」之手法與其結果的廣為流佈，並成為了中國古典詩學的一大特色。

最後，我們又認識到，其實隱語並不僅僅是一種簡單的語言表達手段、一種文體或者某種關係，它已經上升為一種思維認知方式，一種內化於心的哲學範式，從中國哲學的高度探討隱語作為一種思維認知方式的共性和普遍性，探尋隱語與中國古代哲學思想主流之間的互文關係自然成為必要。

通過本文的論述，我們基本瞭解了中國古代隱語與修辭學、文體學、詩學和哲學之間相互影響、相互依存的互動關係，這也是筆者堅持多元研究的一個初步成果展示。但眾所周知的一個事實是，跨學科多元綜合研究是不可能終結的，它總是會嘗試著將學術研究的觸角從一個領域延伸至另一個領域，然後再到下一個。下一個，永遠是有待我們去發現的新的未知的領域，就好像參加一場沒有終點的學術「馬拉松」。就本文而言，筆者已清醒地意識到，這場「馬拉松」還遠遠沒有跑完，因為中國古代隱語研究還有很多觸角沒有伸展開。比如，我們必須承認中國古代隱語無論怎樣存在、發展和變遷，它都是在中華文化的歷史長河中游弋，它本身就是一種隱性的文化存在，也不可能背離中國文化的傳統。因此，從文化學角度研究中國古代隱語與中國文化傳統、民間風俗、地域文明等之間的關係，將成為筆者下一步繼續要走的一段新的學術研究之路。

二

大千世界，萬物競生，各領風騷，文化亦不例外。文化如人之性情各異，每種樣的文化必有其不同於其他文化的自有性特徵。因著地理環境、民族狀況、歷史背景、經濟發展、民俗傳統種種因素之影響，中國文化形成了自身獨特的傳統。所謂文化傳統，是指長期形成的對一個民族持續產生影響的某一文化體系，它是在一定時空範圍內形成的價值觀念、思維模式、行動準則、道德規範、風俗習慣等的總和。龐樸認為「文化傳統一般是指民族的、支配千百萬人的這樣一種觀念和力量，那樣一個習慣勢力或者說那樣一個慣性，它是人們在日常生活中所遵循的那麼一種模式，人們遵循它而行動，但是又不能意識到它的存在這樣一種精神力量。」〔註 1〕它包括前人所創造並遺留下來的器物形態的文化成果，也包括各種規範和觀念形態的文化遺產，如社會道德規範、政治制度、法律制度、婚姻制度、語言、宗教、思維方式，等等。其特徵主要表現在：(1)民族性。每一種文化傳統都是一個民族的傳統，民族既是它的載體，又是它的主體。(2)地域性。不同的地理環境，使各民族表現出不同的文化特色。在同一文化傳統內，由於地理環境的不同，也導致了不同地區民眾在生理、心理素質、性格、心態、思維方式、文字、語言、風俗習慣等方面的差異，呈現出不同的文化風貌。(3)歷史性。任何文化傳統都是歷史長期發展演變的產物。(4)時代性。每一個時代，不同民族和地域的文化都在吸收新鮮血液，新陳代謝，改變自身的內容和形式，以適應新的時代需要。(5)劣根性。任何一種文化傳統都有其不好的、劣根性的一面〔註 2〕。在長期的歷史發展中，中國

〔註 1〕龐樸：《文化的民族性與時代性》，北京：中國和平出版社，1988 年版，第 159 頁。

〔註 2〕參見馬克鋒：《文化思潮與近代中國)，北京：光明日報出版社，2003 年版，第 19～20 頁。

文化傳統呈現出了異於其他文化的一些特徵，諸如文化的歷史綿延未間斷性、代代傳承性，強烈的文化包容性、穩固性以及文化表達的含蓄蘊藉性等等。

隱語現象的出現和文化傳統密切相關。各種文化之間的價值觀、思維觀念和信仰等方面的差異必然反映到語言這一文化載體上來。隱語作為一種文化行為是在聯想的基礎上得以創造並接受的。在人們的實踐活動中，某些現象或因素與人的心理感受及其審美觀念等逐漸發生了穩定的對應關係，並作為一種心理感情被移植入文化，在人們的文化心理中無意識地發揮作用，成為一種文化的無意識積澱，世代相傳地流淌在民族的文化基因和情感血液裏。在人類任何社會的隱語群體中，與隱語並存的既有其群體固有的獨特文化，更有它們賴以生成繁衍的厚實底座——民族文化。眾所周知，在任何民族語言內部，囿於地域和社會等諸多原因，會生成眾多地方變體——方言，和社會變體——隱語等社會習慣語，同樣，在任何民族文化中，出於地域和社會等各種因素，也會衍生各具特色的地域文化和群體文化。事實上，隱語所具有的這種民族文化意蘊，既呈現在隱語的表層形式，又蘊含於其深層結構；既與隱語的生成繁衍有關，又與其發展演變相聯，可謂縱橫交錯、經緯萬端。

民族文化與隱語的生成有著極為重要的聯繫。隱語的生成包括兩個層面，其一是指隱語的產生，屬於發生學範疇。其二是指隱語的構成，屬於結構學範疇。關於隱語的產生，我們或可試想一下，如果沒有民族傳統文化中早已存在的禁忌文化習俗，自然也不會產生林林總總的為適應各群體成員主體需求的避諱禁忌隱語；如果不是長期受封建傳統文化中自給自足的小農經濟和封建血緣宗族等文化觀念的薰染，我們今天也不可能看到形形色色的為適應各行各業成員主體封閉保守心態的行業隱語。再如，據現存漢語隱語資料統計，有關娼妓行業的隱語，以明代最為豐富多樣，如署名為「明・風月友」的《金陵六院市語》，以及見於程萬里《鼎鍥徽池雅調南北官腔樂府點板曲響大明春》卷一的《六院匯選江湖方語》等眾多青樓隱語行話。究其原因，亦應歸結於明代社會明憲宗（1465～1487）以來，以浮麗、浮逸、墜落腐敗為一代時尚的文化風氣使然。

至於民族文化對隱語構成的影響，最為集中、最為突出的是民族文化中隱型文化與眾多隱語構成的密切關係。如民族文化內隱結構中傳統的思維模式、認知方式、審美標準等對隱語構成時有關音、形、義等價值取向的影響。據我們從生成結構的角度對現行的眾多漢語隱語進行統計發現，其中以傳統修辭手段構成的隱語極多。如，僅以由比喻手法構成的眾多隱語中有關自然氣候的隱語為例：稱風為「騾吼」，霜為「冰端」，雨為「天線」，霧為「杏花雨」，露為「甘霖」，雷為「天鼓」，月為「冰輪」……都是用通俗生動、形象直觀的比喻，使隱語的能指成分與所指成分的某一特徵構成一種內在而又具特指性的聯繫。從民族深層文化審視，隱語的這種構成方式導源於主體對客觀世界固有的認知方式和思維模式，即華夏民族文化中一種傳統而樸素的「重體悟」的直觀認知方式和形象思維方式。其實，受民族思維和認知文化影響而構成這類比喻式隱語的源頭，當肇自數千年以前。據載，在距今三千七百多年的夏桀時代，奴隸們不堪暴君桀的兇殘酷虐，曾用形象直觀的比喻詛咒夏桀：「時日曷喪？予及汝皆亡！」（《尚書．湯誓》）這裡的「日」就是用借喻手法隱指暴君夏桀。再如：《詩經．碩鼠》中「碩鼠碩鼠，無食我黍」的「碩鼠」，也是用借喻的手法隱指、咒罵那些騎在人民頭作威作福的壓迫者和剝削者。除此之外，不少以「用典」「析字」等手段構成的隱語，其構成也是受民族傳統文化影響的。可以說，民族文化是隱語賴以生成的厚實基礎。

隱語也是洞察民族文化的窗口。從某種程度上說，生成於民族文化土壤之中，蘊涵著一定民族文化因素的隱語也是一扇洞察瞭解某一時代或某一群體歷史文化的窗口。通過隱語這扇窗口，我們可以從局部窺測出一個時期的政治經濟、民俗民風以及民眾心理狀態等等顯型或隱型的民族文化。在民族文化肥沃土壤中生成的隱語，無論在其表層結構或深層內涵，都具有濃鬱的民族文化特色，與民族文化有著千絲萬縷的血緣關係。我國舊時的漁業行當隱語稱漁船為「木龍」。龍是中國傳統文化中受人們普遍尊崇的吉樣神聖之物，它被視為水中之王，儘管人們不可能見到真正的龍，但世代傳承的龍文化，使龍在每個漢民族人的心目中，變得形象生動、鮮明可感。因此，當漁業群體的人們在為內部交際工具的所指成分「漁船」命名時，便自然而然地會聯想到水中之王「龍」，由於漁船為木質製造，故命名曰「木龍」。我國舊時民間漁業水運行當的隱語又稱船尾為「龍尾」，稱河堤為「龍背」，舊時搬運行當隱語稱扁擔為「一條龍」……這一切，都應是漢民族對龍及與龍相關事物的直觀具象思維觀念在隱語命名上的直接反映。

從廣義的文化學視角來看，人類認知系統中只要可以產生間接闡釋的方式都可稱之為隱語。由此而言，文化的載體無所不在，那麼隱語自然也就無處不生。基於此，我們說隱語其實並不僅僅存在於人類的語言實踐之中，基本上人類創造的一切對象物，比如古代圖騰、神話、宗教、建築、書法、繪畫、飲食、戲曲、音樂等等，無不昭示著人類對於隱語的偏愛和對於隱語化表達的鍾情。

以中國古代戲曲文化與隱語的關係而言，隱語可謂遍及中國古代戲曲創作與表演的臺前幕後。據《錄鬼簿》及《錄鬼簿續編》，元曲家多擅長隱語，除去有錄無傳和兩三字簡略介紹的曲家外，《錄鬼簿》卷下其餘 53 人中明確點明擅長隱語者有 11 人，《錄鬼簿續編》其餘 51 人中擅長隱語者有 22 人。最典型的運用隱語的雜劇莫過於王實甫的《西廂記》，對此，清人王驥德《新校注古本西廂記・凡例》稱：「記中有成語，如『惺惺惜惺惺』之類；有經語，如『靡不有初，鮮克有終』之類；有方語，如『顛不剌』之類；有調侃語，如『淥老』為眼之類；有隱語，如『四星』為下梢之類；有反語，如『與我那可憎才』之類；有歇後語，如『不做周方』之類；有掉文語，如『有美玉於斯』之類；有拆白語，如『木寸馬戶尸巾』之類。」〔註 3〕這其中提到的「隱語」、「歇後語」、「拆白」等都是隱語的特殊形式，由是觀之王實甫著實乃熱衷且精於隱語創作的能手。

中國古代戲曲的表演中，更是隱語多多。舞臺上的「一桌二椅」，道具雖簡，卻隱寓各種時空變化。生、旦、淨、末、丑的戲曲人物，各式戲曲臉譜，各色戲服，暗示迥然不同的複雜人性、各色人等和世間百態。比如戲曲人物臉譜勾畫中的額頭、兩頰、眉形、眼形、鼻形均使用不同的色彩來寓意某些特殊意義；在服裝扮飾中蟒帔、褶子、官衣、甲靠上的色彩文飾也標識眾多象徵意義；車旗、馬鞭、船槳、雲片等道具上的不同色彩都富有深刻的隱喻內涵。在京劇《白蛇傳・水鬥》中，以水旗代浪濤，所謂「臺上不見水，舞旗能作浪」。中國傳統戲曲《打漁殺家》，用人的兩條胳膊擺動當作船槳在滑動，用一條抖動的布帶作為江水前行，這些都是借用人類固有的思維來進行再創作，都是一種符號化的隱語。

中國古代建築同樣充滿著隱語化的設計與表達。建築隱語主要體現在其布局和色彩等方面。布局是實現建築隱喻價值的重要步驟，主要表現為邏輯性演繹、有序化排列、體現民族風俗等手段上。色彩本身就具有隱喻價值，一般或體現國家、民族的審美價值觀，或暗示某時代和傳統的觀念，或體現宗教觀

〔註 3〕王驥德：《新校注古本西廂記》，《續修四庫全書・集部・戲劇類》，上海：上海古籍出版社，2003 年版，第 25 頁。

念和意識，或暗含地域風俗、經濟狀況。建築的隱喻方式是「外在環境中的東西去暗示移植到它裏面的意義。」〔註4〕如中國古代皇家建築、四合院式的民居建築以及埃及的金字塔排列，其中的邏輯排列本身就體現了某種等級觀念和風俗傳承，有其內在含義。中國的四合院，房間按照習俗分為院門、正房、東西廂房、耳房，相對比較封閉，既隱喻著家族的輩分次序，也隱喻著家族的家法規矩，還隱喻著家族的團結和睦等。蘇州園林其廳堂的命名、匾額、楹聯、雕飾等都極為考究，寓意豐富而深刻，其中不僅蘊涵著大量的歷史、文化與科學信息，而且傳遞著古代文藝傳統、吳地風俗與審美觀念種種方面的訊息。因此可以說，它是「天人合一」精神境界的隱喻，也是吳文化「書卷氣」的某種隱喻〔註5〕。

充滿人間煙火氣的中國飲食文化中亦存在大量隱語。漢民族的飲食文化習俗在博大精深的漢民族文化中積澱豐贍，獨樹一幟。就是在人類眾多民族文化中，亦卓然斐然，令世人驚歎不已，以至認為中國飲食文化和中醫中藥同為漢民族對人類生產生活的兩大貢獻。在漢語言文字中，關於飲食文化習俗的語言詞彙豐富多彩，俯拾即是：一句「食色，性也」(《孟子・告子上》) 和「民以食為天」從兩千多年前說到現在，已成流芳古訓；「倉廩實而禮義興」與「治大國如烹小鮮」成了歷代統治者治國平天下的基本方略；而「豐衣足食」更成了古代統治者施仁政的理想目標。至於「定鼎」「問鼎」「鼎遷」等詞則告訴我們，在中國文化中，就連用以烹任的「鼎」也成了國家權力的最高象徵。據學者統計，英語法語中有關「吃」的詞語各自都只有二十條例，而漢語共同語中卻多至一百二十餘例。不僅數量多，而且分布面很廣，表現力特別強。比如「酒囊飯袋」「吃不開」，表示人無能力；「吃粉筆灰」「靠山吃山」，表示人的生活手段；「吃軟不吃硬」表示人的處事方法；「吃閉門羹」則表示遭遇；「吃醋」則暗示心理情感。

中國古代書畫中的各種原型如「歲寒三友」「煙雲」以及構圖、章法、筆墨、色彩等；《禮記・樂記》謂中國古代音樂「治世之音安以樂，其政和；亂世之音怨以怒，其政乖；亡國之音哀以思，其民困。」〔註6〕的說法，諸

〔註4〕（德）黑格爾著、朱光潛譯：《美學》第三卷（上冊），北京：商務印書館，1979年版，第29～30頁。

〔註5〕李希凡、孟繁樹、陳綬祥等：《中華藝術通史：清代卷：下編》，北京：北京師範大學出版社，2006年版，第345頁。

〔註6〕（清）阮元校刻：《十三經注疏・禮記正義》，北京：中華書局，1980年版，第1527頁。

如此類的例子不勝枚舉，無不是中國古代藝術充滿隱語化表達的典型例證。人類生存過程中的一些普遍經驗和認知，促成了人們的共同記憶，這些記憶千百年來代代相承，我們稱之為文化基因，它深藏於不同種族和文明中人們的共同思維之中。而由文化土壤孕育出的各種文化隱語之花，凡此種種，都將成為筆者接下來對中國古代隱語開展文化學研究的對象。眾所周知，文化有相通亦有差異，文化的相通為人們創造和理解隱語提供了條件，而文化的差異則導致人們理解隱語產生障礙。比如一個外國人永遠不知道中國的「福」字為什麼要倒著貼。而這又為我們從民俗文化學角度對古代隱語展開中西對比研究提供了可能。

三

除了跨學科的多元綜合研究，中國古代隱語研究還是一個共時性與歷時性共同交織的多維度學術座標。共時性研究是一種橫向研究，這裡面一個非常重要也異常細緻的工作即理清中國古代隱語這一概念的內涵與外延，弄清隱語與行話、隱語與秘密語、隱語與黑話、隱語與市語、隱語與方言、隱語與委婉語、讖語等等概念之間的上下位關係或同位關係。截至目前，儘管已經有不少研究者涉及這方面的研究，但都或多或少地存在著要麼從其中某一組關係入手，變成了只見樹木不見森林的一種局部研究；要麼乾脆把這些概念混用，認為他們只是名稱叫法不同但所指事實無異；要麼靜態地看待和考察隱語與這些類似概念的關係，沒有把隱語與動態的社會語言、文化變遷的歷史關聯起來，更沒有注意到隱語演變發展的當下現實。凡此種種，一個共同的缺陷就在於缺乏系統的綜合研究，這也將成為筆者繼續從事中國古代隱語研究的下一個主攻方向。關於中國古代隱語的歷時性研究，郝志倫先生十幾年前所著的《漢語隱語論綱》中對中國古代各個時期的隱語存在和研究狀況曾作過專門的系統梳理，讓從事隱語研究的人對中國古代隱語在不同時期的發展演變有了一個較為清晰的把握，但由於並非專題研究，只是以史論的形式作為其綜合研究的一部分而存在，雖條理清楚但也難免失之於簡略而不夠深入。而且隨著新學科、新藝術門類和研究手段的日新月異，隱語研究也會更加向縱深發展，目前仍存在許多有待進一步開拓的課題。如：加大對隱語研究的現實意義和實踐價值等的認識深度；少數民族的民間秘密語；宗教與隱語的關係；中外隱語的比較分析；隱語與現實經濟活動的關係；隱語與當代社會犯罪的關係；隱語與語言政策；加大從認知語言學角度對隱語生成和理解的深層機制的研究等課題，不一而足。

最後，筆者還想就論文所採用的研究方法作一點特別說明。眾所周知，不同文化之間存在強烈的異質性。上文我們已經說過，中國古代隱語研究並非一種孤立的、靜態的對象研究，它是建立在我們悠悠幾千年中華文化傳統歷史長河基礎之上的關係形態研究。由於人們總是生活在一定的社會關係、文化關係和情感關係之中，基於此而生成並被廣泛應用的中國古代隱語也一定是在具體的歷史和文化語境之下進行實踐的結果，它表徵的是中國人的語言表達、藝術精神、思想情感和思維認知模式，而文化語境和歷史語境是不斷變化著的，加之文化本身的民族性和多樣性，這就決定了對凝聚著巨大文化基因的中國古代隱語實踐的解釋和評價，必須注重屬地性、民族性和回歸中國特色。中國古代隱語不是一種物理現象，它是情感的、文化的，是一種帶著不同民族、不同階層、不同性別各自「氣味」和特徵的文化現象。故此，筆者在研究策略上則更傾向於固持「保守」的姿態，選擇以中國自己的概念、範疇、理論和材料來闡釋自己的概念的研究思路，基本無涉任何西方理論，也沒有採取中西比較的分析研究方法。筆者有點固執地堅持認為，中華民族有自身獨特的審美經驗、民族氣質和感覺結構，而這應當成為中國當代文藝理論研究和批評的基本面向。

改革開放以來，中國學界引進了大量西方文論，這對於中國的文藝理論建設，起到了積極作用。但是，由此帶來的問題亦不容小覷。多年來，國內的文藝研究形成了一種求新求快的慣性，即以最快的速度追趕西方最新理論，套用闡釋一番，然後迅疾更換，如此循環往復。將西方理論奉為圭臬、照搬照抄西方經驗、「套用西方理論來剪裁中國人的審美」等現象屢見不鮮。有鑑於此，當下如何建設文藝研究的中國話語，已經成為一個普遍關注且亟待解決的問題。中國文藝研究惟有立足於中國文藝的現實，堅守中華文化立場，繼承傳統文論的優秀成果，才能真正有效地創建起具有中華文化底色、鮮明中國精神、中國風格和中國氣派的理論成果。本文的研究思路和論述成文的過程不僅是對這一思想理念的執著堅守，也是一種理論上「往回看」「向內轉」的積極嘗試。

參考文獻

一、古典文獻

1. （春秋）左丘明著，（吳）韋昭注：《國語》，商務印書館，1935 年版。
2. （春秋）孔子著，（魏）何晏集解，（南朝梁）皇侃義疏：《論語集解義疏》，中華書局，1985 年版。
3. （戰國）荀卿著，（清）王先謙集解：《荀子集解》，中華書局，1981 年版。
4. （戰國）墨子著，王心湛校勘：《墨子集解》，廣益書局，1936 年版。
5. （戰國）屈原著，（宋）洪興祖補注：《楚辭補注》，中華書局，1983 年版。
6. （戰國）韓非著，（清）王先慎集解：《韓非子集解》，中華書局，1954 年版。
7. （戰國）莊子著，（清）王夫之解：《莊子解》，中華書局，1964 年版。
8. （戰國）莊子著，（清）王先謙集解：《莊子集解》，中華書局，1954 年版。
9. （戰國）莊子著，（清）郭慶藩輯：《莊子集釋》，中華書局，1961 年版。
10. （戰國）管子著，（唐）敬杲選注：《管子》，商務印書館，1931 年版。
11. （戰國）呂不韋著，（漢）高誘注，（清）畢沅校：《呂氏春秋》，上海古籍出版社，2014 年版。
12. （漢）司馬遷著：《史記》，中華書局，1959 年版。
13. （漢）班固著：《漢書》，中華書局，1962 年版。
14. （漢）劉向著：《說苑》，商務印書館，1923 年版。
15. （漢）董仲舒著，（清）凌曙注：《春秋繁露》，中華書局，1975 年版。
16. （漢）何休著：《春秋公羊經傳解詁》（十二卷），上海書店，1989 年版。

17. （漢）揚雄著，汪榮寶義疏：《法言義疏》，中華書局，1987 年版。
18. （漢）桓譚著，（清）孫馮翼輯：《桓子新論》，中華書局，1985 年版。
19. （漢）班固著，（唐）顏師古注：《漢書藝文志》，商務印書館，1955 年版。
20. （漢）劉向撰，趙仲邑注：《新序詳注》，中華書局，1997 年版。
21. （漢）王符著，（清）汪繼培箋：《潛夫論箋》，中華書局，1979 年版。
22. （漢）揚雄著，（晉）郭璞注，（清）戴震疏證：《方言》，中華書局，1985 年版。
23. （漢）許慎著：《說文解字》，中華書局，1963 年版。
24. （魏）張揖著，（隋）曹憲音：《廣雅》，中華書局，1985 年版。
25. （晉）杜預著：《春秋左傳集解》，中華書局，1923 年版。
26. （晉）陳壽著：《三國志》（標點本），中華書局，1959 年版。
27. （晉）陸機著：《陸士衡集》，中華書局，1985 年版。
28. （南朝）顧野王著：《玉篇零卷》（四冊）：中華書局，1985 年版。
29. （南朝宋）范曄著，（唐）李賢等注：《後漢書》，中華書局，1965 年版。
30. （南朝宋）劉義慶著，（清）徐震堮校箋：《世說新語校箋》，中華書局，1984 年版。
31. （南朝宋）鮑照著，（清）錢振倫注，錢仲聯補注：《鮑參軍集注》（10 卷），中華書局，1958 年版。
32. （南朝梁）劉勰著，范文瀾注：《文心雕龍注》，人民文學出版社，1962 年版。
33. （南朝梁）鍾嶸著，郭紹虞集解：《詩品集解 續詩品注》，人民文學出版社，1981 年版。
34. （南朝陳）徐陵編，（清）吳兆宜注：《玉臺新詠箋注》，中華書局，1985 年版。
35. （隋）陸法言著，（宋）陳彭年等重修：《覆宋本重修廣韻》，中華書局，1985 年版。
36. （隋）候白著，董志翹注：《啟顏錄箋注》，中華書局，2014 年版。
37. （唐）劉知幾著，（清）浦起龍釋：《史通通釋》，上海古籍出版社，1978 年版。
38. （唐）司空圖著：《詩品二十四則》，中華書局，1985 年版。
39. （唐）皮日休、陸龜蒙著：《松陵集》，中國書店，1993 年版。

40. （唐）李延壽著：《南史》，中華書局，1975 年版。
41. （唐）李鼎祚著：《周易集解》，商務印書館，1937 年版。
42. （唐）皎然著：《詩式》，中華書局，1935 年版。
43. （宋）朱熹著：《詩集傳》，中華書局，1958 年版。
44. （宋）朱熹著：《楚辭集注》，上海古籍出版社，1979 年版。
45. （宋）朱熹著：《四書章句集注》，中華書局，1983 年版。
46. （宋）周密著：《齊東野語》，中華書局，1983 年版。
47. （宋）丁度著：《集韻》，中國書店，1983 年版。
48. （宋）嚴羽著：《滄浪詩話》，中華書局，1985 年版。
49. （宋）程大昌著：《演繁露　演繁露續集》（全二冊），中華書局，1991 年版。
50. （宋）李昉等著：《太平廣記》（全十冊），中華書局，1961 年版。
51. （宋）黎靖德編，王星賢點校：《朱子語類》，中華書局，1986 年版。
52. （宋）嚴羽著，郭紹虞校釋：《滄浪詩話校釋》，人民文學出版社，1961 年版。
53. （宋）鄭樵著：《爾雅鄭注》，中華書局，1991 年版。
54. （宋）郭茂倩著：《樂府詩集》，中華書局，1979 年版。
55. （宋）曾慥著：《類說》，文學古籍刊行社，1956 年版。
56. （宋）胡寅著，（清）容肇祖點校：《崇正辨　斐然集》，中華書局，1993 年版。
57. （宋）沈義父著：《樂府指迷》，中華書局，1991 年版。
58. （宋）魏慶之著：《詩人玉屑》，古典文學出版社，1958 年版。
59. （宋）范仲淹著：《范文正公文集》，中華書局，1985 年版。
60. （宋）洪邁著：《容齋隨筆》，上海古籍出版社，1978 年版。
61. （宋）蘇軾著，（清）王文誥輯注：《蘇軾詩集》，中華書局，1982 年版。
62. （宋）桑世昌著：《回文類聚》，文淵閣四庫全書影印版，1986 年版。
63. （宋）胡仔纂集：《苕溪漁隱叢話》，人民文學出版社，1962 年版。
64. （宋）劉克莊著：《後村詩話》，中華書局，1983 年版。
65. （宋）陳騤著：《文則》，中華書局，1985 年版。
66. （宋）計有功著：《唐詩紀事》（全二冊），中華書局，1965 年版。
67. （元）程頤著：《程氏經說》卷五，影印文淵閣四庫全書，上海古籍出版社，1987 年版。

68.（元）趙汸著：《春秋屬辭》，影印文淵閣四庫全書，上海古籍出版社，1987年版。
69.（明）羅貫中著：《三國演義》，人民文學出版社，1953年版。
70.（明）施耐庵著：《水滸傳》，人民文學出版社，1975年版。
71.（明）蘭陵笑笑生著：《金瓶梅詞話》，人民文學出版社，1985年版。
72.（明）李開先著，路工輯校：《李開先集》，中華書局，1959年版。
73.（明）郎瑛著：《七修類稿》，中華書局，1959年版。
74.（明）李東陽著：《懷麓堂詩話》，商務印書館，1936年版。
75.（明）李夢陽著：《空同先生集》，偉文圖書出版社，1976年版。
76.（明）謝榛著：《四溟詩話》，商務印書館，1936年版。
77.（明）張自烈，（清）廖文英著：《正字通》，中國工人出版社，1996年版。
78.（明）方以智著：《通雅》，中國書店，1990年版。
79.（明）楊慎著：《風雅逸篇　古今風謠　古今諺》，古典文學出版社，1958年版。
80.（明）吳吶著、于北山校點，徐師曾著、羅根澤校點：《文章辨體序說　文體明辨序說》，人民文學出版社，1962年版。
81.（明）胡應麟著：《詩藪》，中華書局，1958年版。
82.（清）阮元校刻：《十三經注疏》，中華書局，1980年版。
83.（清）何文煥輯：《歷代詩話》，中華書局，1981年版。
84.（清）劉熙載著：《藝概．賦概》，上海古籍出版社，1987年版。
85.（清）章學誠著，葉瑛校注：《文史通義校注》，中華書局，1985年版。
86.（清）點校本《二十四史》，中華書局，1962年版。
87.（清）杜文瀾輯、周紹良點校：《古謠諺》，中華書局，1958年版。
88.（清）沈德潛著：《古詩源》，北京：中華書局，1963年版。
89.（清）永瑢等編：《四庫全書總目提要》，中華書局，1965年版。
90.（清）方玉潤撰，李先耕點校：《詩經原始》，中華書局，1986年版。
91.（清）顧祿著，來新夏點校：《清嘉錄》，上海古籍出版社，1986年版。
92.（清）陳奐著：《詩毛氏傳疏》，商務印書館，1935年版。
93.（清）王夫之等著：《清詩話》，上海古籍出版社，1978年版。
94.（清）皮錫瑞著：《經學通論》，中華書局，1954年版。
95.（清）顧棟高著：《春秋大事表》，中華書局，1993年版。

96. （清）曹雪芹著：《戚蓼生序本石頭記》，人民文學出版社，1975 年版。
97. （清）翟灝著：《通俗編》，商務印書館，1958 年版。
98. （清）彭定求等編：《全唐詩》（全 25 冊），中華書局，1979 年版。
99. （清）李調元著：《雨村詩話》（二卷本），光緒七年廣漢重刻本。
100. （清）袁枚著：《小倉山房文集》，廣文書局，1971 年版。

二、現代學者文獻

1. 聞一多著：《聞一多全集》，生活．讀書．新知三聯書店，1982 年版。
2. 朱光潛著：《詩論》，北京：生活．讀書．新知三聯書店，1984 年版。
3. 楊伯峻注著：《春秋左傳注》，中華書局，1981 年版。
4. 錢穆著：《中國文化史導論》，正中書局，1948 年版。
5. 劉師培著：《中國中古文學史講義》，上海古籍出版社，2006 年版。
6. 李澤厚著：《中國古代思想史論》，人民出版社，1986 年版。
7. 李澤厚著：《美學三書》，天津社會科學院出版社，2003 年版。
8. 錢鍾書著：《談藝錄》，中華書局，1984 年版。
9. 錢鍾書著：《管錐編》，中華書局，2001 年版。
10. 錢南揚著：《謎史》，上海文藝出版社，1986 年版。
11. 陶秋英著：《漢賦研究》，浙江古籍出版社，1986 年。
12. 馬積高著：《賦史》，上海古籍出版社，1987 年版。
13. 萬光治著：《漢賦通論》，巴蜀書社，1989 年版。
14. 曲彥斌著：《江湖隱語行話的神秘世界》，河北人民出版社，1991 年版。
15. 曲彥斌著：《中國秘語行話詞典》，書目文獻出版社，1994 年版。
16. 龔克昌著：《漢賦研究》，山東文藝出版社，1990 版。
17. 徐志嘯著：《歷代賦論輯要》，復旦大學出版社，1991 年版。
18. 童慶炳著：《文體與文體的創造》，雲南人民出版社，1994 年版。
19. 曹明綱著：《賦學概論》，上海古籍出版社，1998 年版。
20. 吳承學著：《中國古代文體形態研究》，中山大學出版社，2000 年版。
21. 郝志倫著：《漢語隱語論綱》，巴蜀書社，2001 年版。
22. 曹虹著：《中國辭賦源流綜論》，中華書局，2005 年版。
23. 郭英德著：《中國古代文體學論稿》，北京大學出版社，2005 年版。
24. 鄭振鐸著：《中國俗文學史》，團結出版社，2006 年版。

25. 羅宗強著：《魏晉南北朝文學思想史》，中華書局，2006 年版。
26. 黃侃著：《文心雕龍札記》，華東師範大學出版社，1996 年版。
27. 魯迅著：《中國小說史略》（修訂本），人民文學出版社，2007 年版。
28. 宗白華著：《美學與意境》，鳳凰出版傳媒集團，2008 年版。
29. 牟世金著：《〈文心雕龍〉研究》，人民文學出版社，1995 年版。
30. 朱自清著：《詩言志辨》，鳳凰出版社，2008 年版。
31. 朱光潛著：《朱光潛全集》，安徽教育出版社，1987 年版。
32. （美）劉若愚著，田守真、饒曙光譯：《中國的文學理論》，四川人民出版社，1987 年版。
33. 馮友蘭著：《中國哲學簡史》，北京大學出版社，2010 年版。
34. 胡適著：《中國哲學史大綱》，商務印書館，1987 年版。
35. 郭紹虞主編：《中國歷代文論選》，中華書局，1963 年版。
36. 郭紹虞編選：《清詩話續編》，上海古籍出版社，1983 年版。
37. 顧頡剛著：《古史辨》，上海古籍出版社，1982 年版。
38. 高伯瑜等編纂：《中華謎書集成》，人民日報出版社，1991 年版。
39. 吳林伯著：《〈文心雕龍〉義疏》，武漢大學出版社，2002 年版。
40. 陳望道著：《修辭學發凡》，上海教育出版社，2001 年版。
41. 游國恩著：《游國恩學術論文集》，中華書局，1999 年版。
42. 游國恩著：《楚辭論文集》，古典文學出版社，1957 年版。
43. 俞平伯著：《俞平伯論紅樓夢》，上海古籍出版社，1988 年版。
44. 鄭子瑜、宗廷虎、陳光磊編：《中國修辭學通史》，吉林教育出版社，1998 年版。
45. 張弓著：《現代漢語修辭學》，河北教育出版社，1993 年版。
46. 鄭奠、譚全基編：《古漢語修辭學資料彙編》，商務印書館，1980 年版。
47. 周振甫著：《文章例話》，中國青年出版社，1983 年版。
48. 宗廷虎、陳光磊著：《中國修辭史》，吉林教育出版社，2007 年版。
49. 季廣茂著：《隱喻理論與文學傳統》，北京師範大學出版社，2002 年版。
50. 謝貴安著：《中國謠諺文化——謠諺與古代社會》，華中理工大學出版社，1994 年版。
51. 鄢化志著：《中國古代雜體詩通論》，北京大學出版社，2001 年版。
52. 汪湧豪、駱玉明主編：《中國詩學》，東方出版中心，1999 年版。

53. 馮沅君著：《漢賦與古優》，群益出版社，1943 年版。
54. 李耀宗著：《民間諺語謎語》，中國社會文獻出版社，2008 年版。
55. 李敬信主編：《中國的謎語》，中國國際廣播出版社，2011 年版。
56. 劉芳著：《詩歌意象語言研究》，上海譯文出版社，2012 年版。
57. 劉永濟著：《文心雕龍校釋》，中華書局，1962 年版。
58. 季廣茂著：《隱喻視野中的詩性傳統》，高等教育出版社，1998 年版。
59. 陸滋源編：《中華燈謎研究》，江蘇科技出版社，1986 年版。
60. 劉文忠著：《正變．通變．新變》，百花洲文藝出版社，2005 年版。
61. 陳寅恪著：《金明館叢稿二編》，上海古籍出版社，1980 年版。
62. 陶黎銘，姚萱編著：《中國古代哲學》，北京大學出版社，2010 年版。
63. 張沛著：《隱喻的生命》，北京：北京大學出版社，2004 年版。
64. 束定芳著：《隱喻學研究》，上海：上海外語教育出版社，2000 年版。
65. 耿占春著：《隱喻》，北京：東方出版社，1993 年版。
66. 趙維森著：《隱喻文化學》，西安：西北大學出版社，2007 年版。

三、論文

1. 王洪濤：《略論先秦隱語的產生及發展》，《天中學刊》2003 年第 6 期。
2. 戰化軍：《先秦隱語研究》，《淄博學院學報（社會科學版）》2001 年第 1 期。
3. 孫豔平：《辨「隱」》，《太原大學教育學院學報》2008 年第 1 期。
4. 張黎吶：《「隱」的再闡釋：從文學手法到思維範式》，《天中學刊》2010 年第 3 期。
5. 王金良：《隱語在賦體形成中的作用再探——談荀子五賦的歷史地位》，《瀋陽農業大學學報（社會科學版）》2007 年第 9 期。
6. 郗文倩：《散體賦的文體特徵及其隱語源流說——關於西漢散體賦形成的文體考察之一》，《河北師範大學學報》（哲學社會科學版）2004 年第 5 期。
7. 郗文倩：《從遊戲到頌讚——「漢賦源於隱語說」之文體考察》，《中國文學研究》2005 年第 3 期。
8. 章必功：《論賦體起源》，《深圳大學學報（社會科學版）》1985 年第 Z1 期。
9. 劉斯翰：《賦的溯源》，《華南師範大學學報》1988 年第 1 期。

10. 耿振東：《隱語和譬喻文化視野中的春秋賦詩》，《殷都學刊》2007 年第 4 期。
11. 孫豔平：《漢魏六朝隱語文學的特徵》，《太原大學教育學院學報》2010 年第 1 期。
12. 羅素英：《中國文字獄述論》，《求是學刊》，2000 年第 6 期。
13. 李洲良：《詩之興：從政教之興到詩學之興的美學嬗變》，《文學評論》，2010 年第 6 期。
14. 吳承學：《論謠讖與詩讖》，《文學評論》，1996 年第 2 期。
15. 王長華，郗文倩：《說「隱」》，《文藝理論研究》，2003 年第 4 期。
16. 林秀君：《從語言文化看中國古典詩歌的隱喻特徵》，《韓山師範學院學報》，2006 年第 4 期。
17. 孫蓉蓉：《詩歌寫作與詩人的命運——論古代詩讖》，《學術月刊》，2010 年 5 月。
18. 葛兆光：《論典故》，《文學評論》，1989 年第 5 期。
19. 邵燕梅：《論隱語與相關術語的關係與區分》，《山東師範大學學報》（人文社會科學版），2013 年第 6 期。
20. 喬孝東：《論中古諧讔小說中的隱語藝術》，《江漢論壇》，2014 年 11 月期。
21. 張巍：《謎語的文體流變及其與詩的關係》，《文藝研究》，2017 年第 6 期。
22. 敏澤：《中國古典意象論》，《文藝研究》，1983 年 6 月期。
23. 郝志倫：《隱語在文學創作中的審美文化功能》，《當代文壇》，2012 年 11 月期。

後　記

金陵，是一個夢幻般的存在，無數文人雅士留下對金陵永久的懷想。「朱雀橋邊野草花，烏衣巷口夕陽斜（劉禹錫《烏衣巷》）」，「感月吟風多少事，如今老去無成，誰憐憔悴更凋零（李清照《臨江仙》）」，「千古龍蟠並虎踞，從公一弔興亡處（蘇軾《漁家傲》）」，「蜀鳥吳花殘照裏，忍見荒城頹壁（文天祥《酹江月・驛中言別友人》）」，「把江山好處付公來，金陵帝王州（辛棄疾《八聲甘州》）」，「想得玉樓瑤殿影，空照秦淮（李煜《浪淘沙》）」……六朝古都，虎踞龍蟠；秦淮煙柳，殘照頹垣，那些美好而充滿感慨的詩句承載著歷史與文化的厚重，在這座柔媚而溫婉多情的城市裏氤氳著。中山陵、燕子磯、夫子廟、鳳凰臺無一不流淌著金陵的文化血脈，從古老的建築上，在流傳的詩句裏，經由那鵝卵小徑，金陵，恰似一位華貴而溫婉的女子，斂著歷史的裙裾，款款走來。那一個帶著夙願的名字，金陵，三生三世，願與你夢一場。

遙想八年前我滿懷新奇和崇敬來到金陵，來到一個陌生而充滿神奇的地方。醺著玄武湖的風，踏著鍾鼓樓的曲，我像一隻從北方飄來的燕子，在南方的空氣中感受著濕潤的因子。終於實現了到金陵求學的夙願，那樣的意氣風發，那麼的年少輕狂，只覺自己的人生開啟了新的篇章。無法忘記學院迎新會議上老師們提出的做人與為文的方式方法，激蕩著我內心深處的衝動；無法忘記校園中蜿蜒小徑的幽深芬芳，結香和彼岸花互吐馨香；無法忘記課堂上老師們慷慨激昂的熱烈和深邃；也無法忘記溫馨的宿舍小窩姐妹們盈盈的笑語。每一棵樹下每一朵花前，每一個石凳上，都記錄著我們曾經走過的青春。在南大的校園裏，我感受著自由和馨香，感受著知識的浩瀚和青春的蓬勃。在這裡，在這一時刻，我尋著自己的初心，按照我最心心念念的方向踏上征程。

可是生活並不總是沿著你所期冀的方向延展開去。讓我萬沒想到的是，生活遠比求學更為艱辛與無奈。從 2011 年到今天，我經歷了人生中八年的寶貴時間。這八年於我，由最初的滿懷希望到後來的失落、困惑，一直到最後精疲力盡地去衝刺到終點。這八年，我過得並不輕鬆，內心經受了巨大的煎熬和忍耐。2011 年結婚，2012 年懷孕的艱難，2013 年生產與育兒的無助，2014 年過敏性支氣管哮喘，2015 年治病，2016 年開始論文寫作，2017 年父親查出癌症，2018 年陪伴父親與病魔戰鬥。這八年，我輾轉南京、北京、滄州、香港，經歷了為人妻、為人母、為家人付出為父母盡孝為孩子遮風擋雨為自己安身立命的過程，我深陷生活的泥淖，唯獨忘了來時的路，尋不到還有多少時間和精力可以交給夢想和希望；這八年，在我的記憶中彷彿無限般漫長，因為每一天都離我的夢想愈加遙遠；這八年，我深嘗夢想被擱淺的痛楚。我身在家庭之中，卻感受到了前所未有的孤獨。這種孤獨，不同於為了實現夢想而追求的獨立和自我，而是體味著瑣事叢生而夾雜的人生無奈。一切都不自由，一切都被捆綁，我深深地感受到一個女人在學術道路上的困頓和悲哀。

家庭於我，生存於我，發展於我，彷彿是纏繞著大樹的藤條和被藤條纏繞的大樹，樹雖然獲得了一個伴侶，卻損失了自由生長的機會。藤雖然尋到了一個歸宿，卻再也見不到繁花。我想，我是錯了，我還年輕，我不能就此成為生活的「僕人」，我的心中真的還應該有「詩和遠方」。於是，我無數次覺醒和抗爭，一路艱辛一路歌唱，見縫插針，漫捲青燈，每當夜深人靜時，我與喜愛的文字相伴，一點一滴，聚沙成塔，集腋成裘。

回望過去，師恩難忘。文學院幾位老師的課程，當然是我最喜歡的。我的導師周群先生，最初對他的尊崇還是源於那一副極為漂亮和瀟灑的行草板書，遒勁有力，風流倜儻，這樣的板書在現代社會可謂鳳毛麟角。周老師字如其人，灑脫儒雅謙謙君子者也。不僅如此，在我眼裏他還是一位極富活力而又博學多識的先生。記得周老師給我們上明清文學思想史的時候，我時常為他的深刻和廣博所折服，無論是哪個思潮流派、哪位作家作者甚或是作家的生卒年月，他都如數家珍、信手拈來。在我的印象中，除了帶了一顆「腦袋圖書館」，他似乎從來都沒有用過教學資料。其實，周老師的魅力不僅在於學術，也不僅在於愛好的廣泛和專業，還在於他對學生的溫和與嚴厲。周門弟子彷彿是一個大家庭，大家在一起談學術論人生，互相幫助、互相鼓勵，這樣的溫暖和引領讓我在困頓的生活中充滿了抗爭的勇氣和力量。還有趙憲章老師，雖過了這麼多年，我依然非常感謝趙老師帶給我的一種思維鍛鍊的快樂，讓我看到了西方的、現代的、深遠的和現實的深刻，感受到了他那頗具問題意識的頭腦所展示出的思辨的精神和語言的邏輯。感謝為我論文提出寶貴意見的高小康、汪正龍、周欣展、包兆會等諸位老師，以及那些在我的博士生涯中曾給與我熱情幫助的師友。

回望過去，我還要感謝真實而艱難的生活以及無數次在艱難中掙扎著站起來的自己、家人和朋友。讀博的這八年時間，生命於我可以說是一個最重要的挑戰。安身與顛沛流離，疾病的侵襲與健康的渴望，敬老育兒的家庭瑣碎與渴望求知求得片刻安寧的自我，夢想的豐滿與現實的骨感……諸多矛盾讓我的精神和心理無數次的萎頓凋靡，也讓我無數次覺醒和抗爭。

回望過去，所有的艱難都如過眼雲煙，生命是最美好而莊嚴的存在。再次感謝上蒼，感恩父母，感謝恩師，感恩家人，感恩生命中一切困頓與美好。我從生活的硝煙中走來，不懼奔赴戰場。品嘗了人生百味，為自己的生命軌跡增添了墨彩。願生命中走過的所有人都美滿幸福，願此後我的學術事業可以順利地鋪展，願世間所有都心存感恩常懷良善，無論在哪裏還是每一天。

王慧娟

2018.11.11